I'M WRITING A HISTORY OF THE WORLD...

月亮虎

MOON
TIGER

［英］佩内洛普·莱夫利 著　郭国良 译

北京燕山出版社
BEIJING YANSHAN PRESS

CONTENTS 目录

目录　CONTENTS

译 序

郭国良

　　1984 年，英国作家佩内洛普·莱夫利和她的丈夫、友人一同在尼罗河畔旅行。于她而言，这里的景色是熟悉而又陌生的。

　　五十一年前，佩内洛普就出生在埃及开罗。她的父母都是英国侨民，偶尔会带着女儿回国探亲。身为家中独女的她并没有得到父母太多的陪伴，也没有在埃及接受正式的学校教育。在家庭教师的指导下，她阅读了希腊罗马神话故事、《旧约全书》等传统经典，虽身在埃及，却让英国文学早早地在心中扎了根。当然，童年的美好记忆里也少不了沙漠里的野餐、金字塔下的驻足，以及出现在自家花园里的胡狼、猫鼬。"二战"爆发后，一家人被困在开罗，现代战争的装甲坦克成了佩内洛普幼年习以为常的事物。几十年后，她故地重游，虽然很多景色已然不再，但埃及仍是那片神奇复杂的土地。不同时代留下的痕迹可以在此从容共存，凝固了历史，也消解了时间。

　　1945 年，战争终于结束，但父母的婚姻也走到了尽头，佩内洛普不得不到伦敦和奶奶一同生活。不久，她被父亲送到寄宿中学。那里的同学并不友好，但更让佩内洛普难以忍受的是这所学校对文学的轻视——在图书馆里读上一小时的书竟是这里的老师惩罚学生的一种手段。即便如此，佩内洛普还是以优异的成绩毕了业。于是，她的父亲特意拜访了校长，想问问是否该让女儿上大学。这位女校长却对此表示震惊——既然已经中学毕业，那自然就该结婚了，这里的女学生可都是这样的。但这位父亲显然没有如此短视。1951年，佩内洛普进入了牛津大学圣安妮学院，所学的专业是近代历史。她对历史的兴趣源于对过去的好奇，而学习研究历史的过程又引发了她对记忆的思考。不过，大学里的佩内洛普算不上勤奋，也谈不上出色，更没有打算在专业领域内干一番事业。学校鼓励女大学生学习速记和打字，否则即便是拿到了牛津大学的文凭，也很有可能找不到工作，而掌握了这些技能的女大学生往往就去当了秘书。当年的佩内洛普也不例外，她在圣安妮学院找到了一份助理工作，虽然很喜欢高校的氛围，但她并不觉得这份工作本身有何前途。佩内洛普曾在访谈中坦言，如果不是毕业工作后不久就结婚生子，她也许会不那么安分，然后另有作为。

1957年，佩内洛普嫁给了杰克·莱夫利，生下了一儿一女，过上了全职家庭主妇的生活。正是在这个时期，她投入到了广泛的文学阅读中，并渐渐萌生出了写作的念头。在两个孩子都开始上学之后，她便迫不及待地开始了创作。从全职妈妈转型为全职作家，儿童文学自然而然地成为了她首先施展拳脚的领域。1970

年，佩内洛普出版了她的首部儿童文学作品《星笼》（*Astercote*），此后便保持着大约每年一部作品的产量。1973年出版的《托马斯·肯普的鬼魂》（*The Ghost of Thomas Kempe*）获得了英国儿童文学领域的最高荣誉——卡内基文学奖，至今仍被视作儿童读物中的经典。1977年，佩内洛普出版了她的首部成人文学作品《通往利奇菲尔德之路》（*The Road to Lichfield*），此书入围了英国最重要的文学奖——布克奖——的决选名单。在佩内洛普看来，儿童文学与成人文学之间并无本质不同，她所感兴趣的历史、过去、记忆等话题在这两类文学作品中都得到了反复探讨。迄今为止，佩内洛普已创作了三十余部儿童文学作品，二十余部成人文学作品，1989年因卓越的文学成就而被授予大英帝国勋章。

而1984年的这场旅行对于佩内洛普·莱夫利来说意义非凡。再次踏上埃及的土地，虽时过境迁，但这里曾经的温度、味道，所见、所闻恍如昨日。于是，一部小说便在这场旅行中有了轮廓。

小说名曰"月亮虎"，指的是作者自己曾在埃及见过的一种绿色盘状蚊香，点燃后会沿着螺旋的形状一寸一寸慢慢落下灰烬，最后在尾部，也就是中心处寂灭。小说中，"月亮虎"出现在"二战"时期埃及的一家酒店的房间内，那是女主人公克劳迪娅·汉普顿与爱人缠绵悱恻的场所，是她人生岩层的"核心"，也是小说的中心部分。

《月亮虎》出版于1987年，在此之前，佩内洛普已有两部作品入围布克奖决选名单。当她凭借《月亮虎》再次闯入布克奖决选名单时，就连她自己也不看好自己，甚至还准备好了第三次落选的感言。奖项揭晓之前，英国立博投注公司对佩内洛普获奖的赔率为1/7，而决选名单上的另一部热门作品是2/5的赔率，可见佩内洛普并不被看好。然而，《月亮虎》不仅拿下了1987年的布克奖，还在2018年进入了"金布克奖"的决选名单，被评委推荐为20世纪80年代最优秀的布克奖获奖小说，认为其超越了包括鲁西迪的《午夜之子》、库切的《迈克尔·K的生活和时代》以及石黑一雄的《长日将尽》在内的其他同年代布克奖获奖作品。

然而，不论是获得布克奖，还是入围"金布克奖"决选名单，《月亮虎》的突出重围常常被形容为"惊喜"，人们难以置信的态度透露出了对这部作品或多或少的轻视。个别评论甚至认为此书不具挑战性，不过是"家庭妇女的选择"罢了。但是，布克奖的评委是有眼光的。更多的评论家和读者肯定了这部作品的精美、复杂与深刻，也对佩内洛普的创作才华大为赞赏。

《月亮虎》的女主人公克劳迪娅·汉普顿是一位追求独立的现代女性，她与作者本人有着很多相似之处：克劳迪娅出生在"一战"爆发前的英国，其人生轨迹深受两场世界大战的影响，这与作者自己所处的时代背景有诸多重合；女主人公曾在牛津大学学习历史，之后又以写书为生，这与作者的教育背景和事业发展也很相近；与作者一样，克劳迪娅也曾在埃及度过一段重要的时光，她在那里亲历"二战"，邂逅爱情，饱尝生离死别之苦。当然，克劳迪娅并非作者本人的复刻。她与哥哥的关系非比寻常，即便和恋人育有一女也拒绝结婚，在事业上争强好胜，在生活中我行我素，言语刻薄，待人冷淡。不喜欢克劳迪娅的人只看到了她表面的狂妄自大，但更多喜爱这个角色的人却触摸到了她内心深处脆弱无形的堤坝——在历史的波涛中高高筑起，又在时间的冲刷下渐渐崩塌，最后显露出了一个富有张力的自我。

阅读这部作品绝非没有挑战。小说开篇，七十六岁的女主人公躺在医院的病床上，虽因癌症命不久矣，却声称自己要写就一部"世界史"。这所谓的"世界史"其实就是克劳迪娅的个人史。她没有将其诉诸笔端，而是在脑海里不断联想、闪回，将重要的人生片段放入万花筒里抖动一番，然后一段一段拿出来回味，所遵循的不是时间的先后，而是她内心独有的出场顺序。克劳迪娅不是唯一的叙述者，许多场景会以不同的叙事视角和叙事人称反复呈现，仿佛其他人物的过去也被放入了这个万花筒里相互碰撞。独特的叙事手法创造的是无限的阅读乐趣——读者大可像侦探一般细细探索，看看这万花筒里的克劳迪娅究竟是怎样一位女性，看看她眼中的历史和心底的回忆又究竟是怎样一番模样。

其实，想要写就"世界史"的人是作者自己。《月亮虎》篇幅虽短，格局却大，时间跨度几乎涵盖了整个20世纪，所关注的也并非只有女性在其间的生存状态，更是整个世界和全部人类。过去与现在的交互、回忆与现实的出入、个人经历与宏大历史的关联，以及战争、死亡、信仰、乱伦等深刻的话题都是这部小说想要探讨的，女主人公的自身命运和充满矛盾的人物特点只是这些探讨的载体和出口。这般多重的主题并没有在这部短小精悍的作品中杂糅堆叠，而是通过错乱但有序的叙事流畅输出，形式与内容相辅相成，足可见作者创作功力之深厚。

佩内洛普不愿被贴上"女性作家"的标签，事实上，她也不该被贴上这样的标签。她有不少作品采用的是男性视角，比如1984 年入围布克奖决选名单的《据马克所说》(*According to Mark*)。虽然她的小说常常离不开家庭和爱情故事，但就如她自己所言，每个人都有爱情，男人也活在家庭之中。如今已有不少学者发现，佩内洛普的作品内涵很难用女性主义、后现代主义或者任何一个文学标签来简单概括。在佩内洛普看来，写作是为了"感知和解释人类存在的模式与意义"，而《月亮虎》无疑是她朝着这个目标的一次成功尝试。她崇尚语言的精准，追求以最少之言，表最深之意。因此这部作品是值得反复品味的，就像万花筒里的五彩图像，当你再看一眼时，世界又不一样了。

在我翻译本书的过程中，我的硕士生周燕同学提供了诸多帮助，在此向她谨表谢意。同时，我也要感谢出版社的编辑，他们的信任和耐心令我无比温暖。

2019 年 2 月于杭州

moon tiger

第一章

"我在写一部世界史。"她说。护士愣了一下，顿时放下手中正忙的活儿。她低头看了看躺在病床上的这个老妪。"呃，天哪，"护士答道，"那可是个大工程，是不是？"说罢，她便又忙碌起来，顺手将她的被子掖好，捋平。"坐起来点儿，好嘞，好样的，过会儿帮您把茶拿来。"

世界史。要把它写圆满。也许——我最好不要再鸡蛋里挑骨头了。拿破仑啊，铁托①呀，埃奇希尔战役②啦，埃尔南·科尔特斯③啊……这些人与事，这个时代。胜利的道路，陡峭，残

---

① 铁托（1892—1980），前南斯拉夫社会主义联邦共和国领导人。

② 埃奇希尔战役，发生于1642年10月，是英国内战时期的首场激战。敌对双方，即保皇派和议会派，最终以平手收场。

③ 埃尔南·科尔特斯（1485—1547），征服墨西哥和秘鲁的西班牙殖民者。他于1519年率领探险队入侵阿兹特克帝国，引发了西班牙人与阿兹特克人之间的长期斗争。

忍——上天入地，大到宇宙，小至沙粒，关乎你我。我觉得我已整装待发。兼收并蓄向来是我的风格特征。那是他们的评价，不过他们也冠以别的名称。克劳迪娅·汉普顿涉猎宏广，雄心勃勃，某些人——我的敌人——或许会说我轻率鲁莽；某些人——我的朋友——会说汉普顿小姐观念大胆，气势磅礴。

一部世界史，是的。在这过程中，也在撰写我自己的历史。《克劳迪娅·H的生活与时代》。那段让我桎梏其中的20世纪史，不管我愿不愿意，喜不喜欢。让我在自己的范畴内冥想自我：一切的一切，虚无的虚无。一部克劳迪娅遴选的世界史：虚实相间，神话与证据并存，图像和文件共现。

"她是名人吗？"护士问道。她的鞋子在锃亮的地板上吱吱作响；医生的鞋子也发出嘎吱声。"我是说，她写的东西……"医生瞥了一眼笔记，说是的，她好像是个名人，显然写过不少书和新闻稿，而且……呃……曾经去过中东……得过伤寒、疟疾，没结过婚（流产过一次，有个孩子，他看到了但没说）……是的，记录显示，她十有八九是个名人。

很多人都觉得我把自己的个人生活与世界史相连，这太自不量力了。让他们这样说去吧。况且，一直以来，我也有自己的追随者。我的读者当然知道个中缘由。他们知道总的趋势。知道故事走向。我就省略不提了吧。我要做的是充实故事，赋予它生机和色彩，加几声尖叫，添一些修辞。哦，我不应该有一丝的吝啬。问题是，我该不该把历史写成线状的呢？我一向觉得如同透过万花筒看世界，这样的视角是一种有趣的异端。摇一摇筒子，看看到底会出来什么。我不喜欢按年代平铺直叙。我的头脑里没有年表大事记这种东西。我由一个个形形色色的克劳迪娅构成，旋转，融合，分离，宛如水面上闪耀的日光。我随身携带的那副纸牌永远在洗牌和重洗；毫无顺序，万事皆发生于一瞬。我明白，新科技下诞生的机器大致以同样的方式运行：一切知识均被储存，键一按便可将其调出。理论上它们仿佛更加富有成效。而我的一些按键却不管用，有些需要密码、代码、随机解锁程序。有趣的是，共同的过去提供了这一切。它是公共财产，但也是高度私有的。仁者见仁，智者见智。我有我的维多利亚时代，你有你的维多利亚时代。我所理解的 17 世纪与你的不同。约翰·奥布里①、达尔文，你所喜欢的任何人，他们的所言，你我的理解都大相径庭。我自己的过去所发出的种种信号来自于业已公认的往昔。他人的生活也纳入了我的生活：我，我自己，克劳迪娅·汉普顿。

以自我为中心？或许吧，难道我们不都是这样吗？为什么它是个贬义词？我从小就是那样的。人们认为我很难弄。让人吃不

---

① 约翰·奥布里（1626—1697），英国文物收藏研究家、作家、皇家学会会员，以为同时代人撰写传记小品而闻名。

消，是的，有时就是这么形容我的。但我从不觉得自己让人吃不消。反倒是妈妈和护士才让人无法忍受。又是警告，又是训诫，又是痴迷牛奶布丁和卷发，又惧怕自然界一切诱人的事物——参天大树，深水，赤脚踩在湿润的草地上，泥与雪与火。但我偏偏渴望——热切渴望——爬得更高，走得更快，跑得更远。他们一次次警告我，我一次次拒不服从。

戈登也是如此。我哥哥戈登。我们是一丘之貉。

我的开始；万物的开始。从泥土到星辰，我曾说。于是……原生浆液①。鉴于我根本不是传统的历史学家，根本不是期望中的典型的历史编年者，与那个很久很久以前在牛津教我教皇知识的干瘪女人根本不一样，鉴于我以标新立异而闻名，鉴于我激怒过的同事比你吃过的正餐还多，那么，我们就来震撼一下世界吧。或许，就从原生浆液的视角开始讲述？就让一只漂浮的羽状甲壳纲动物叙述吧。或者菊石？对，菊石，我想。一枚具有命运意识的菊石。一个奔流的侏罗纪海洋的代言者，讲述它先前的一切。

可是，这时万花筒摇了摇。我看到画面从 19 世纪跳转到了石器时代——着着实实首先注意到了它，注意到了他们漫步其上。谁能不被那些雄赳赳的人物所吸引呢？他们在海滩和山坡上阔步健行，衣着夸张，蓄着长须，思考着世界的无垠。可怜的菲利普·戈斯、休·米勒、莱伊尔，还有达尔文本人都被误导了。

---

① 原生浆液，指形成地球上生命的化学混合物。

在 19 世纪双排扣男礼服、胡须与石头的共鸣之间仿佛天然地契合——中生代与三叠纪，鱼卵石与蓝色石灰岩，粗石灰质与绿砂。

但是，十岁的我和十一岁的戈登从来没有听说过达尔文。我们的时间观是很个人化的，是承载着语义的（下午茶时间、晚餐时间、上一次、浪费时间……）。我们对星角石和原微角石的兴趣带有贪婪和竞争的成分。为了打败戈登而去看一条精细的侏罗纪泥石缝，我准备用我那把簇新的锤子砸碎一亿五千万年，而且，如果必要的话，乐意在 1920 年从查茅斯海滩蓝里亚斯层的峭壁上摔下来，断手断脚也在所不惜。

她继续往上攀爬，登上了另一座陡峭的悬崖顶端，蹲下身子，在周围拼命寻找蓝灰色碎石，搜寻那些迷人的螺旋和棱状的螺纹，她忽地跳起，嘴里发出扬扬得意的嘶嘶声——一块几近完整的菊石。此时，海滩已在千丈之下；它发出的尖叫声、狂吠声、呼叫声清晰又嘹亮，仿佛来自另一个世界，却无关紧要。

从始至终，她都在用余光瞟戈登，不过他爬得比她还高。戈登用手指笃笃地敲着一块露头①。他停止了敲击。她看到他好像在端详着什么。他找到什么了？疑心和竞争欲使她怒火如焚。她在灌木丛里匍匐前进，爬上一块崖脊。

"这是我的地盘，"戈登喊道，"你不能过来。我已先占了。"

---

① 露头，凸出地面的岩石。

"我才不在乎呢，"克劳迪娅叫道，"我还要爬高点儿——上面的东西更好。"她纵身往上一跃，越过稀疏的植物和干燥的石地（这块地从她脚下倾斜而下），向上面那片既非常诱人又广阔的灰色地带爬去，她早就注意到了这一地带，那里肯定潜藏着上百块菊石。

　　悬崖下，海滩上，一个个人影跑来跑去，没人注意到他们；轻轻的、像鸟叫一样的惊慌声从下面飘荡而上。

　　她一定要超过戈登，爬上那个充满诱惑的悬崖。"请……"她说，"请挪下你的腿……"

　　"别挤我，"他嘀咕道，"反正你不能过来。我已经说了这儿是我的地盘。你去找你自己的吧。"

　　"你自己别挤。我可不稀罕你那破地盘……"

　　他的腿挡住了她——它猛地动了动，她推了推，一块原以为牢固但其实一点也不坚固的崖面在她紧抓的双手下松动……崩塌……她往后一仰，重重地摔下去，肩膀、头部、挥舞的手臂着地，她骨碌碌滑滚了下去。一阵钻心的痛向她袭来，她在一丛长刺的灌木中大声喘息，太丢脸了以至于喊不出声来。

　　他可以感觉到她渐渐靠近，步步紧逼，要来侵占他的地盘，她会抢走他最好的化石。他说这样不行。为了不被抢走，他伸出一只脚来。她那灼热的、怒气冲冲的四肢和他的交缠在一起。

　　"你干吗推我?"她尖叫道。

　　"我没推，"他也尖叫道，"是你在推我。不管怎样，这是我的地盘，你到别的地方找去。"

"这不是你的地盘，谁都可以来。我不……"

突然，传来一声撕心裂肺的巨响，她哗啦啦地滑了下去，他吓到了，很害怕，但有点幸灾乐祸。

"他推我。"

"我没推。妈，真的，我没推。是她自己滑倒的。"

"是他推的。"

哪怕就在这片喧闹之中——叽叽喳喳的母亲和护士们，简易的绷带，递来的嗅盐①——伊迪丝·汉普顿对她的孩子们的固执惊叹不已。

"别吵了。镇静点，克劳迪娅。"

"妈妈，这些菊石是我找到的，别让他拿走。"

"我才不稀罕你的菊石呢。"

"戈登，闭嘴！"

她头疼欲裂；她一边想平息孩子们的情绪，一边应对旁人的劝告和同情；她责怪这世界危机四伏，如此不可靠，如此狠毒。还有她这两个孩子的顽固不化，他们情绪激昂，仿佛发出了海滩上最喧嚷的声音。

历史之声当然是复合而成的。有许许多多的声音；这所有的

————————

① 嗅盐，供治疗昏厥等用。

声音都设法让人家听到。自不待言，某些声音要比其他声音响亮。我的故事与其他人的故事交缠在一起——母亲、戈登、贾斯珀、丽莎，还有另一个最重要的人。他们的声音也必须被听到，因此我当遵循历史惯例。我当重证据，重真相，无论真相是什么。然而，真相与文字相连，与印刷相关，与一页页的证词关联。时光会转瞬即逝，我们的人生会一天天地消失无遗，就算时间可以发明出来，也显得较为虚无不实。可以说，虚构似乎比现实更持久。战场上的皮埃尔、缝纫中的班纳特姑娘们、打谷机旁的苔丝——所有这些人物都永远镌刻在书页上，留在千百万读者的脑海中。不过，1920 年我在查茅斯海滩上的遭遇却微不足道。当我和你谈论历史的时候，我们谈的并不是实际发生过的事，对吧？不是世界各地从古到今的一切纷乱？我们谈论的是把这一切精简成书，将良善的历史目光聚焦在年份、地方和人物身上。历史旨在阐明；而种种世象则遵循其自然秉性，喜欢成为谜团。

因此，既然我的故事也是他们的故事，他们也就必须发声——母亲、戈登、贾斯珀……只不过，当然由我来最后发言。这是历史学家的特权。

母亲。让我们先聊一聊母亲。她退出了历史舞台。她干脆地退出去了。她选择了她自己创造的世界，那里仅有丰花玫瑰、教会挂毯以及多变的气候。她只读《西多赛特公报》《乡村生活》和皇家园艺会的期刊。她最关心、最焦虑的莫过于变幻莫测的天气。一场突如其来的霜冻足以让她隐隐恐慌。燥热的夏天也会让她丝丝抱怨。幸运的母亲。精明的、有计谋的母亲。她的梳妆台上立着一张父亲的照片。照片中的父亲一身整齐的军装，永远都那么年轻，头发才刚刚修剪过，上唇上蓄有一撇整齐的胡须；腹部没有红孔，绝没有排泄物没有尖叫没有苍白哀吟的痛苦。母亲每天早上都会掸去照片上的灰尘。她掸的时候在想些什么，我从不知道。

历史杀害了父亲。肠癌正在慢慢夺走我的生命，相对来说这是一种私隐的死法。父亲却死在索姆河上，被历史所掳。据我所知，他一整晚都躺在泥潭中，连连叫喊，最后终于有人来救他了，可他还是在从弹坑到急救站的途中死在了担架上，那片弹坑成了他最后的床榻。我猜测，当时他的脑海里有万千思绪，唯独没有历史。

所以，父亲对我来说，很陌生。一个历史人物。记忆中只剩下一个朦胧的场景，一个身影模糊的男人弯腰抱起我，激动地把我放在他肩头，我俨然成为世界的霸主，俯视着身下的戈登，戈登一直都未受人宠爱。即使在那个时候，你可以看出，我对戈登的情感也居主导地位。不过，这个身影模糊的男人到底是不是父亲，其实我也不能确定。有可能只是个叔叔，或者邻居。我和父亲的人生之路好久都没交集。

那我就从岩石讲起吧。顺理成章。我们，每一个人，都从岩石里蹦出来，又被岩石所缚。就像可怜的某人一样，他名叫什么来着，他，在他的岩石上……

"被岩石所缚……"她说，"他叫什么？"

那医生停顿了一下，他的脸与她的隔一英尺的距离，他稳稳地拿着银质小手电筒，他的白大褂上别着他镀金的名字。"抱歉，您刚才说什么，汉普顿小姐？"

"一只鹰，"她说，"在啄食他的肝脏。这就是人类的境况，知道了吗？"

医生宽宏地一笑。"是嘛。"他说。说罢他小心翼翼地拨开她的眼睑，凝睇着。或许，在窥望她的灵魂。

普罗米修斯，当然。神话比历史要好得多。神话有形式，有逻辑，有寓意。我曾一度以为自己就是个神话。六岁左右的时候，被召唤到会客厅，去见一位比母亲富有和世故的亲戚；母亲很敬重她，我突然被这位香气扑鼻的美人一把抱起，举到离她一臂的距离处，她惊呼道："这小宝贝！我们的小神话！红发绿眸的可爱的小神话！"上楼之后，我去照了照小镜子，仔细察看自己的头发和眼睛。我确实是个神话。我确实很可爱。"差不多得了，克劳迪娅。"护士说。"俊就是俊嘛。"但我是个神话；我心满意足地注视着自己。

克劳迪娅。对母亲来说，我是个非典型的异想天开者。我在一个个维奥莱特、莫德、诺拉和碧翠斯之中显得格格不入。不过，仗着我独特的头发和汹涌的思绪，我还是脱颖而出。在查茅斯海滩，别人家的保姆一看见我们就惊慌失措，连忙把自家的孩子招回身边。我和戈登，我们两个既调皮又粗野。真是太丢人了，汉普顿夫人本是个不错的人，而且还是个寡妇……她们啧啧不已，满脸厌恶地看着我们玩，玩得既聒噪又危险，玩得蓬头散发、无法无天。

很久以前。还有昨天。我仍然有一块从查茅斯海滩捡来的蓝里亚斯岩，岩石里面有两个灰色螺纹化石，被我当作镇纸放在桌上。两块菊石，漂浮于永恒的海洋中。

也许我根本不用把旧石器时代写出来，而是拍成电影，一部无声电影。我会在电影里首先向你展示寒武纪沉睡的大岩石；然后镜头转向威尔士的群山、长曼德山、里金山；再从奥陶纪到泥盆纪，从红砂岩到磨石粗砂岩，潜入青葱闪亮的科茨沃尔德，深入多佛的白色悬崖……一部印象主义的梦幻电影。褶皱岩层自地面升起，渐渐成长、成熟，最后变成索尔兹伯里大教堂、约克大教堂和皇家新月宫，变成监狱、学校、房屋和火车站。是的，这部电影在我眼前无声绽放，聚焦于康沃尔的悬崖、巨石阵、伯福德教堂和奔宁山脉。

我应该在这部历史里采用许多声音，而不是为了自己的喜好选择冷静平和、毫无感情的叙述语气。也许我应该像《盎格鲁－撒克逊纪事报》那样，用同一种口吻报道主教的逝世、教会会议的举行和空中飞舞的火龙。那为什么不这样写呢？信仰是相对的。我们与现实的联系总是脆弱的。我不知道是通过何种魔法图像就出现在了我的电视屏幕上，也不知道一块晶体芯片如何具有无限的储量。我只是简简单单地接受。不过我天然地半信半疑——我是一个诘问者，一个怀疑者，一个本能的不可知论者。欧洲大教堂冷冰冰的石头中，还共存着使徒、基督和玛丽、羊羔、鱼、狮鹫、龙和海蛇，还有以叶子做头发的人脸。我赞成这种思想的豁达。

孩子总是盲目轻信。我的丽莎是个头脑迟钝的小孩，但她也会说些令我高兴和震惊的话语。"世界上有龙吗？"她问我。我回答说没有。"那以前有吗？"我说一切证据表明没有龙。"但是既然有'龙'这个词，"她说，"那以前肯定有龙存在呀。"

恰是如此。语言的力量何其强大。能记载转瞬之事，能给梦境以形式，能赋予闪耀的阳光以永恒。

在牛津阿什莫尔博物馆，我和贾斯珀曾在一只有龙纹的中国瓷碟前驻足，那是丽莎出生前八个月左右的事了。我该怎么形容贾斯珀呢？有好几个办法，但没有一种可以完全呈现他的全貌：就我而言，他是我的爱人，是我唯一一个孩子的父亲；对于他自己而言，他是一个聪敏且成功的企业家；从文化角度来看，他是俄罗斯贵族和英国绅士的融合体。而且他相貌英俊，能说会道，有权有势，精力充沛但很自私。我们的结识还多亏了铁托：我是在 1946 年初次见到他的，当时我正在撰写那部有关党派的书，因此很想采访知晓南斯拉夫事务的人。我跟他在某个周二共进了晚餐，在随后的周六我们就上了床。接下来的十年中，我们有时候同居，有时候分居，吵吵闹闹，分分合合。丽莎，我可怜的丽莎，是个脸色苍白、沉默寡言的小女孩，也是我们无止无休分分合合的确凿证据，但似乎也不能称为确凿吧：因为她的相貌和举止跟我们俩一点儿也不像。

她不像她的父亲，她的父亲很好地展现了祖先的贵族气息。他从俄罗斯血统的父亲那里遗传了英俊的长相和对生活漫不经心的态度；他也同样因袭了母亲的特质，譬如善于应酬与社交，又有着天生的优越感。伊莎贝拉继承了德文郡的大片土地，也沿袭了数百年沉静昌盛和自我发展的精神，十九岁那年在巴黎一时冲动，不顾父母的公然反对，嫁给了极富魅力的萨沙。二十一岁时她生了贾斯珀。翌年，萨沙厌倦了当大地主的生活，这时伊莎贝拉如梦方醒，认识到自己犯了个灾难性的错误，经过一番周全考虑，准备与他离婚。伊莎贝拉的父亲给了萨沙一大笔钱，让他放弃所有，离开德文郡，只保留对贾斯珀的抚养权。萨沙毫无怨言地隐居于费拉角①的一幢别墅；经过一段时间的静心休养，伊莎贝拉嫁给了自己的青梅竹马，成了索特利山庄的布兰斯科姆夫人。贾斯珀在伊顿和德文郡度过了童年时期，其间偶尔去了几次费拉角。十六岁后，贾斯珀就频繁去那儿看望父亲。他发现父亲的生活方式很刺激，它是抵御猎人舞会和狩猎派对的一剂良药；他学会了讲法语和俄语，学会了去爱女人，学会了在多数场合游刃有余地发挥自己的长处。在德文郡，他母亲长吁短叹，经常自责；她的丈夫——一个坚毅刚强的人，后来战死在诺曼底海

---

① 费拉角，法国东南部蔚蓝海岸一个面积二点五平方公里左右的小村。

滩——一心想让他的儿子对房产管理、林业和种畜业产生兴趣，但都以失败告终。贾斯珀不仅有一半俄罗斯的血统，而且很聪明。这让她母亲更加愧疚。贾斯珀去剑桥求学，除了体育之外的所有科目都有涉猎，双科第一，广交益友。后来，他尝试涉足政界和新闻业，战时成了丘吉尔内阁中最年轻的幕僚，他因勃勃雄心、交际能力和善抓机遇脱颖而出。

因此，总而言之，这就是贾斯珀。在我的脑海中，贾斯珀是七零八落的：有许许多多个贾斯珀，杂乱无章。正如有许许多多个戈登，许许多多个克劳迪娅。

克劳迪娅和贾斯珀站在阿什莫尔博物馆里那只有龙纹的中国瓷碟前，贾斯珀看着克劳迪娅，克劳迪娅看着瓷碟，仿佛在漫不经心地长久端详它。上面其实文有两条龙，两条蓝色斑龙彼此对峙，露出獠牙，蜿蜒的躯干完美地环绕着瓷碟。它们好像都有鹿角般的犄角和精美的蓝色鬃毛，肘部长着几束毛发，从头到尾像峰峦一样隆起。这是最精准的定义。克劳迪娅盯视着玻璃罩，看见自己的脸和贾斯珀的脸叠加在那些碟子上——鬼魅之脸。

"嗯?"贾斯珀咕哝道。

"嗯什么?"

"你到底跟我去不去巴黎?"

贾斯珀穿着一件粗呢棕色外套，系着一条丝巾而不是领带。手里拎着的公文包与这身打扮很不协调。

"或许吧，"克劳迪娅说。"看情况。"

"这怎么行?"贾斯珀说。

克劳迪娅注视着那两条龙,心里却想着别的事。这两条龙虽然只是背景,但一定会恒久永存。

"嗯,"贾斯珀继续说。"我希望你能去。我明天会从伦敦打电话给你。"他看了看手表。"我得走了。"

"有一件事……"克劳迪娅说。

"什么?"

"我怀孕了。"

一阵沉默。贾斯珀抓住她的肩膀,又松开。"啊,"他终于说道,然后——"你想……怎么办?"

"我要生下来。"

"当然。一切随你,你要是愿意。我想,那也是我想要的。"他展颜一笑——无比迷人、性感的笑容。"呃……我必须说,亲爱的,我觉得你还没有做好当母亲的准备,但我断言你会一如既往地展现你的适应能力。"

她终于扭过头,看着他。望着微笑的他。"我要生下来,"她斩钉截铁地说。"部分原因是无奈,部分原因是我想要这孩子。也许这两者并非没有关系。当然,我没有说我们得结婚。"

"对,"贾斯珀说。"我没觉得你是这个意思。不过,我自然希望扮演好我自己的角色。"

"哦,是的,你一定会陪在我身边,"克劳迪娅说。"你最最绅士了。养孩子开销大吗?"

贾斯珀注视着克劳迪娅，她整个下午都很莫名其妙，只有克劳迪娅才会这样。她站在玻璃罩前，全神贯注地盯着中国瓷碟。她穿着一件花呢翠绿色套装，看上去英气逼人。贾斯珀看到她右手食指上的蓝色凹痕，断定她写了一上午的东西。

"下周末你愿意跟我去巴黎吗？"

"或许吧。"克劳迪娅说。

他真想狠狠地摇她一下。甚至揍她一顿。不过，如果他真这么做了，她很可能反击，而这里是公共场所，况且他们俩都长了一副很好认的脸。他没有那样做，而是把手搭在她臂膀上，抚慰着说他得赶火车去了。

"顺便说一声，"她依然静静地凝视着玻璃罩，"我怀孕了。"

突然间，他莫名地觉得很有趣。他不再想动手打她了。他想，说不定克劳迪娅会冷不丁地说出些别的话来。

丽莎的大部分童年是和外婆或奶奶一起度过的。伦敦公寓不适合孩子居住，我也一直出差在外。布兰斯科姆夫人和我母亲有很多共通之处，尤其是令她们不可思议的后代给她们带来的苦难。她们都勇敢地面对非婚生育，在电话里跟彼此吐苦水，也会竭尽所能地去为丽莎做些什么，譬如找斯堪的纳维亚来的换工①女孩来照顾她和帮她联系寄宿学校。

贾斯珀从未主宰过我的生活。他的确很重要，但那是另一回

①　换工，为学习语言而寄宿在某个家庭并帮助照顾小孩的年轻外国人。

事，不能一概而论。他是我们整个结构的中心，仅此而已。大多数人生都有自己的核心，自己的内核，至关重要的中心。到适当的时候，等我准备好了，我们就会涉及我的人生。目前我要先理一理层次。

维多利亚时代的人中我最喜欢的就是威廉·史密斯，他是个土木工程师。身为运河的建设者，他呕心沥血，得以勘察岩石及其化石含量，从而得出开创性的结论。威廉·史密斯将在我的世界史中有浓墨重彩的一笔。约翰·奥布里亦然。人们还未普遍认识到，奥布里虽然是个顶爱八卦的人，对霍布斯、弥尔顿和莎士比亚说三道四，但他也是第一位卓越的田野考古学家，而且，他对教堂窗户有着朴素却敏锐的见解。他认为窗户的风格先后有别，据此我们就可构建一座座建筑的编年史。他不愧是 17 世纪的威廉·史密斯。还有垂直哥特式和盛饰哥特式①，这些是建筑史上的菊石。我分明可以看到奥布里手握笔记，飒飒地穿过多赛特教堂庭院的草地，我在期待谢里曼②、戈登·柴尔德③和一个个剑桥大学荣誉学位考试及格生，带着这同样的目光，我看见威廉·史密斯头戴大礼帽，俯身蹲在那儿，聚精会神地察看一片沃

---

① 垂直哥特式，原文为 Perp.，即 Perpendicular（1380—1520）；盛饰哥特式，原文为 Dec.，即 Decorated（1275—1380），是英国哥特式建筑两个阶段的风格。
② 谢里曼（1822—1890），德国考古学家，曾在希腊和小亚细亚发掘特洛伊遗址、"米尼亚斯宝藏"遗址及迈锡尼遗址。
③ 戈登·柴尔德（1892—1957），澳裔英籍考古学家。

里克郡的岩屑。

我有一张塞特福特乡村街道的照片——你可以在维多利亚与艾伯特博物馆买到。这张照片摄于 1868 年，上面并没有威廉·史密斯。街道空荡荡的，只有一家杂货店、一个铁匠铺、一辆停着的手推车和一棵参天大树，一个人影儿也没有。但其实，在拍照的时候，威廉·史密斯——或某个人，或一群人，还有狗呀、鹅呀、骑马的人呀——都曾经过树下，走进杂货店，在里面闲逛了一阵，与朋友交谈。可是照片中不见威廉·史密斯，所有人都隐形不见。这张照片的曝光——足足 60 分钟——时间很长，威廉·史密斯和其他行人经过这条街，却没留下任何痕迹。甚至还不及那些寒武纪的原始蠕虫呢，它们在行经北苏格兰的泥沼时都会留下记载着穿越岩石的空空的管状物。

我喜欢那样。非常喜欢。一幅人与这个物质世界关系的简易图。走了，途经又远离了。不过，假设威廉·史密斯——或者那天早晨从这条街上经过的任何人——在途中将手推车从 A 点移到 B 点。那我们会看到什么呢？污迹？两辆手推车？或者，假设他砍了那棵树？糟蹋这个物质世界是我们的拿手好戏——也许，到头来，我们真能一遂心愿。彻底完蛋。而历史也真的将走向尽头。

威廉·史密斯深受分层的启发。与沃里克郡的岩石相比，我的分层没那么容易领会，在我的头脑中，它们甚至不是相继连贯的，而是一团团文字和图像。龙、月亮虎、十字军，以及宝贝们。

那个龙纹的中国瓷碟依然陈列在阿什莫尔博物馆。我上个月还看到过它。

生丽莎的时候，我已三十八岁，一切都很平顺。我出了两本书，写了些颇有争议的新闻报道，以极具煽动性的吸人眼球的创作而闻名。算是有了点名气了吧。我想，若那时候刮起了女权主义的风潮，我肯定出一份力；它一定会需要我；不妨说，我从未觉得女权主义缺失。于我而言，身为女人是一份额外的宝贵资产。我的性别从来不是绊脚石。现在想来，它也许救了我一命呢。我要是个男人，大概早就战死沙场了吧。

我很清楚自己为什么成了一名历史学家。准历史学家——我的一位论敌这么说，这个怕水的牛津大学教师不敢踏出学院半步。因为从小别人就反对这反对那："别争了，克劳迪娅。""克劳迪娅，你不能这么回嘴。"当然，争辩才是历史的要义。意见分歧；你我针锋相对；证据有悖。如果真有绝对真理，那么争辩就会黯然失色。起码我就不会再感兴趣。某一时刻，我发现历史并非是普遍认可的观点，我永远铭记那一时刻。

当时我十三岁。在拉文纳姆小姐的女子学校上学。在四年级下学期 B 班。拉文纳姆小姐给我们讲授都铎王朝的君主。拉文纳姆小姐在黑板上写下一个个君主的姓名和生卒日期，我们把它们抄下来。有时候她也会让我们听写每一朝代的主要特征。亨利八世屡屡步入婚姻，最终患上不治之症，他也是个不称职的君主。伊丽莎白女王很称职，抵御了西班牙人的入侵，政权稳固。她还砍下了身为天主教教徒的苏格兰玛丽女王的头颅。在漫长的夏日午后，我们挥笔沙沙地记着笔记。我举手提问："拉文纳姆小姐，请问天主教教徒觉得砍掉她的脑袋是正确的吗？""不，克劳迪娅，我觉得他们不会这么认为。""那么，请问，天主教教徒现在也这么想吗？"拉文纳姆小姐叹了一口气，"呃，克劳迪娅，"她善意地说，"我觉得他们当中有些人或许会这么想。人们有时候会反对。但你不用为此操心。你只要把黑板上的抄下来就可以了。用红墨水把标题写得既工整又清晰……"

突然，我感觉历史那原本灰沉沉的池塘轰然决堤，激起千层汹涌的巨浪。我听到人声鼎沸。我放下笔，思绪放飞；我没用红墨水把标题写得既工整又清晰；我的期末考试不及格，只得了三十八分。

moon tiger

第二章

"哦，主啊，从北方野蛮之人的魔掌中，将我们拯救……"你蜷在沙发上，有灯光做伴，房门紧闭，被 21 世纪的气息温馨地包裹着的时候，读到这句祷告时难道不会在心头掠过一丝异样的情感？再说，主当然不会拯救世人，或至少不会总如此。他从来就不拯救，而人们是不会知道的。他仅仅传达旨意，而那个记载他旨意的可怜僧侣也许下场悲惨，不是被维京人用铁块刺穿喉咙，就是和他的教堂一起葬身火海。

　　在我大约九岁的时候，我祈求上帝干掉我的哥哥戈登。毫无痛苦但不可逆转。我们俩碰巧被带去林迪斯芳，不是去那儿思考维京人入侵——妈妈恐怕都没听说过维京人——而是沿着岛上的堤道走一走，然后来场野餐。我和戈登在那岛上赛跑。戈登比我大一岁，自然比我跑得快，他当然志在必赢。在不甘和盛怒中，我气喘吁吁地向上帝提出这个祈求，是的，我差不多的确意欲如此。我对上帝说，从今以后我再也不会向您要求什么了。再也不会，只要您实现我的这个心愿，现在，马上。有趣的是，我得恳求上帝消灭戈登，而不是让我跑得更快一点。当然，在这么个天气晴朗、海风吹拂的下午，上帝压根就没理会我的要求，而我就生了一个下午的闷气，并成了不可知论者。

几年后我和戈登又去了那里。这一次我们没有赛跑，只是从容不迫地散步。我记得我们讨论了德意志第三帝国和即将来临的战争。我突然想起了那个僧侣的祷告，对戈登说，好像维京人又要卷土重来，仿佛看到海平面上血红的帆，听到全副武装的士兵沉重的脚步声。海鸟鸣叫着，悬崖上的草坪布满了星星点点的野花，踩上去如海绵般松软，这毫无疑问就像在 9 世纪一般。我们坐在残垣断壁之中吃三明治，喝生姜啤酒，然后躺在一处凹地里晒太阳。那时我们并不认识贾斯珀。还有丽莎。西尔维娅。拉兹罗。埃及。印度。层级还未形成呢。

我们谈论着战时和战后我们想做的事——如果还有战后的话。戈登希望能想办法进情报机关（那时候人人都搞关系——搞关系开后门什么的）。我知道自己想做什么：成为战地记者。戈登听了大笑不已。他说他觉得我机会渺茫。可以试一下，他说，祝你好运，不过说真的……我大步向前，把他甩到后面。你等着瞧吧，我说，等着瞧吧。他不得不追了上来，来平息我的怒气。我们仍然是对手。不仅是在那件事上。其他方面也如此。那时是，以后亦然。

医生停下脚步，透过门上的玻璃舷窗向内张望。"她在跟谁说话？有人来看她吗？"护士摇摇头。他们注视了病人片刻，她的嘴唇一张一合，表情……专注。看来临床症状一切正常。他们朝走廊尽头走去，脚步嘎吱作响。

克劳迪娅直面戈登，不是在被海水拍打的林迪斯芳海岸，而是在1946年弥漫着"滴水兽"滑翔导弹那粉色的酒精味气体的地方。她心中暗喜，胜利的感觉使她眸色闪烁，激动不已。

戈登怒气冲冲地瞪着她。"他是个浑球。"他说。

"闭嘴。"

"他不会听到的。他只顾忙着开拓事业呢。"

贾斯珀站在几码开外的另一张桌子边和坐在那儿的人交谈。他黝黑的脸被桌上的烛光映照得透亮。他英俊潇洒，极富表现力。他的手势常常为他的话语添上画龙点睛的一笔，他的笑声清朗。

"你对男人的品位总是那么不靠谱。"戈登继续道。

"是吗？"克劳迪娅说，"这倒是个有趣的说法。"

他们对峙般地瞪着对方。

"哦，得了，你们俩就消停会儿吧，"西尔维娅插嘴道，"这不是为了庆祝来的嘛。"

"可不是嘛，"戈登立刻说，"可不是嘛。来吧，克劳迪娅，让我们来庆祝吧。"说着，他向克劳迪娅的酒杯里倒了些酒。

"这真是太棒了！"西尔维娅说道，"牛津大学奖学金！我还是不敢相信这是真的。"她的目光从未离开戈登，但戈登并没有看她。她帮他扯掉他夹克衫袖口的丝线，碰了下他的手，从口袋里掏出一包烟，掉在地上又捡了起来。

克劳迪娅继续看着戈登，但时不时地用眼角的余光打量贾斯珀，暗自度量。别人也在注意贾斯珀，他是个总能吸引别人注意的人。她举起酒杯："再次表示祝贺！别忘了通知我出席你的盛宴。"

"不行，"戈登说，"女士不能出席。"

"哦，这太遗憾了。"克劳迪娅说。

"你在哪里认识他的？"

"认识谁？"

"你他妈的清楚得很我在说谁。"

"哦，贾斯珀。嗯，好吧……在哪里认识的？我为了一本书去采访他的时候认识的。"

"啊，那本书怎么样？"西尔维娅兴致勃勃地问。

他们没有理会她。这时贾斯珀回到了他们这桌，坐了下来，把手覆上克劳迪娅的手。"我点了瓶香槟。干杯。"

西尔维娅想掏出一支烟，却不小心把烟盒掉在地上，于是她伏在地上摸索，心想自己在发廊做的昂贵发型就这么毁了。穿的裙子也不好看，粉红色的，款式太女孩子气了。克劳迪娅穿的就很好看。一袭黑裙，领口开得很低，还搭配了一条绿松石的腰带。

"那本书怎么样？"她问。克劳迪娅没有回答她，西尔维娅为了化解这谈话间隙的尴尬只得点上她的烟，一口一口吸着，环顾四周，仿佛根本不在意有没有人回答她似的。

这个样子持续了一整个晚上。只要克劳迪娅在就会这样。那情绪如此激烈，无论他们是不是在吵架（天啊，她可从来没有像这样和她的哥哥吵架），都好像其他人不存在似的。那让你觉得你的在场都是一种冒犯，应该立刻离开这个房间。戈登连碰都没有碰她。

贾斯珀回来了，她如释重负地大声问："你怎么把皮肤晒得这么漂亮的？"

"在法国南部漂游晒出来的吗？"戈登问，"我以为你们这些人一直都很忙的。"我知道你是怎样的人，他心想，那种穿着骑兵斜纹裤，一心瞄着良机出现的人。

香槟送来了。打开时泡沫四溅。被倒进桌上每个人的酒杯里。贾斯珀对着戈登举起酒杯。"这杯敬你，戈登！为了见我的父亲，我匆匆忙忙到法国南部待了几天。"

"我猜你马上要被分配到某个人人垂涎的地方去了？"西尔维娅问。

贾斯珀摊开双手，做了个鬼脸。"我的好姑娘，外交部也许会把我丢到亚的斯亚贝巴①，谁知道呢！"

戈登两口喝完了杯里的香槟。"看来我们一帆风顺的外交官先生想要吃点苦头啦？难道你不是这样看你自己的吗？顺便问一

_____

① 亚的斯亚贝巴，埃塞俄比亚首都。

句，像你这样年纪的人是怎么进外交部的？"戈登说话的时候眼睛一直盯着贾斯珀和克劳迪娅交叠在一起的手。

"戈登……"西尔维娅悄声责备，"这太失礼了。"

"一点都不失礼，"贾斯珀微笑道，"精明如你，当然会问了。来得晚还不如来得巧吧。有贵人提携了我一把。"

"难怪了。"戈登说。贾斯珀和克劳迪娅的手现在轻轻地握在了一起。"你以后会一直干下去了，是吗？我知道你到现在为止已经换了很多种职业了。"

贾斯珀不置可否地耸了耸肩。"我信奉来去自由，灵活变通，你觉得呢？这个世界太精彩，人生如果只拘泥于一个方面未免就太可惜了。"

戈登一时无法找到足够恶毒的话来反击，也许是酒精起作用了。西尔维娅用膝盖顶了顶他的膝盖。他没法解释自己到底有多讨厌这个男人；克劳迪娅之前就经常介绍她的男人给他。他理所当然地厌恶他们所有人。但出于某种原因，贾斯珀又和他们有些不同。他又给自己倒了些酒，边喝边咄咄逼人地盯着贾斯珀。"把父亲安置在法国南部真是太聪明了。"

克劳迪娅大笑。"你醉了，戈登。"

一张张脸呈现出不同的质层。我现在的这张脸滑稽地刻画出它曾经的模样。我仿佛还能看见紧实的下颏线，那双美丽的眼睛和略显苍白的柔滑面容。它们曾如此完美地衬托出我的秀发。但现在，这一切都起皱、下垂，就像一件经过洗涤毁得一塌糊涂的昂贵衣裳。眼睛深陷得几乎看不见了，脸上的皮肤上布满网状的皱纹，令人厌恶地从下颔垂下来；头发稀疏，都能看见头顶的粉色皮肤了。

戈登的脸总是能诡异地映照出我的脸。别人并不觉得我们长得像，但我可以从他的脸上看到我自己，从我的脸上看到他。或许是某个眼神，或许是嘴角的一动，或许是脸上的某个阴影。我们身上相同的基因昭示了我们的关系。这是一种奇怪的感觉。和丽莎在一起的时候我也偶尔会有这种感觉，她也一点都不像我（也不像她父亲，所以她可能是被偷偷掉包的孩子，可怜的人儿。她的确像那些被掉包的孩子一样面色苍白，身体虚弱）。但当我盯着她的脸看的时候，我的脸即刻就会在她的脸上闪现。戈登的头发浓密，呈金色而不是红色；他的眼睛是灰色而不是绿色的；在他十八岁的时候，他已经有六英尺高了。和那些把手插在裤袋里吹着口哨自如应对人生的人一样，看起来修长，无忧无虑。那时的戈登，就是个黄金般耀眼的小伙子，总是频频获奖，广交朋友。

你有一对多么可爱的子女啊，人们曾这么跟母亲说。而母亲却不以为然。赞赏自己的孩子不是什么大不了的事吧。不管怎样，母亲有异议。

在我们两个都上了大学的时候，母亲早已抽身隐退，退出历史。她坚持蜗居在南部的多赛特郡，仿佛要让多赛特如披肩般紧紧裹住自己，同时她尽可能地将我们时代里的方方面面阻挡在她的生活之外。战争，当然令人烦扰。战争要求人们坚忍，而坚忍恰是母亲所擅长的。她不介意汽油短缺，不介意拉上遮暗灯火的厚窗帘，不介意用极少的热水沐浴。没有厨师和花匠也是可以忍受的。她着力规避充盈的感情，因此，比起轻松的教堂礼拜和摆弄花草，她不愿投身于任何更为热烈的事情。她不发表意见，也不爱任何人。她仅仅是喜欢少数几个人，我猜想也许包括戈登和我。她买了一只受过训练的苏格兰高地犬，只要有人命令它"为国献身"，它就会四肢朝天地在地上翻滚。显然，母亲并没有为此感到心神不宁。

历史当然充斥着像母亲这样置身事外的人。那些身先士卒的人才是例外——那些知道自己身处何地，知道自己喜欢与否，并渴望参与的人。戈登和我都是身先士卒的人，只不过以不同的方式而已。贾斯珀显然也是。如果可以的话，西尔维娅也会是那种置身事外的人，就某种程度上说，她的确是这样的，只是她的人生和戈登的缠在了一起，于是她时不时地被拖到了前线。如果是在美国，她会快乐地被蒙在鼓里，什么都不愿知道。

上周西尔维娅来看我，也许是昨天来的。我装作我不在。

"哦，亲爱的，"护士说，"恐怕今天恰好是她状态不好的时候。她呀，总是不可预料……"她俯下身子。"你的嫂嫂来了，亲爱的，不起来问候一下吗？亲爱的，醒醒。"她遗憾地摇摇头。"好吧，您何不陪她坐一会儿呢，汉普顿太太？我相信她会很感激您的。我给您倒杯茶来。"

西尔维娅轻手轻脚地坐下。她看着眼前那张高高的床，床上都是升吊机、电线、导管之类的医疗器具，她就被困在床上，眼睛紧闭，面容瘦削。她让人想起那些乡村教堂里镌刻在石头坟墓上的人像。床边的花瓶里插了几枝花，窗台上也有一些。西尔维娅有些费劲地站起来，（椅子很矮，她又胖得那么不像样，唉。）走过去偷偷看一眼放在旁边的卡片。她扭过头，有些紧张地瞥了眼床上的人。"克劳迪娅？是我——西尔维娅。"床上的人默不作声。西尔维娅闻了闻花，拿起那张卡片。"……致以诚挚的祝愿……"因无法辨认潦草的笔迹，她戴上了眼镜。床上传来一阵抽搐声，西尔维娅赶紧放下卡片，疾步走回她坐过的椅子。克劳迪娅的眼睛仍然闭着，但一个明显的放屁的声音传来。西尔维娅涨红了脸，忙着翻她的手提包，找梳子，找手帕……

"哦，拜托，拉文纳姆小姐，学历史有什么用啊？"十四岁那年，我用一种狡黠却无辜的语气问我的老师。那时我们已经上到有关印度反英暴动①和加尔各答虐囚黑牢②的内容，这么暴力血腥的事让我们惊骇不已。据我所知，拉文纳姆小姐不喜欢学生在课上提问，除非是关于具体日期或名字拼写的问题。不知怎的，我料想这个问题应该差不多属于异端了。拉文纳姆小姐沉默了一会儿，用一种厌恶的神情看着我。但出乎意料的是，她倒是自如地应对了这一局面。"因为这样你才能明白为什么英国成了一个

---

① 指 1857—1858 年印度士兵反对英国殖民政策的暴动。
② 据说，1756 年，有一次有一百四十六名欧洲人被禁闭于此，次晨仅存活二十三人。

伟大国家。"说得好，拉文纳姆小姐。我肯定你从来没有听过辉格党人是怎么解读历史的，也不可能知道它的含义，但教养会揭示一切。

所有老师都讨厌我。某位老师在成绩单上写道："我担心克劳迪娅的聪明才智会成为她的绊脚石，除非她学会控制自己的热情，把才能用在应该用的地方。"当然了，聪明才智总是不利的。瞧见聪明才智的苗头时，家长的心应该会重重一沉。发现丽莎不过是个智力平平的人让我倍感欣慰。她的生活比我的舒服得多。我和她父亲都没有过上顺心如意的生活，不过我们是否希望过上不同的生活那是另外一回事。戈登的生活也断断续续有不如意的时候，不过，这么说吧，西尔维娅的生活也是如此。那似乎毁了我整个关于才智和幸福的理论。西尔维娅愚蠢透顶。

戈登是在战后认识她的。她是某某人的妹妹（自然而然地——正如现在她是某某人的妻子）。他和她在跳舞时结识，发现她长得挺标致（她的确是），和她调了调情，带她回家，睡了她。然后在时机成熟的时候宣布与她订婚。

"为什么要娶她？"我问。

"为什么不呢？"他耸耸肩。

"看在上帝的分儿上，为什么要娶这个人？"

"我爱她。"他回答。

我笑了。

她并没有带来多少麻烦。她只是一心扑在孩子和房子上。一个传统的好女孩，在第三次见面的时候，母亲如此评价她，她一眼就看穿了西尔维娅伪装在粉色指甲、摆动的"新风貌"裙装和娇兰"蝴蝶夫人"古龙水下的真实面貌。他们在西尔维娅父母位于法汉姆的家办了个循规蹈矩的婚礼，婚礼上的马蹄莲、小天使般的伴娘和草坪上的大帐篷都深得母亲欢心。我婉拒了当首席女傧相的邀请，戈登在婚宴上喝了个酩酊大醉。他们在西班牙度了蜜月，然后，西尔维娅就怀着"从此幸福地生活在一起"的美好愿望在北牛津定居了下来。

在西尔维娅眼中，她的幸福生活中唯一不尽如人意的事是，戈登的学术研究领域——从历史角度而言——颇为前沿。经济学家正大行其道。西尔维娅如果是嫁给一位探究希腊或罗马的古典学者或许会更好。戈登研究、关心的不仅是此时此地，更是未来，而这也正是政府感兴趣的。政府需要像戈登这样的人随时待命，证实他们深深的恐惧，增强他们的信心。戈登开始有越来越多的时间不在北牛津；他被不断"租借"到新兴非洲国家、新西兰、华盛顿。西尔维娅不再谈戈登如此被需要是件多么让人兴奋的事，而是开始想孩子们如此频繁地转校是否对他们有好处。她试着留在牛津，却担心自己是不是错过了什么，或是戈登在做什么。她开始没有节制地吃东西，人也胖了起来。表面上她装作一切正常，这也是她能做的最好的事了。她比我以为的要明智一些。

也许我并不是唯一一个认为婚姻匪夷所思的人。看看戈登，从一个黄金般耀眼的小伙子转变为一个精明、备受尊重、英俊潇洒的成功男人。从新加坡到斯坦福，女人们无不为他倾倒。然后看看西尔维娅，从一个美丽的少女变成一个丰腴的平庸女人。她所有的谈资就是天气、商品价格和孩子上学的事。我看到过人们看着西尔维娅跟在戈登后面，仿佛她是由游艇拖曳着的小艇；看到过女主人们把她塞到桌子末端的座位里；看到过戈登那些事业成功的朋友眼中流露出的不耐。但也许只有我知道戈登骨子里那影响他整个人生的懒惰。哦，他当然工作……面对学术问题，他会刻苦钻研，把自己弄得精疲力竭。他的懒惰表现得更隐秘，那是一种心灵的懒惰，而西尔维娅是这种懒惰的集中体现。戈登需要西尔维娅，就像有些人需要每天花一两个小时什么都不干单单盯着窗外看，或者摆弄自己的手指。戈登智力上的精力是无穷的，而情感上的精力却极其微小。他时不时会和聪慧的女人在一起，但从来不会长久。和西尔维娅在一起要安全得多，也许她自己根本没有意识到这点。

很久以前，在我十三岁戈登十四岁，任何东西都要竞争的时候，妈妈在暑假为我们雇了个家庭教师，我们彼此争夺这位年轻人的关注。他本来是来辅导戈登的希腊语和拉丁语的。他叫马尔科姆，是个大学生，十九或二十岁的样子，身材敦实，皮肤浅黑。在多肯郡度过一个漫长得不着边际的慵懒夏天后，他的肤色被晒成了浓浓的咖啡棕。一开始我们很讨厌他，因为他打断了我们无所事事的日子。我们不情不愿地被他拖进教室，但一出教室，我们就装作没看见他。然后有趣的事发生了。有一天，我走进房间，看到马尔科姆正单独和戈登在一起，教他维吉尔的诗。我注意到两件事：第一，戈登很乐意做他正在做的事；第二，他们很喜欢彼此。马尔科姆弯腰在看戈登的练习册，一只手搭在戈登的肩上。我看了看那只手——清瘦，棕黑——然后盯着马尔科姆的脸。他的眉毛浓密，颜色很深，一双棕色的眼睛正专注地看着戈登，认真地听他讲话。突然，我感到火辣辣的嫉妒，我多么希望那只手搭在我的肩膀上，多么希望那个成年男人突然间变得魅力无限的眼神投注在我的身上。

我去找妈妈，她正埋首于她的玫瑰中。我向她宣布说我要学习拉丁语。

我猜你也许会说，几年后我得以顺利进入大学，正是因为被这最初的性渴望所驱使。在那个夏天剩余的日子里，我埋头苦学肯尼迪的《拉丁语入门》。我以飞快的速度学习主格、宾格、虚拟语气、条件从句、恺撒的《高卢战记》。什么都不能浇灭我的学习热情。我拿着语法书倚在马尔科姆粗壮的大腿上问他语法题；在他给我改作业的时候，我故意用我的手臂擦过他的手臂；我梳妆打扮自己，搔首弄姿，巴结讨好他。被我弄得几近抓狂的戈登飞快地学完《埃涅阿斯纪》，开始钻研《伊利亚特》。我们不断地刺激对方做出更激烈的举动。可怜的马尔科姆，他本来只是想在夏天轻轻松松地赚点零花钱，却发现自己被卷入青少年没完没了的迷恋中。刚刚萌芽的性意识和表现得比戈登好的愿望驱使着我，而戈登的全情投入则是因为与我的竞争及为马尔科姆对他的兴趣被我打搅而减淡深感愤怒。马尔科姆，一个正派、循规蹈矩的公立学校学生，或许第一次发现自己有些许同性恋倾向。他也许对戈登有那么一点渴望——直到我开始用我那青春期躁动的双手抚摸他——在天真的游戏中用我刚开始发育的胸部紧贴他，对他抛媚眼。我使他感到迷惑和惊恐。在夏天结束的时候，这个可怜的年轻人已经变得跟我们一样兴奋奔放。

毫不知情的母亲参加了英国皇家园艺学会的西南夏季展。在丰花玫瑰和杂交茶玫瑰之类的竞拍中，以底价购买成功。

十三岁的我自然不知道性的机理。可怜的母亲，性对她来说是多么邪恶，于是她一天天拖延向我们解释性为何物。我所知道的是，显然这其中定有什么不可告人之处，不然也不会搞得这么神神秘秘。我也有自己的怀疑，因为多年以来我只要一有机会就会研究戈登的身体。而且马尔科姆那敦实、金黄、充满男性气息的身体让我产生某些说不清道不明的感觉，这也加强了我的好奇心。

夏天一结束，马尔科姆就走了。我回到拉文纳姆小姐的课堂，戈登去了温切斯特私立学校。妈妈为了让他进那所学校颇是费了一番心思，她特地找到舍监，轻声细语地跟他说戈登是个没爹的孩子。某个晚上，舍监让戈登来他的书房，与他聊了聊。

在圣诞假期的第一周，他一直都在为他的优越感沾沾自喜。在她让人无法忍受的炫耀卖弄后，他知道他终于无法把自己克制在暗自得意的程度。他厌倦了她没完没了的炫耀，于是选择向她表明自己的优越感。

他说："不管怎样，我知道宝宝是怎么生出来的。"

"我也知道。"克劳迪娅说。但一个微小的停顿泄露了她的心虚。

"我打赌你不知道。"

"我绝对知道。"

"那么，是怎么生出来的?"

"我才不告诉你呢。"克劳迪娅说。

"那是因为你不知道。"

她犹豫了一下，被难住了。他得意地瞧着她。她该怎么说呢? 终于，她耸了耸肩，表情无比轻松。"这还用说嘛。男的把他的——那玩意儿——放到女的肚脐眼儿里，然后宝宝就钻进她的肚子慢慢长大了呗。"

戈登被她的话逗得乐翻了天。他笑得在沙发上直打滚，喊道:"放到她的肚脐眼儿里! 你真是个彻头彻尾的笨蛋，克劳迪娅! 放到她的肚脐眼儿里……"

她居高临下地瞪着他，脸涨得通红，不是因为感到尴尬，而是因为感到懊恼和愤怒。"他是这么做的! 我知道他是这么做的!"

戈登止住笑，坐起身。"别傻了。你什么都不知道。他把他的那玩意儿——那叫阴茎，你连这个都不知道吧? ——这里……"接着他伸出手指戳了戳克劳迪娅的胯部，顶住她裙子下面两腿分叉的部位。她睁大了眼睛——是因为惊讶? 还是愤怒? 他们注视着对方。楼下某个看不见的地方，母亲正沉浸在她自己的世界中，他们可以听见母亲的缝纫机发出的宁静的哼鸣声。

"我才不告诉你呢。"她说。

"那是因为你不知道。"

他懒洋洋地坐在沙发上，一脸自得，她完全可以打他的。而且，何况她确实知道——她差不多可以肯定。她愤愤不服地说："我就是知道。男的把他的那玩意儿放到女的肚脐眼儿里。"她没有说出口的是，她为自己的肚脐还不够做这样的事而感到遗憾——她觉得等到她大一点后，她的肚脐一定会变大的。

他扑倒在沙发上，笑得说不出话来。然后他往前倾了倾身子。"我知道你不知道，"他说，"听着。男的把他的东西——顺便说一句，那叫阴茎——这里……"接着他伸出手指戳她的裙子下两腿交叉的部位。

奇怪的是，她的怒气消失得无影无踪，被另外一种同样强烈的却令人困惑的感觉所取代。某种神秘的事物正要被揭开，某种她无法理解或言明的事物。她好奇地瞧着她身着灰色法兰绒的哥哥。

moon tiger

第三章

剧组成员正慢慢敲定；情节更加扑朔迷离。母亲，戈登，西尔维娅。贾斯珀。丽莎。母亲不久即将谢幕，在1962年生了一场病后便优雅从容地退场了。其他人，还不知晓名字，来的来，走的走。有的戏份比别人多；有一个最为重要。人生宛如历史，意外在伺机等候，藏在角落里咧嘴窃笑。而只有事后我们才知晓因果。

　　一时间，我们依然关注结构，关注舞台背景。我一向对种种开端饶有兴趣。我们都热衷审视童年，喜欢给当事人各打五十大板。我钟情抵达，痴迷无辜的黎明时刻，历史即从此加速。我喜欢思索不知情的船民，他们总是忙于无聊的琐事，比如饥饿、口渴、潮汐、保持轮船航向、争吵、水湿了脚，他们关心这一切，却唯独不管命运。这些貌似古怪的身影出现在巴约的挂毯上，但在合适的场景内绝不古怪，他们是粗犷硬朗而又能干的汉子，在与绳子和风帆搏斗，在和狂野的马匹较劲，在遭受坏脾气长官的咆哮。恺撒观望着苏塞克斯海岸。马可·波罗、瓦斯科·达·伽马、库克船长……所有那些凡俗的旅行家都是财迷心窍，或是天生不安分，在研究指南针、与原住民打交道的过程中成就永恒。

而最有趣的一场抵达莫过于一艘嘎吱作响、摇摇晃晃的轮船，此船得名于一丛英格兰灌木树篱。船上塞满了锅碗瓢盆、鱼钩鸟铳、黄油和各种食物。一群固执、不切实际、雄心勃勃而又有勇无谋的人就驾驶着这艘船投入了科德角的怀抱。但是，你们对已经将威廉姆·布雷福德、爱德华·温斯洛、威廉姆·布鲁斯特、迈尔斯·斯坦迪什、史蒂芬·霍普金斯和他的妻子伊丽莎白，以及你们所有其他人卷入什么知之甚少。你们怎能料想到奴隶制以及脱离联邦①、淘金热、阿拉莫之战、超验主义、好莱坞、福特 T 型车、萨科和万泽提、乔·麦卡锡？越战。罗纳德·里根，祈求上天保佑。你们担心上帝，担心天气，担心印第安人，为那些远在伦敦、牢骚满腹的投机商而忧心。但是，尽管这样，我还是喜欢为你们着想，寻找栖息地，伐木砍林，建造房屋，种植庄稼，祈祷上帝。结婚生子，生老病死。走遍荒野，留意酢浆草、菁草、叶苔、水田芥以及优种大麻和亚麻。或许，我是个缺乏想象力的人，这倒也无妨。在马萨诸塞州，16 世纪 20 年代绝非是供人天马行空的时代——对我这样的人来说，为你们着想，那简直是一种奢望。

你们是公共财产——公认的过去。但你们也是私有的，我对

---

① 指南方十一州为反对林肯解放南方黑奴的政策，于 1860—1861 年相继宣布脱离联邦。

你们的看法是我自己的，你们与我之间的联系是个人的。我喜欢反省你我之间那条摇摆不定、纤细脆弱的线，把你从普利茅斯种植园的小屋带到我的身边，克劳迪娅，乘坐跨大西洋航线的泛美、环球、英国航空去探望我在哈佛的兄弟。你看，这就是关键所在。以自我为中心的克劳迪娅又一次将宏大历史屈从于她渺小的存在。呃——我们难道不都是这样的吗？但不管怎样，我所做的无非就是把自己融入历史的进程之中，牢牢抓住历史的尾巴，看看自己在哪里能适得其所。1620 年普利茅斯的斧子和火枪依稀回荡在我的时光片段中。它们已制约了我的人生，宏观也好，微观也罢。

我想将连接你我思想的碎片都一一挑拣出来——一些关涉法治、财产分配、得体举止以及人际尊重的执念。但碎片寥寥无几。我凝视那不可穿越的迷雾，在迷雾中，我所谓的褊狭被神化为信仰；在迷雾中，我们可以畅快地将被屠宰的印第安人的头颅钉在城堡墙外；在迷雾中，你忍受穷困，而这穷困会在一周左右要了我的命，而你们却又相信巫术，更有甚者，你们不仅相信，而且深知还有来生。

当然，从某种意义上来说，你们是对的，虽然不是按你们所想的方式。我就是来世。我，克劳迪娅。回首往事；记录评估。不过你们根本不会关心我——一个不敬鬼神，口出鄙言，曾有着通奸、渎神等恐怖经历的老太婆。不，你们一点都不会喜欢我。我相信我所经历的都是你们最害怕的事。

但是你定将在我的历史世界里占有一席之地，留下浓墨重彩的一笔。我将沉醉地徜徉在你们中间，指出你们的有条不紊、你们的正义感、你们的勤勤恳恳、你们的勇气。有人说，印第安人"喜欢用最血腥的方式折磨人，用鱼鳞活剥人皮，一块一块地切下关节和器官，在煤上烤熟，逼着人在奄奄一息时眼睁睁地吃下那一块块肉片……"但你们仍旧扬帆出航。当然，到头来完蛋的是这些印第安人，可怜的家伙。鉴于当时普遍的舆论气候，在伦敦周围各郡，你们的鼻子或者耳朵也完全可能被割下来。在一个原始世界里，勇气的评价方式或许应有所不同。不论怎样，你博得了尊敬。

它，你们的世界，就像是个幻想世界。一个邪恶的伊甸园，橡树、松树、胡桃、榉木林立，狼嚎狮吼，出没其中。你们从未提及毒葛，我在康涅狄格一次野餐时被毒葛扎伤。环境起着主导作用：别胡说保护环境什么的。至关重要的问题是环境会不会好好地保护你们。环境让你们许多人营养不良、罹患疾病，间接夺走你们的性命。那些拼命挺过寒冬的人是在竭力干预自然。你们砍掉成千的树木；你们荒谬地用鲱鱼给土地施肥，把它们头朝上摆成一个个小墩儿，就像康沃尔郡①的仰望星空派②；历史上发生过海狸和水獭大灾难，你们的所作所为也危及了万帕诺亚格

---

① 康沃尔郡，英国英格兰西南端的郡。
② 仰望星空派，一种菜肴，鱼头突出于覆盖鱼体的玉米糊等调料外，似在凝望星辰。

人①和纳拉甘西特人②。你们影响了玉黍螺和圆蛤类的生活，它们原本安安静静地生活在海中，现在发现自己摇身一变成了金钱，经过抛光和钻孔变成了串珠，成了毛皮交易中印第安人的硬通货。伦敦市场上海狸的价格决定了串珠的价值。这真是个匪夷所思的经济景观——在米德尔塞克斯郡雨天戴的一顶帽子竟会事关科德角浅滩爬行的海贝的生死。

"五月花"号上有一条西班牙猎犬。有一次，它在种植园不远处被狼群追赶，它一溜小跑，蹲伏在主人的双腿间"寻求庇护"。多聪明的狗啊——它知道火枪比尖牙厉害。我发现这个动物的不凡之处在于，我应该知晓它的存在，应该记载它这一段并不重要的时间之旅。它已成了一件至关重要的可有可无的事情，而正是这样的小事、琐事才使人信服历史是真实的。

我知道这只小猎犬。我知道1620年3月7日星期三马萨诸塞州的天气如何（虽寒冷但晴朗，东部起风）。我知道在那个冬天死了的和未死之人的名字。我知道你们吃什么喝什么，我知道你们如何布置你们的家，我知道你们当中谁有良心且尽职谁又没有。同时，我也一无所知。因为我不可能是你们肚子里的蛔虫，我不能剔除脑袋里的知识与偏见，不能用孩童般澄澈的目光审视世界，我被囚禁于我的时代，正如你们是你们时代的囚徒。

唉，那也是没办法的事。即便如此，一想到你们，我就颤

①　万帕诺亚格人，北美洲印第安人的一支。
②　纳拉甘西特人，北美洲印第安人的一支。

抖，你们是那伊甸园里的无辜者（哦，就像 17 世纪欧洲的任何产物一样无知无邪）。但依此类推也不行。我希冀的是让你们面向未来，直面不可思议的事，面向我所熟悉的熙熙攘攘的大陆——将一切崇高与震撼糅为一体。

我喜欢美国。戈登亦然。但西尔维娅不喜欢美国。可怜的西尔维娅。她在那里挣扎，就像一只快快的海龟拍打着双脚艰难前行。她从没学会那儿的语言，那儿的风格，那儿的习俗。有的人具有变色龙一样的特质（我有，戈登也有，自然贾斯珀也有），这些特质有时是深植于年轻人之中的。西尔维娅对环境的反应在大约十六岁的时候就凝滞不变了；她希冀时光美好，儿孙满堂，居有定所，良友亲密。她如愿以偿，期望从此以后幸福生活。她并没有考量外界因素。戈登的事业蒸蒸日上。人到中年，西尔维娅才发现自己每年一半时间都在大西洋彼岸度日，而戈登却在哈佛履职。

西尔维娅当然被安置到了车后座。这是她的所愿。她手扶着门说："克劳迪娅，我还会回来的。"美式表达脱口而出，又迅速更正过来——譬如水龙头、公寓、马路，等等不一而足，但也不是没有限度。只是有时，当她很慌张的时候——当然她现在就很慌张——好像她已不再能管住自己的嘴，说出口的全是可怕的混杂语，既不是她自己的话，也不是美国话。她已不知所措，对此她心知肚明。不管是腿脚还是舌头都不再知道该往哪儿放。她从来就没把事情做得很妥帖——总是出差错，该握手的时候却拥抱，该拥抱的时候却又握手，不是喋喋不休就是沉默寡言，她也无法判断人们的身份、关系和言外之意。不像戈登，从牛津到哈佛没有刻意修饰语言和着装，言行举止就像在家一样洒脱自如，依旧人缘极好，受人尊敬。

克劳迪娅并没有说："哦不，我会的，西尔维娅。"她径直和戈登坐在了前面，而西尔维娅轻喘着，钻进小汽车后座，希望在美国也拥有座位宽敞柔软的汽车。

车要坐很久，她乖乖地坐着。"不用来，你不必非得来。"戈登说。但是，她当然得来，即使马萨诸塞州的夏日热气蒸腾，高速公路旁的温度计显示温度已高达令人炫目的九十八华氏度，她的裙子黏在身上，汗水顺着两肩胛胛流淌。假如她没来，她肯定整日待在凉爽的房间里，感觉自己被遗弃了，无人关照。在她的想象中，他们自个儿在欢声笑语，尽情享受，感觉他们在远离她、忽视她。她被迫无奈，开始强迫大家注意她的存在，她很不舒服地俯身向前，问戈登他们能不能把窗户关上，打开空调，她想听克劳迪娅在说什么。

"关窗？"克劳迪娅说，"天啊，我们需要新鲜空气！"

于是，新鲜的热气呼啸着穿过车厢，绿色的、灼热的马萨诸塞州从他们眼前掠过，西尔维娅只好罢休，颓然跌坐了回去。此时她注意到克劳迪娅的头发呈三种颜色——灰色、白色和一簇簇暗深红色。头发剪得短短的，虽只是随意梳理了几下，但尽量想显得（理所当然）时髦一些。而西尔维娅自己的头发每月都精心护理，却仍是惨灰的金色，而且高速公路上的狂风故意惩罚她似的，把她的发型吹得乱糟糟的。她摸索了一阵，想翻找一条围巾。克劳迪娅穿了条牛仔裤，配上一件法式条纹衬衫。西尔维娅简直无法想象，在她这个年纪还可以这么穿——看上去（当然咯）不像装嫩却很时尚。

"你还好吗?"戈登偏过头问。

"风真是大得吓人。"西尔维娅说。戈登把自己一侧的窗户上摇了一英尺，克劳迪娅一侧的上摇了两英寸。

西尔维娅想到了食物。至少这里有个开着空调的餐馆，她一定要大吃，哦不，要坚持节食，抵御冰激凌和三明治的诱惑，但肯定会点一份配料丰盛的金枪鱼沙拉大餐。美国最棒的就是食物了，这已成了这十年来在牛津和马萨诸塞州的剑桥来回折腾（一年中在这两地分别待六个月）、不堪忍受的生活中的唯一补偿。打包、收放、拆包、重整，人生多么奇妙！人们这样感叹，西尔维娅一个劲地点头称是。她思念自己那两处精致的房子，琢磨大西洋两岸自己结识的众多名人雅士，虽然其中许多人都不是她的亲密好友，不是能坐下来胡扯海侃的朋友，只是曾吃过一顿饭、喝过一杯酒，总是先跟戈登打招呼之后才说西尔维娅你好的点头之交。据她所知，戈登是他那行业收入最丰的学者之一。但家庭收支账户却警示她不能乱花钱。当然，戈登时常外出，这是名扬内外所付的代价。在夜间醒来时，她有时会想，他在外头是不是仍然有别的女人。或许吧，很有可能。不过，如果他真的有，她也不想知道。至少现在，他不会把她丢弃不管，因为这是个麻烦事儿，会影响他的工作。很久以前，早在那个印第安女统计员还在的时候，她就明白，小题大做并非良策。只要挺住了，事情就过去了。

"还要多久？"她忧心忡忡地问道。克劳迪娅看了眼路线图，说大概还有半小时才到。她有点儿不耐烦地回头瞥了一眼。她（当然）在跟戈登争吵呢，然后突然争吵结束了，他们俩都呵呵笑了起来。"你们在讲什么笑话呢？"西尔维娅嚷道。"待会儿告诉你。"戈登边说边笑。

最后，他们终于到了。他们停下车。西尔维娅环顾四周。"我没看到木屋嘛，"她说，"也没看见穿奇装异服的人。"她不明白克劳迪娅为什么坚持来这里旅游——这里的人穿着古装，假扮历史人物，听上去就很傻，根本不是克劳迪娅喜欢的类型。戈登也不喜欢。克劳迪娅和戈登已经横穿停车场的柏油碎石路，向某个叫"导览中心"的地方走去；西尔维娅乐滋滋地一头钻进凉爽的空调房，走向女洗手间。她整了整头发，抹了抹脸，匆匆瞄了一眼分发的信息单。普利茅斯殖民地，她念道，是1627年朝圣村的重建之地。你即将离开自己的时代，回到殖民地建立的第七年。一路所见的人将是殖民地居民的扮相、谈吐、举止和态度。他们总是渴望交谈。请尽管问问题吧；记住，每个人的回答都是对17世纪的身份的定义。

西尔维娅咯咯笑了。现在她感觉好点儿了，搽了粉，也平静了些。她重新融入到其他人之中。"这个地方看起来很疯狂。"她说。

"还有半个小时。"克劳迪娅说。一路上，西尔维娅老是要求车窗摇上摇下，不时打断克劳迪娅和戈登的谈话，不断地询问还有多远才到。天啊，真像个小孩子，克劳迪娅想，就好像丽莎或者戈登的一个调皮鬼坐在后面一样。不过对付西尔维娅最好的方法就是不理她，大家经常这样做。并且她和戈登已经有几个月没有见面了。她无视西尔维娅，继续跟戈登说话。戈登最近一直在马拉维，他们就那儿的政治问题唇枪舌剑，争得不亦乐乎。戈登就如何管理当地的经济问题向部长们提出了建议。"瞎扯，克劳迪娅，"他说，"你不知道自己在说什么，你从没去过那该死的地方。""我什么时候，"克劳迪娅反击道，"是依靠个人经历侃侃而谈的？"说罢他们俩都笑了。坐在后面的西尔维娅低声抱怨。

他们到达目的地。他们在凉爽而昏暗的观众席上观看幻灯片；解说词简短却清晰地介绍了东海岸殖民化的过程。还不错，克劳迪娅想，很不错。

显然，他们步入了耀眼的光芒中，进入了 1627 年。他们迈入了围着围栏的居住地，然后游览了那座小城堡。他们离开城堡，走上那条长长的、倾斜的街道，道路两旁木屋林立。鸡和鹅在刨土。一个穿短上衣、戴大檐帽的人正坐在那儿修理栅栏，他的周围有几位身着短袖 T 恤、露出四肢的旁观者。一个头戴遮阳帽的女人正用扫帚驱赶家禽，有人在一旁给她拍照。

克劳迪娅走进第一个小木屋。屋内火光闪烁，火焰上的黑锅里咕咕地冒着泡泡，简单的家具，已经枯萎的植物从横梁上倒挂下来，一条帘子后面放着一张碎绸布覆盖的床。一个身着马裤、白衬衫的年轻人，沉默地任由一群游客参观凝视。克劳迪娅问他是不是乘"五月花号"前来的。他说不是，是几年后搭"安妮号"来的。你为什么到这儿来？克劳迪娅问。那年轻人解释说自己因宗教信仰和后来在英国遇到麻烦才来此地。克劳迪娅又问他是否想在新大陆发家致富。年轻人回答，许多殖民者在早年经历了磨难后都期望最终能得到回报。你要坚持不懈，克劳迪娅忠告他，我来跟你讲一件事吧——最终的结果耐人寻味。小伙子揶揄地望着她说，他们笃信上帝。你会需要的，克劳迪娅说，他不久就开始广施恩惠，这一点我也会告诉你的。你问问他那些干货是不是墨角兰，西尔维娅说，我从没在这里见过这种植物。你自个儿问他，他讲英语的。哦，不，我不问，西尔维娅说，那感觉傻傻的。那小伙正忙着修补钓鱼线，没有理会她。好吧，祝你们在印第安旗开得胜吧，克劳迪娅说。她离开了小木屋，西尔维娅紧随其后，他们阔步继续走着，然后走进下一个小木屋，戈登在那里和一个带着爱尔兰口音的壮实伙计交谈。那个爱尔兰人解释说他原本是想到弗吉尼亚去的，结果意外地来到这里。他打算到时候去南方种烟草，他听说，在那儿种烟草很有前景。戈登贤明地点了点头；说不定你在那儿能成就一番事业呢，他说。不过，请听我一言，克劳迪娅补充道，千万别雇外来的劳工，那样以后可以省去很多麻烦。你真扫兴，破坏了整个故事，戈登说。或许还另有故事吧，克劳迪娅说。那宿命论呢？戈登问。克劳迪娅耸耸肩，我一直认为那是危险的东西。您说什么，夫人？爱尔兰人问。宿命，克劳迪娅说，于我而言，那是被高估了。我觉得你们现在不会在思考这个问题吧？呃……爱尔兰人哑口无言。没错，克劳迪娅继续说道，就像我一样。只是后来人们才开始鼓吹命运。哎呀，西尔维娅抱怨道，你说得太高深了，我脑子都不够用了。现在，你们哪，克劳迪娅对爱尔兰人说，从意识形态上来说，生活在一个激荡的时代。记住，你可能会觉得这种事情只是昙花一现，但相信我，其后果十分深远。有些人以为今后将走下坡路。这时爱尔兰人看上去有点惊惶。其他旁观者尴尬地挪了挪身子。哦，别灰心，戈登说，随后是启蒙时代。看，那将引发什么呢，克劳迪娅说。"世间人事的潮汐……"戈登咏叹道。又一个夸张的想法，克劳迪娅说。这儿实在太热了，西尔维娅嘟囔道。反正，这只是个人观点，克劳迪娅对爱尔兰人说，你就搞生存农业①吧，然后静观其变。好的，夫人，爱尔兰人略带疲倦地说。他如释重负地转身面向一位妇女，她想知道他如何不用火柴就能燃火。

他们从小木屋里出来。西尔维娅从包里拿出纸巾擦了擦脸。克劳迪娅健步走向正在树下修栏杆的那个人，问他叫什么名字。温斯洛，他答道，爱德华·温斯洛。我认识你的子孙，克劳迪娅说。别抬出名人给自己增光，戈登说。年轻人温雅地点了点头。他们富得流油，克劳迪娅说。那年轻人一脸不以为然。他对富不富有毫无兴趣，像你我一样，戈登说。恰恰相反，克劳迪娅反驳

_____

① 生存农业，指收成仅够自己食用的耕作。

道，他可感兴趣啦。Après moi le déluge（我死之后，哪管洪水滔天）① 是腐朽又相对时髦的概念——你历来缺乏历史敏感性。况且，戈登说，你对思想从来不感兴趣，只一味痴迷于大而无当的观念。凡是不感兴趣的，你都一概排斥。意识形态呀，工业史呀，经济学呀。

经济学家，克劳迪娅对着马萨诸塞州的天空说，只是学究式的会计师罢了。还有那些诡辩好争的人，所谓的历史学家，戈登开口道……天啊！西尔维娅厉声说道，人们在听着呢！不，他们没在听，克劳迪娅说，我们的朋友温斯洛先生妥妥地沉浸在 1627 年，因此 20 世纪的家庭讨论他完全没有体验。哦！西尔维娅嚷道，你们两个简直太荒谬了。她的脸上堆起了皱纹。他们看到她快要哭了出来。我真是受够了这个地方，西尔维娅喊道，我要去吃午饭了。说罢她匆匆离开，快步走上木屋之间尘土飞扬的道路，途中绊倒了一次，衣裙后背一大块已被汗水湿透，头发也凌乱不堪。

天哪，克劳迪娅说。

戈登说，嗯，你刚刚有点得寸进尺了，不是吗？他看着妻子蹒跚的背影，想要追上她，但又觉得她自个儿能更好地平静下来，他明白他不应做那样的决定。对不起，克劳迪娅亲切地向温

---

① 据说这句话是法国国王路易十五回答他的亲信们的劝谏时说的。他们劝他不要经常大办酒宴和举行节庆，认为这会使国债剧增，危及国家。

斯洛先生道歉。没关系，夫人，温斯洛说。克劳迪娅皱了皱眉；我不确定现在的说话方式——我觉得你也许还是有所期待的。此时，年轻人流露出一丝愠色。对不起，年轻人开口道，不过我们都在修一门突击课程……克劳迪娅，戈登说，得了得了，边说边挽起她的手臂。

我自己会走，克劳迪娅说，话虽这么说，但她还是跟着戈登走了。我知道，戈登说，这就是问题所在。刚才我说这个地方好像很有前途，克劳迪娅说，其实确实如此。尽管这样，戈登说，我觉得或许我们还是回到现实为好。

克劳迪娅驻足在猪圈前，看着一头懒散的猪在一片阴凉处沉睡。你不觉得那另类的历史甚至也挺有趣吗？她问。不，戈登说，那是浪费时间。我原来以为你该是个理论家呢，克劳迪娅边说边用木棒逗弄那头猪。我的理论，戈登说，关注的是种种可能性，而不是幻想。别折磨那可怜的动物了。真是无聊透顶啊，克劳迪娅说。不过人人皆知，猪喜欢被挠背。对了，我上个月见到了贾斯珀。我们带着孙子们去看了一场很糟糕的音乐剧。

多么美好的家庭出游啊，戈登说。他感觉做主人怎么样？非常享受，克劳迪娅说。命运，戈登说，毫无疑问一直是贾斯珀的道路——掌握在自己手中。他为他自己而活。的确，克劳迪娅说。而你的命运，戈登继续道，如果从没和他的搅和在一起，那可就好多了，哪用得着这么担忧呢。哦，我不知道，克劳迪娅说——我倒觉得我命中注定和贾斯珀牵扯在一起，或者呢，如果不是和他，那就和某个与他类似的人。但是我既有付出，也有收获，这你必须得承认。当然咯，戈登说。现今他结婚了没？我相信他结婚了吧，克劳迪娅说，即使以他这种年纪。

那头猪睡醒后站了起来，缓慢地走向围栏的尽头。这蠢东西不懂传统，克劳迪娅说。我想我们该出发去找西尔维娅了。是的，戈登说，我觉得我们该去找她了。但他们还是待在原地不动。你是多么矛盾啊，克劳迪娅说，你喜欢根据个人背景来考量一个人的另类命运。我认为人们做出不同的选择，戈登说，虽然我承认，有些人选择得当，有些人选择失误。然而，只有那些不可救赎的破落户才不能主宰自己的人生。就像这头倒霉的 20 世纪的猪，克劳迪娅说，为了旅游业和美国民族遗产而被迫生活在 17 世纪的环境中。

他们开始慢慢走向接待中心，走向当今时代，走向西尔维娅。我想了个新游戏，戈登说，两人玩的游戏。很像连环叙事游戏。我们各自承认自己糟糕的选择，而另一人想出替代选项。你让出贾斯珀，我就给你……呃，让我想想……我就给你阿德莱·史蒂文森，那人我记得你曾经匆匆地见过一面，并且对他产生了好感。就是因为他，你成了一个好儿子的母亲，你儿子现在在竞选马萨诸塞州州长。那你承认什么选择糟糕呢？克劳迪娅问。我的职业，戈登说，我本该从事板球竞技，那我现在就会成为光荣退役的英格兰队长，获得众人的尊重。别傻了，克劳迪娅说，我看这游戏对我是一套规则，对你又是另一套，我不玩了。随便啦，我想喝点儿东西。

他们进入了餐厅。西尔维娅独自坐在一张桌前，桌上放着一杯冰茶和一大盘沙拉。她的脸上有污渍。她凄楚又自若地跟他们打了招呼。我不知道你们什么时候回来，她说，所以就先开吃了。戈登把一只手放在她肩上。对不起，亲爱的，我们真的很抱歉。我们刚才在闲逛。我希望你感觉好点儿了。你还要点别的吗？受了伤害的西尔维娅冷冷淡淡地回答，或许可以来点冰激凌吧。

停车场、接待中心、洗手间、餐厅，种种意象叠加在荒野之上。对我来说，这个地方是多个地方的糅合——既真实又虚幻，既是体验又是想象。它已成为我个人参照系的一部分；共同的过去成了私人领域。几年前的某个下午，戈登和西尔维娅，与普利茅斯的居民及一群身着奇装异服的博物馆员工悠悠前行。

moon tiger

第四章

"那是什么?"她指着窗口轻声问道。

"您指的是什么,汉普顿小姐?"护士答道,"那里什么也没有啊——就一扇窗。"

"那儿!"她戳了戳空气,"那个在动的……它叫什么?名称!"

"我什么也没看见。"护士轻快地说,"好啦,亲爱的,别大惊小怪的。你今天有点儿迷糊。就这样。好好睡一觉。我去拉上窗帘。"

她的脸骤然柔和下来。"窗帘,"她喃喃道,"窗帘。"

"对,亲爱的,"护士说。"我去拉上窗帘。"

今天语言弃我而去。一件普普通通的熟悉的家具——一个简单的物件我都叫不出它的名字。刹那间,我凝视茫茫的虚空。语言将我们拴定在这世界上;没有语言我们就像微粒一样顾自乱转。稍后,我盘点了一下房间内的物品——床,椅子,桌子,图片，花瓶，橱柜，窗户，窗帘。窗帘。我又舒了一口气。

我们张开嘴，吐出一个又一个词语，而我们并不清楚它们的词源。我们是一部活词典。在闲聊偶语中，我们存续了拉丁语、盎格鲁－撒克逊语、斯堪的纳维亚语；我们头脑中有一座博物馆，每天我们都在纪念我们闻所未闻的民族。除此之外，我们有千言万语——我们的语言是我们从未阅读过的一切的语言。莎士比亚剧作和钦定版《圣经》出现在超市里、巴士上，人们在广播电视里侃侃而谈。我觉得这真是不可思议。一直惊叹不已。词语比其他任何事物都经久不衰，它们随风飘荡，冬眠又复苏，寄生在最不可能的寄主之中，一再幸免于难，存活至今。

我还记得童年时对语言兴趣十分浓烈。坐在教堂里，像把玩弹子一样从嘴中吐出一个又一个词语：神龛、伪善者、寓言、罪过、巴比伦、圣约……背诵、高声咏唱："克鲁西乌姆的拉斯·波希纳/以九神名义起誓/塔奎因暴政下的穷苦人民/不应再受冤屈。"我曾沾沾自喜地看着戈登，因为他拼不出 Antidisestablishmentarianism（反对政教分离主义）——字典里最长的单词。押韵、渎神、惊叹。我收集星宿和植物的名称：大角星、猎户座、参宿四，草木樨、蓝堇、蛋黄草。显然，无穷无尽——宛如海滨上一颗颗沙子，就像我卧室窗外白蜡树上的片片叶子——无法衡量，不可征服。"有人知道世上所有的词汇吗？"我问母亲。"有人吗？""我想只有极其聪明的人才知道吧。"母亲含含糊糊地说。

在丽莎还是个孩子的时候，我最喜欢看她为语言而纠结。从任何传统意义上说，我都不是一个称职的母亲。我略微排斥婴儿，还觉得小孩子无聊而烦人。当丽莎开始学说话的时候，我听着她的牙牙学语。我纠正她的那些蠢话，它们都是她的奶奶、外婆惯出来的。"狗。"我说，"马。猫。以后别再说汪汪、喵喵。""马。"丽莎若有所思地说，仿佛在细品这个单词。这是我们之间第一次交流。"以后就没有汪汪了吗?"丽莎试探性地问。"是的，不能再说了，"我答道，"真是个聪明的孩子。"于是丽莎向成熟迈进了一步。

孩子与我们不同。他们与众不同：令人费解、难以亲近。他们所居住的并不是我们的尘世，而是一个我们已然失去且再也无法恢复的世界。我们并不记得童年——我们只是在想象童年。透过层层隐秘模糊的尘埃，我们徒劳地寻找它，拼起童年——我们以为是童年——残破不堪的碎片。而与此同时，这个世界的居民，就像原住民，就像克里特人，就在我们中间，他们来自他处，在自己的时间胶囊中怡然自得。

丽莎五六岁时，我经常带她到索特利旁的林间散步，借此逃离贾斯珀的母亲和她家那个笨笨的瑞士换工女孩。她迷住了我，总能让我发笑——这个难以捉摸的外来小家伙，被禁锢在无涉是非、尚未使用文字的状态中，不知过去或未来，自由自在，蒙天恩眷顾。我很好奇那是一种怎样的感觉，便总是迂回地问她，用尽浑身解数——成人的诡辩术、弗洛伊德、荣格以及千百年来先哲的智慧。但凭借着巧妙的伪装、印第安人的传统信仰和她自己的天赋，她总能四两拨千斤，回避我的问题。

克劳迪娅和丽莎，一个五英尺八英寸高，另一个三英尺七英寸高，一个四十四岁，另一个六岁，蹚过蓝色风铃草、五叶银莲花和腐叶土。树林中回荡着鸟儿的歌声。一只年迈的拉布拉多狗在前面开路，不时嗅嗅路边的毒薹。一束束阳光从枝叶间洒落，落到脚上、树枝上、手臂和腿上，还有狗背上。克劳迪娅低声哼唱。丽莎不时蹲下身子，用她纤细的手指一丝不苟地去挖矮树丛中的小动物。

　　"挖到了什么？"克劳迪娅问。

　　"一个东西。"丽莎回答。

　　克劳迪娅弯下腰看了看。"那是只潮虫。"

　　"它有腿呢。"丽莎说。

　　"是的，"克劳迪娅说，身子微微一颤，"许多腿。别这样用力捏它。你会伤到它的。"

　　"它为什么不希望我伤到它？"

　　"呃……"克劳迪娅皱着眉，使劲地在想答案，"你也不想别人伤害你，对吧？"

　　丽莎面无表情地盯着克劳迪娅。她扔掉潮虫。"你的眼睛很奇怪。"

　　克劳迪娅的眼睛曾获得不少赞誉，此刻她再也无法保持饶有兴致的表情。

　　"你眼睛里有黑黑的洞。"丽莎继续说。

　　"啊，"克劳迪娅回答，"那叫瞳孔。你也有的。"

　　"不，我没有。"丽莎轻轻一笑。她继续往前走，径直走到克劳迪娅前面，使得后者不得不调整她的步伐，避免被前者绊倒。克劳迪娅觉得自己并未占上风，一方面是因为现在这让人很难受的小碎步，另一方面的原因却难以名状。她不再哼唱，开始思考起来。过了一会儿，她开口问："你记不记得我带你去沙滩，你去游泳的事？"

"不记得。"丽莎毫不迟疑地应答。

"你肯定记得，"克劳迪娅厉声说道，"我给你买了个黄色救生圈。还有一把小沙铲。就在上个月。"

"那是很久以前了，不是近来的事。"丽莎说。

"看！你果然记得！"

丽莎沉默地转过来，死死地盯着克劳迪娅。克劳迪娅从她眼中看出她生气了。

"别这样盯着看——你会得斜视的。"

"我在做鬼脸呢。"

"原来如此，这个鬼脸一点也不有趣。"

一只鸫鸟刺耳地鸣叫着。树叶沙沙作响，树枝在她们周围轻轻摆动。德文郡温暖的夏风轻抚她们的脸庞和四肢。小狗在苔藓丛中排粪。丽莎一言不发地观察着。克劳迪娅在一根落枝上坐下。"你为什么要坐下？"丽莎问。

"我的腿酸了。"

丽莎揉揉自己的小腿。"我的不酸。"

"也许是因为它们比较短吧。"克劳迪娅说。

丽莎伸出一条腿，注视着它。克劳迪娅在旁边看着。那条老狗躺在草地上，把鼻子埋在爪子中间。"雷克斯的腿也短短的。而且它的腿也比我多。"

"既然它的腿更多，那你觉得它会更累吗？"克劳迪娅问。

"我不知道，"丽莎立即答道，"它会吗？"

"我也不知道。你觉得呢？"

丽莎无视正在抽烟的克劳迪娅，转身去摘毛茛花头，把它们堆成一小堆。克劳迪娅吐出的烟雾融入黄色的日光，形成一团浓稠的糊状物，飘浮在林中清冽的空气中。丽莎站了起来，穿过烟雾，走向老狗；她把毛茛花头撒在狗的背上。狗狗一动不动。丽莎在它身旁蹲下，对它耳语了几句。

克劳迪娅说："你在对雷克斯说什么？"

"没什么。"丽莎冷漠地回答。

树在唱歌。它们发出窸窸窣窣的声响，从树干中睁开眼睛盯着你。你绝对不能看向那些露着凶光的大眼睛，否则会有生物——幽灵、女巫或者像在克劳迪娅的伦敦住址外扫大街的那个怪老头一样的老头——蹦出来抓住你。如果她可以在靠近那棵窸窣作响又盯着你的树之前，数到十并且不出错，那么任何东西都不能抓住她，那些可怖的眼睛会消失；她做到了，它们也消失了。

克劳迪娅其实是妈咪，但她不喜欢做"妈咪"，所以你必须叫她"克劳迪娅"。汉普顿外婆和布兰斯科姆奶奶喜欢做"外婆""奶奶"，所以叫她们"外婆""奶奶"没什么关系。"妈咪"是个傻乎乎的词，而克劳迪娅是我的名字。"而"是个有趣的词：你并不是说出它，而是轻轻地吹出这个词。而，而。而克劳迪娅是我的名字。

丽莎是个更优美的名字。"克劳迪娅"会发出硬邦邦的声响，像是索特利大厅里的锣。砰——呼！丽莎这个名字则会发出像溪流或春雨般柔和的声音。丽莎。丽莎。如果你反复咀嚼这个名字，它就不再是你或者我，而是一个从未听闻过的词。丽莎。丽莎。

丽莎突然想到，那个在树丛里发现的潮虫，长着腿的，可能会咬人。她赶紧把它扔了。要不是克劳迪娅在旁边看着，她肯定会对着它踩几脚，这讨厌的东西。克劳迪娅的眼睛有黑黑的洞，就像树上的那只眼睛一样；在克劳迪娅体内肯定有凶猛的小兽，长着獠牙，喜欢咬人，随时准备冲出那双眼睛。

她踮起脚尖，想更清楚地瞧瞧克劳迪娅的眼睛，这时克劳迪娅面露愠色。

她跟克劳迪娅去沙滩是很早很早以前，完全不是新近的事。她是坐着克劳迪娅的车去的沙滩。篱笆和道路两旁的树木沙沙地向后滑去，然后她们就到了沙滩，海浪扑面而来，幽深、潮湿、汹涌。克劳迪娅让你钻进一个黄色的泳圈，到水深没顶的地方去。没关系的，克劳迪娅说，你不会有事的，我抓着你呢，不会放开的。而你的身下，除了水什么也没有，很深很深的水，里面有鱼。如果克劳迪娅放开她的手，你就会沉到海底。这些都是很久以前的事了，非常久了。

她会在雷克斯背上涂上黄油，把它做成一个三明治。拉布拉多三明治。先是黄油，再是果酱。那边树丛上结了许多果子，可以拿来做果酱。但先是黄油……许多许多黄油。如果她不听克劳迪娅说话，如果她不回应她，那克劳迪娅就会不再问问题，会消失。咻！随着"咻"的一声，她就像变魔术般消失在空中，就像克劳迪娅抽的香烟散出的烟雾消散开去，遁入虚无。空虚。你可以穿过这烟雾，这笼着阳光的黄色烟雾，你可以用手把它推开，然后穿过它向前走，就像是涉水前行。

　　她会施展魔术，把克劳迪娅变没了，像烟雾那样。她告诉雷克斯，她正在对克劳迪娅施魔法。

　　那个丽莎——被无知所束缚，却也因无知而自由——那个丽莎，像远古的菊石、箭石，像维多利亚时期照片中的人物，像普利茅斯早期的移民，已经逝去了。如今的丽莎，也已无法挽回。与我们其他人一样，她必须探寻那个遥远的自己，那另一个自己，那个稍纵即逝、喜爱打趣的生物。如今的丽莎是一个年近四十的女人，为丈夫和两个好斗的青春期儿子忙得团团转。她的丈夫是当地的一个著名的房地产经销商，在我看来，也是可以反映麦克米伦时期与撒切尔时期之间大英衰落的范例。我们已沦落至此。哈利·杰米逊的握手方式十分消沉，而他的观点，受到当地扶轮社和《每日电讯报》的影响，也十分消沉。他在亨利郊外还有一处奢侈得令人咋舌的豪宅，有网球场、游泳池，还有连绵一片的砾石坡地，带着他所向往的乡村别墅风情。自婚礼以来，我和他共处时间不超过六小时。我认为与其说是由于宽容不如说是为了自保：这个可怜的男人很怕我。只要看到我他就说话结巴，额头发光，他那双分发金汤力①或一号飘仙酒②的手笨拙地捣弄小方冰块，打破了杯子，切柠檬片时切到了手。当我想见见丽莎，我就带她去伦敦吃午饭，让杰米逊一个人安安静静地去扶轮社聚餐，打高尔夫，去当地法院。

她为什么要嫁给他？啊，到底是为什么呢？我又开始思考是什么奇妙的力量将两个人拴在一起，使他们在这么多年中相互扶持。我想在这件事中我是有错的，如果不是我，丽莎不会在十九岁就觉得非得拥有自己的世界，非得赶紧结婚，非得与第一个适龄小伙子携手走完余生。

自然，我出席了婚礼。她父亲也到场了。

克劳迪娅与贾斯珀面对面地站着，站在幽静真空的中心。人们不住地用八卦的眼神打量他们。

"好吧。"她开口，"原来你在这里。"

"我在这里，而你也是。你看起来气色不错，克劳迪娅。"

他已有了斑斑白发，一如既往地不修边幅——那昂贵的西服需要熨了，领带歪歪的，袖口还沾着灰。她对着他深吸一口气："我听说你又交了位新女友。你的女友一个比一个年轻嘛。那可不是好现象——你倒蛮潇洒的。"

他没有理会她。他举杯向那房间晃了晃。"那帮人是谁呀？"

"亨利的纨绔子弟。"克劳迪娅说。

"我们就随便走走吧。"

"对，随意走走。"

他笑了，笑容充溢着信任和性欲。她觉得自己既哀怨又欲火中烧。

贾斯珀在满满一屋子打扮俗气的陌生人中看到了克劳迪娅。她身着一袭红裙，在面纱与羽毛之间只有她一个没戴帽子，不合时宜却妙不可言。他们逐渐靠近彼此，他站着打量她，回忆她，品尝她。"到处都可以看到你的新书，克劳迪娅。"

"希望如此。"

"你好吗？"

"不错。"

"这个小伙子……靠得住吗？"

"他看上去，"克劳迪娅说，"挺通情达理的。"

"丽莎美极了。"

"不，她哪里美呀。她没精打采的，历来如此。那裙子是一大败笔，你母亲的杰作。"

他的视线越过她的肩膀，看到他母亲满面春风地与他人寒暄。"我们随意走走吧。"

"随意走走。"克劳迪娅说。她看着他，他突然决定今晚不回伦敦了。

"一起吃晚饭?"

"这辈子都别想。"克劳迪娅厉声说。

他耸了耸肩。"与人有约了?"

"别多管闲事,贾斯珀。"

这时,原本一时兴起的念头变成了非做不可的事。他伸手从她手中拿过杯子。"我再给你续杯饮料,克劳迪娅。"

丽莎看到他们俩并肩站在房间中央(人们偷偷摸摸地在看……)就觉得怒不可遏,仿佛怒意要冲出她那瘦弱的身体,要冲出布兰斯科姆奶奶为她从哈罗兹百货公司定做的那件精美的柞丝裙;她的胃在绞痛。他们在吵架吗?如果他们不在吵架,那说不定更糟。她咬着下唇,心咚咚直跳,这美好的一天就这样黯然失色了。她希望他们没有来,希望他们离开,希望他们不存在。她的母亲连帽子都没戴,她的父亲没有像哈利的父亲一样身着礼服,只穿了件普普通通的西装。但即便如此,他们还是落落大方,更光彩照人。

我与贾斯珀在梅登海德的一家宾馆共度了一晚,用早餐时吵了一架,在随后的两年中没有再见过他。恰如往昔。鱼水之欢长长久久,令人难忘。吵架亦然。争吵的焦点是贾斯珀这个影视界巨头当下的种种活动。最近上映的大量电视剧都将"二战"历史改编得极其戏剧化,而他正是幕后推手。在"二战"的历史大背景下——丘吉尔的战时内阁，诺曼底登陆，雅尔塔会议……镜头追随着一个年轻军官，一个虚拟人物，在各阵地中穿梭，从巴尔干半岛到远东。这部电视剧广受好评，势必成为一系列浮夸而昂贵的电视剧的先驱，它试图一丝不苟地复原新近的历史。贾斯珀心满意足地低哼着，希望获得我的颂扬。我说："我讨厌它。"他问为什么。我告诉他：因为它贬低历史，把历史变成了娱乐。你一贯固执己见，自以为是，贾斯珀说，问题在你自己身上，你太冥顽不化；这是一种新媒介。情绪气氛骤升。我说，确实如此，这样的电视剧让像他那样的人从他人的痛苦中大把大把地捞钱。你，贾斯珀厉声说道，出书拿版税，但你写的东西与我的电视剧也差不了多少。我一一细述了条分缕析的历史与景观式历史的不同。他却说我的书花里胡哨、华而不实，说我是嫉妒他。他还扯到了那部讲述科特兹的电影。那可不一样，我说，我只不过是个旁观者。我们在一家繁花盛开的河滨酒馆的白色桌布两侧唇枪舌剑，把几位侍者吓得缩在墙角。最后他说："你太激动了，简直荒谬透顶，克劳迪娅。你好像把这部电视剧当成了对你个人的羞辱。唉，好好问问自己吧。"我起身走了出去。愚蠢至极。

温暖而又安静的房间里，窗帘被拉上了，阻隔了屋外的雨声和车辆的嘈杂声。一天的工作结束了；克劳迪娅端着一杯酒，双腿翘起，独自坐在电视机前。片头的字幕滚动着，故事也就此拉开了序幕。这是一个关于国家和个人的故事。1939 年，一位应征入伍的年轻英雄正在与他的未婚妻和母亲道别。德军轰轰隆隆地开进法国，丘吉尔正在与他的顾问们共商对策。当然，这个故事也有两大叙述维度。情节非常饱满，演员演技纯熟，制作精良，细节展示入微，从年轻英雄头上发油的光泽到海陆空军小吃部大茶壶上的凹痕和背景中吉普车引擎发出的嘎嘎响声，这一切无不丝丝入扣。然而，相比之下，其中穿插的某些影片片段则显得有些外行、离奇和不太真实——嗒嗒的枪炮射击声、默默奔跑的士兵和一列列坦克或者大卡车隆隆行进，从画面的一端走向画面的另一端。情节充满了暖色调，演员们有着粉红色的脸颊，茵茵绿草，蓝天碧空。但现实却黑白分明，站在甲板上挥着手、咧开嘴笑呵呵的年轻士兵们脸色苍白，大海黑漆漆的，透着沙漠般的灰色。克劳迪娅小口啜饮着她的酒，专注地看着。她注意到那位英雄从军装胸前口袋里掏出普雷尔牌香烟，看到他未婚妻倾斜的小圆碟帽子。她嗅闻到浓浓的乡愁味困在玻璃屏幕的后面。她看到一纵队身着黑衣的意大利囚犯跋涉穿过那灰色的沙漠，阵阵黑烟从一架坠毁的飞机上升起，一股白烟从坦克枪口喷出。

现在她发现这个故事又有了第三个维度，一个更加模糊却又更加清晰的维度。这一维度有嗅觉、感觉和触觉。闻起来有月亮虎、煤油、粪便和尘土的味道。感觉是这样的清冽，致使克劳迪娅嗖地站了起来，关掉电视的声音，坐了下来，凝视着那个空空的屏幕，那儿故事仍在上演。

"历史，"贾斯珀从梅登海德的餐桌吐出了这样一句话，"终于公之于众了。"

哦,当然了。那才是麻烦,因为讨厌的公众已经寻找一个世纪接一个世纪了。当然,他说得很中肯——历史学家获得了版税,为何贾斯珀和他的同类就不行呢?只有像我这样武断、固执己见的家伙才会争辩说,这世界还有某些神圣之处的。当我们把一切都缩减简化为娱乐的时候,我们才会发现那绝对不是开玩笑。

贾斯珀已发财致富。从前他就过着安逸舒适的生活,如今已腰缠万贯。他在各个行业都很吃香,在电影公司、商业银行等各个行业做顾问。招人羡慕,讨厌,巴结,怀疑。

我出了一本书——《铁托》——它花了我五年的时间,获得了广泛关注。贾斯珀写道:"恭喜,亲爱的。'温室里的人们啊……'"

有关贾斯珀的话题就到此打住。现在应该很清楚他是如何步步为营,按部就班的。起初是情人,后来就成了旗鼓相当的伴侣,我孩子的父亲。我们的人生时而交融,时而分离,却又总是息息相关。我曾爱过他,现在却记不起那种爱的感觉了。

之前我提到过语言。我热衷于语言——因此,当我记不起某个简单的单词,当我盯着窗前那块斑斓的布却想不出它叫什么时,我的心中一阵惶恐。窗帘。感谢上苍。只要我可以说出它的名字,我就掌控了这世界。这也就是为什么孩子们出生后最先必须做的事情就是牙牙学语,就是依靠描述荒野来驯服荒野,通过学习神的上百个名字来挑战神。"那个叫什么?"丽莎小时候常常这样问我。"那那个呢?那个呢?"

我能给丽莎的并不是传统意义上的母爱和关心,而是我的心思和精力。即使她未从我身上遗传这些，我也很乐意教她该如何思考与行动。我并不擅长哄泪水汪汪的她或者给她讲睡前故事——无论哪个母亲都可以做到那样的事情。我做的事情，潜在意义更为重大。

我对她很失望，可以推测，她对我也是。我曾在她身上寻找自己的化身，那个对世界充满疑问、叛逆的特立独行的孩子，而丽莎则在寻找一个让人安心的，会逛街给自己买衣服、像雪利酒一样慈爱的母亲，就像她学友的母亲那样。她渐渐长大后，每当我去索特利看望她，每当我带她去我母亲在比明斯特的家，或每当她在伦敦的家里小住几日时，我愈发感觉到她默默的注视。她那瘦小而苍白的身影会四处游荡，在玄关处驻足，或蜷缩在沙发里。我给她买书，带她去博物馆、美术馆，试图激发她的兴趣。随着四肢渐长，丽莎失却了年幼时的那份灵性，泯然众人矣。她让我觉得无趣。而我也感受到了她的责难，我这一辈子招惹了各种责难。通常，我坦然处之，偶尔我甚是开心。但是一个孩子的责难还是莫名地让我不安。我从书案前抬起头就能看到丽莎牵着窗帘，咬着她的指甲，看着我。这个身影深深铭刻在我们共处的那些时光，那些我们极少回忆起的时光里。我的时光和丽莎的是不一样的，正如我和她迥然不同。

"去看我给你的那本书。"克劳迪娅说，手中的笔还在纸上来来回回。

"我一直在看呀。"

"那么……"克劳迪娅顿了顿，瞥了瞥自己刚写下的文字，陷入沉思。她抬起头看着站在窗边的丽莎——这个干扰她工作的小小身影。"亲爱的，别那样咬手指。也别拉窗帘。"

丽莎沉默不语。她把手指从嘴边拿开，松开了手里的窗帘，但她没有走开。

克劳迪娅伸手去拿另一张纸，开始写。"拜托你了，丽莎，去找点事情做做吧。我很忙，我要回信。迟些我们就出去。"

"我不知道要做什么。"一分钟……两分钟后，丽莎说道。

别再这样了，克劳迪娅想，下次我要找个保姆带丽莎到公园、动物园什么的。你得有点精力才能对付小孩。而我没有。谢天谢地。

克劳迪娅的指甲是粉色的。像草莓果冻那样的亮粉色。如果你有那样的指甲，那你也会像克劳迪娅一样，随心所欲。你会很忙很忙，整天跟你的朋友在电话上聊呀聊，在屋里跑进又跑出，告诉杂务工"亲爱的帮我们叫辆出租车"，穿上你的外套，快点快点。

如果你咬手指，那就没人愿意娶你，奶奶说。从来没人娶过克劳迪娅。贾斯珀和克劳迪娅没有结婚，因为他们不够相亲相爱，克劳迪娅说。在你跟某个人结婚之前，你要很爱很爱那个人。如果他咬手指，你就不会想嫁给他，即使你很爱他。成年之前，你不能涂粉色指甲油，绝对不能。在克劳迪娅的梳妆台上有很多不同粉色的小瓶——苜蓿粉、胭脂粉、热烈粉、夏威夷红。

奶奶的梳妆台上有科隆香水、旁氏冷霜和梅森·皮尔森梳子，还有银质手柄的镜子。

"找点事情做做。"克劳迪娅说。我找不到，丽莎喊道，找不到找不到找不到我不知道去哪里找我不知道我想要跟你一样的粉色指甲我想成为你我不想做我自己我希望你看着我我希望你跟我说丽莎你好漂亮。

moon tiger

第五章

"上帝，"她说，"是个不讲原则的混蛋，我这么说你们不反对吧？"

这些护士们，二十一或二十四岁，听到这话瞬间愣住了，麻利的掖被子、叠被子和拉被子的动作顿时停了下来。她们迅速交换了会意的眼神。"天哪，"那位皮肤白皙的护士说。"这话真逗。想喝茶还是咖啡呀，汉普顿小姐？"

"过来，"克劳迪娅说。"你在这种地方工作，不会从来没有考虑过这件事吧。究竟有还是没有上帝呢？"

"哦，我不信教，"皮肤黑黝黝的护士说。"我压根不信教。不过我妈妈是信徒，常去教堂。您想喝茶还是咖啡，亲爱的？"

"呃，我希望她明白自己在干什么，"克劳迪娅说。"茶吧。不加糖。"

当初我是绝不同意丽莎受洗命名的。贾斯珀倒是满不在乎。而她的奶奶和外婆，狡猾地串通一起，压根儿没提这事，就偷偷地将丽莎送到索特利的牧师那里完成了洗礼（我丝毫也不怀疑，洗礼之后还为几位老朋友搞了个很不错的小型茶会）。几个月后，我偶然发现了此事，就把她俩都骂了一顿。"这是什么呀？"我说。"是接种精神疫苗吗？还是耍心机投了人寿保险？之前有谁问过我吗？"她们为自己做了辩护。"我们之所以没问你，是因为你太忙了，"母亲说。"而且我们知道你不想来。"布兰斯科姆夫人叹了口气，"亲爱的克劳迪娅……我们只是觉得这样挺好的。可怜的小宝贝——大家都想为她做点力所能及的事。况且，若不请牧师为她洗礼，他也会很难过的。"丽莎加入英国国教，是为了不冒犯他人，于是布兰斯科姆夫人就可以脱下家族洗礼长袍并卸任皇冠德贝茶具公司①的职务了。"好吧，"贾斯珀说，"我敢说，孩子接受洗礼没什么害处。"哦，是的，绝对没有；就像加入多个俱乐部，你永远不知道到时哪个可能会派上用场。

"顺便一问，"克劳迪娅说，"你要不要考虑脱离国教？"

丽莎吓了一跳，放下一直在读的书；她母亲的眼睛依然闭着，她那尖瘦的鼻子依然指向天花板，但她显然没有入睡。

"你醒着啊……我没注意到。"

"啊，"克劳迪娅说，"这就是我吗？我有时也纳闷。"

丽莎合上书。她站起身，捋平裙子，走了过去，俯视着克劳

---

① 皇冠德贝茶具公司，英国骨瓷制造商，成立于1750年，以生产高品质的骨瓷产品闻名于世。

迪娅。她突然想到，她以前并不时常这样俯视克劳迪娅。她问克劳迪娅是否需要什么。需要给护士打电话吗？

"不，"克劳迪娅说，"护士我都看腻了。你还没回答我的问题呢。"

"我并不常去教堂，"丽莎说，"如果这是你要的答案的话。只是偶尔去——圣诞节呀，男子学校做特殊礼拜呀，诸如此类的事。"

"我问的不是这个。"克劳迪娅说。

丽莎注视着克劳迪娅的脸，它呈黄象牙色，眼睛窝在深紫色的眼眶中；在皱缩的皮肤下面，她可以看到克劳迪娅头骨的轮廓。"我不确定我是否信仰上帝。"

"哦，我信仰，"克劳迪娅说，"此外还有谁能把事情搞得这么乱糟糟的呢？"

一名护士探进头来——二十一岁的她年轻漂亮。"没事吧？"

"没事，"丽莎说，"谢谢。"

"她正在享受美好的一天呢。美好又健谈。"

门关上了。克劳迪娅睁开一只眼，确定护士离开后，就抬头望着天花板。"告诉我你一直在做什么。"

"呃，"丽莎说，"上周末是男子学校的期中假，于是哈利带着学生们去看了场橄榄球比赛。周六晚上，我们一起去看戏——皇家莎士比亚公司出品的《李尔王》。非常棒。随后在 Rules① 用晚餐——为蒂姆庆生。还有……嗯……让我想想……"

---

① Rules，伦敦专做传统英国菜的古老餐厅。

然后，周一下午我去看望了我的情人，我们在一起已经四年了，你对他一无所知，以后也是。不是因为你不赞成，而是因为你不会反对。因为有些事情我从小就瞒着你：路上捡到的银色纽扣，从你的手提包里偷出来的口红，思想呀，感情呀，见解呀，意图呀，我的情人呀。你以为自己无所不知，其实不然。你并非知晓一切；你肯定不了解我。你审判又裁决；你永不出错。我可不与你争辩；我只是一味地看着你，知道我的知道。知道你的不知。

我的情人名叫保罗。我跟他提起过你和贾斯珀的事；某种程度上，只要另一个人有可能这样做，他就会理解。他对你很感兴趣，想见见你。也许有一天我会带他来这里，只是透过那门上的圆形玻璃舷窗——看看你。你是见不到他的。

"我们祈祷吧……"克劳迪娅说，"哈！我这一生就祈祷过两次，对我大有好处。或者对其他任何人也益处多多。"

在我的这部世界史中，上帝将扮演主角。怎么可能有别的选择呢？如果上帝存在，那么他应该对整个奇妙而骇人的历史叙述负责。如果上帝不存在，那么，他也许存在这一命题已杀死更多的人、考验更多人的心智，可谓超越了世间万物。他掌控舞台。以他的名义业已发明了拷问台①、拇指夹、铁处女②、火刑柱等

---

① 拷问台，贯穿欧洲中世纪历史的常见刑具。行刑时将受害者绑在刑具上，再用手柄或棘轮拉紧绳索，加大施于受害者四肢的拉力，直至其关节脱臼。
② 铁处女，中世纪欧洲用来处决、拷问或刑罚的一种酷刑刑具，犹如一个铁柜子，由铰链、大量钉子和两扇门罩组成，高得足以围住一个人。

刑具；为了他，人们被钉在十字架上，被活活剥皮、油炸、煮熟、压扁；他发起了十字军东征、大屠杀、宗教裁判所以及无数的战争。没有他，就不会有《马太受难曲》、米开朗基罗的作品和沙特尔大教堂①。

那么我该怎样展现上帝——这个无形且无处不在的促进者呢？我该如何向我的读者（既无见识也不开明的读者——不妨说，是天外来客）揭示那非凡的事实，即，在有史记载以来的大部分时间中，大多数人都已乐于相信上帝这一不可名状、不可动摇的力量主宰着万事万物？

我要建一栋楼。一座形状像十字架的建筑，不做居住也非做防御之用。我将把这座建筑复制一千，复制一万，复制十万。它可以像单人间一样狭小；它可以高耸入云。它可旧可新；可简可繁；可为石砌，亦可为木制、砖制、泥制。这座建筑坐落在城市中央，也可在地球的荒野之地。它位于岛屿、沙漠和山巅。它立于普罗旺斯、萨福克、托斯卡纳、阿尔萨斯、佛蒙特、玻利维亚和黎巴嫩。这座建筑的墙壁和内部陈设讲述着一个个故事；它们谈国王，论王后，讲天使，说魔鬼；它们既给人教诲又发出警示。它们旨在振奋和威慑人心。它们是一个显而易见的论断。

———————————

① 沙特尔大教堂，全称沙特尔圣母大教堂，坐落在法国厄尔-卢瓦尔省省会沙特尔市的山丘上，是法国著名的天主教教堂。教堂的三重皇家大门、壮观宏伟的罗马尼斯凯像和早期的彩色玻璃装饰的窗户，无一不是 12 世纪法国建筑史上的杰作。它与兰斯大教堂、亚眠大教堂和博韦大教堂并称法国四大哥特式教堂。

论不论断是另一回事。我在此试图展示的是上帝的惊人遗产——或是上帝存在的可能性——我没有通过思想，而是通过巧妙地处理风景地貌来支撑我的观点。在我看来，教堂一直都是如山的铁证。它们让我怀疑——完全有可能——我是否错了。

于是，曾经的我开始祈祷。跪在开罗圣乔治主教教堂里，向这位公认的上帝祈求宽恕和帮助。那年我三十一岁。

她从刺眼、混乱的外面走了进来——酷热、电车和马车的嘎嘎声、人、车和动物、开罗城里粪便和煤油味——走进平静而又相对凉爽的教堂。身着丝绸和绉纱衣裳、戴着手套和帽子的女人们，彼此含蓄地微笑致意。军官们——那些身材魁梧、勇敢无比、蓄着小胡子的海盗穿着噼啪作响的卡其布或皮革制服——摘下帽子，放在相邻的座位上，俯身单膝跪地，一手覆住双眼。克劳迪娅却独自一人，偷偷摸摸、不情不愿、楚楚可怜地挑了个靠后的位子坐下，整个人隐在柱子的阴影中。她继续戴着太阳镜——一副目中无人的装扮。

英国国教仪式按部就班地进行着。人们颂扬主，恳求主，崇拜主。椅子发出刮擦声，裙子沙沙作响，鞋子在石地板上吱吱直叫。苍蝇在汗涔涔的皮肤上匍匐，被人偷偷拍死。主教祈求上帝护佑英国士兵、水手和飞行员，保佑英军在西部沙漠尽早旗开得胜。"阿门……"人们垂首低语——男声雄浑厚重，女声清脆优雅。

而克劳迪娅独自孤寂无声地祈求。哦，主啊，她说，无论您是谁或是什么，我怀揣痛苦来到了这儿。我不知道您是什么样的人，也不知道您是否存在，但我已不再自足，需要有人为我做点什么。我再也受不了了。千万别让他死去。别让他躺在沙漠里被炸得粉身碎骨。别让他在阳光下腐烂。最重要的是，千万别让他因为口渴和受伤而慢慢死去，不要因为他无法呼救就让他与救护车擦身而过。如果有必要，就让他被俘吧。那我能容忍。但是，求求您，求求您了，让他别失踪而被误认为已经遇难。

"原谅我们的罪过吧……"

克劳迪娅默默的祷告声犹豫不决了。好吧，即便如此。如果我这样想是罪过，请原谅我的罪过吧。

"我信仰圣父、圣子、圣灵……"

即便如此。即使那一切。只要你尽本分。

而且为了给赫利奥波利斯①的科普特孤儿院的儿童们募捐，会众再次祈祷（"主啊，赐予我们胜利，教化我们的敌人吧……"），然后起身。他们从大教堂鱼贯而出，身着丝绸和棉料服装、制服和薄型清凉西装，进入尼罗河旁绿树成荫的大道。克劳迪娅快步穿过他们，目不斜视，穿过马路，独自行走。她向桥走去。她驻足片刻，凝望河对岸的杰济拉岛②，注视着灰绿相间的棕榈树和木麻黄的羽状树叶、波光粼粼的水面、三桅小帆船船帆的白色曲线。她想，这是一片被众神眷顾的土地。有求必应的

---

① 赫利奥波利斯，尼罗河三角洲的古埃及城市，太阳神的信仰中心地。
② 杰济拉岛，开罗中部尼罗河上的一座岛。

神啊。此时，她又祷告了几声。她向干燥的沙漠之风殷殷祈祷。

丽莎坐在那儿注视着克劳迪娅，她也许睡着了，也许没有，无从得知。克劳迪娅双眼紧闭，嘴唇却抽搐了一两次。从前她何曾如此这般？在丽莎的记忆中，克劳迪娅从没患过病，总是无所不能；这情形就像看到一棵熟悉的大树被轰然砍倒。丽莎没考虑可能出现的后果，因为一个没有克劳迪娅的世界是不可想象的。克劳迪娅就那么存在着，此刻、过往和永世。

丽莎想到了爱。她爱自己的儿子，爱自己的情人，以奇怪的方式爱自己的丈夫。可她爱克劳迪娅吗？而克劳迪娅也爱她吗？

这些问题她无法回答，或者说不想回答。她和克劳迪娅之间的恩怨终究是无可避免的。毫无办法，一直都这样。很久之前，在她孩提时代，带着严酷眼光的她就清楚了。

丽莎读过克劳迪娅的书，克劳迪娅知道后一定会很惊讶。丽莎用一个棕色信封装了克劳迪娅见报的两三帧照片，藏在某个隐蔽之地。还有一篇关于克劳迪娅的长篇报道，标题是《人物剪影》，是的，就是克劳迪娅的传略，她不似现今这样瘦削而枯黄，而是在天鹅绒帷幕的背景下尽显精致，在时髦摄影师的灯光中仪态万方。下面的文字不加掩饰地恭维："克劳迪娅·汉普顿招致争议。作为一位非专业性历史学家——一名'普及者'——她遭到某些自高自大的学者的蔑视，也被其他学者愤怒地驳斥。这等轻蔑令她恼羞成怒——'仅仅因为我敢特立独行，而非安于他们的学术俸禄带来的舒适保险政策'——她陶醉于自己的辩驳，他们给了她奋起反击的机会。'我喜爱跟人家打笔战。不管怎样，我常常获胜。'她援引自己的销售数据——'是谁说服大众去读历史的？是我这样的人，而不是埃尔顿[①]们和休·特雷弗－罗珀[②]们。'然而，即便克劳迪娅·汉普顿如此桀骜不驯，她也留下了某些文学伤疤。评论家常常诟病她夸大其词的文章——这点必须指出——说它常常含混不清，矛盾百出。'色彩鲜艳的历史''埃莉诺·格林[③]式的历史传记''闭门造车者的惑众妖言'，这些都是她的批评者的用语。"

丽莎对这一切持公允的看法。事实上，她发现这些书比预想的要好读；她也相信这些书还存在瑕疵。毕竟，她了解克劳迪娅，知道克劳迪娅会在一些简单的基本问题上犯错。克劳迪娅对丽莎一直都有误解。

因为克劳迪娅从未脱离克劳迪娅来看待丽莎。丽莎已被克劳迪娅毁了，一直都是如此；即使现在，在这陌生的、冷冰冰的病房里，她也是正襟危坐，在静候克劳迪娅的下一步动作。克劳迪娅扼杀了丽莎——使她脸如死灰，褫夺了她的言语，或者至少是一切引人关注的言语，把她萎缩了一两英寸，将她囚放在自己的一方天地中。另一个丽莎并非那样。另一个丽莎，也就是那个不

---

① 埃尔顿（1921—1994），英国历史学家，曾任剑桥大学教授，以传统方式研究历史理论的坚定捍卫者。

② 休·特雷弗－罗珀（1914—2003），英国历史学家，曾任牛津大学教授，笔调简明而辛辣。

③ 埃莉诺·格林（1864—1943），英国小说家和剧作家。

为克劳迪娅所知的丽莎，她积极却不强势，更漂亮，更伶俐，是一位出色的厨师和能干的母亲，即便不是楷模也十分合格的妻子。她如今明白了，自己当初少不更事，草草率率嫁错了人，但幸好已找到了收拾这局面的办法。她也发现自己很擅长组织，能把一切安排得有条不紊；因为在过去五年中，她一直在一家由一位一流外科医生开设的私人诊所里担任秘书，她的工作举足轻重，由此她遇见了自己的情人，他也是位医生。最终，有朝一日，等孩子们都长大了，丽莎和她的情人就会成婚，当然，前提是她能说服自己哈利会好好的，他会挺过去，会找到他的另一半。

病房渐渐暗了下来，冬日的下午在轻叩窗户。丽莎起身，将灯打开，欲把窗帘拉上，开始收拾物品。她把一只胳膊伸进大衣时，克劳迪娅睁开了眼睛。

"别误会我，"克劳迪娅说。"痴迷上帝并不意味着我就要去见他。这完全是两码事。"

她的脸突然扭曲，双唇绷紧抿起。一只胳膊在床单间蜿蜒而过。丽莎问："你还好吗?"

"不好，"克劳迪娅说。"可谁是好着的呢?"

丽莎僵住了，一只胳膊已伸进大衣，另一只还在外面。一种怪怪的感觉油然而生。一时半会儿她也不明白那是什么。她站在那儿，注视着克劳迪娅。过了一会儿，她终于恍然大悟。她感受到了对克劳迪娅的歉疚之情。恰如饥饿和疾病，怜悯之情袭上她的心头。之前她自然同情过别人，但从未对克劳迪娅有过。她将手搭在克劳迪娅的胳膊上一会儿。"我得走了，"她说。"星期五我再来看你。"

此时此刻，我注视着丽莎，发现她的脸上已渐渐有了中年的印迹。令人唏嘘啊。毕竟，在父母眼里，孩子永远是孩子。一个女孩，或许甚至是少妇——可是，容貌日益硬朗、身体日渐柔软、往昔的时光与未来的岁月旗鼓相当……哦，天哪，不。我惊讶地看着这位伦敦周围郡县的护士长，琢磨着她是谁——那双眼睛的周围布满了一道道扇子般的细细的皱纹，直盯着我看，那是八岁的丽莎、十六岁的丽莎、成婚一年后怀抱嗷嗷大叫的粉嘟嘟的婴儿的丽莎。

越来越难以相信丽莎有四分之一的俄罗斯血统。她穿着耶格尔纯毛套装、缀有蝴蝶结的宽松丝质衬衫，脚蹬整洁锃亮的鞋子，在这位典型的英格兰中部地区的中产阶级内心和身后的某个地方，蕴含着世界历史上饱受摧残之人的身影。尽管丽莎知之甚少，也不以为意，但在她灵魂深处有低声絮语，它们来自圣彼得堡，来自克里米亚，来自普希金，来自屠格涅夫，来自数以亿计吃苦耐劳的农民，来自凛凛冬日和炎炎夏日，来自有史以来最瑰丽的语言，来自萨莫瓦尔茶炊、德罗斯基车和千幅圣像上的乌瞳愁颜。[①] 血统自会显现——我坚信不疑，尽管不像可怜的布兰斯

---

① 萨莫瓦尔茶炊，金属打造的煮茶器皿，是俄罗斯茶文化的代表；德罗斯基车，一种低矮的四轮敞开式马车，常见于俄罗斯；圣像，与俄罗斯东正教紧密相连的一种宗教艺术。

科姆太太那样担忧，她竭尽全力忘却孙女不幸的家世（那也全是她的错，可怜的伊莎贝拉，此后永远承受着与那个巴黎青年热恋的愧疚）。丽莎的心中装着不为她所知的事情。我觉得这倒很有趣。的确很耐人寻味。我注视着丽莎，仿佛听见群狼在西伯利亚大草原上嚎叫，仿佛看见伯罗的诺①血流成河，伊琳娜在为莫斯科叹息。一切遐想，都在脑海里——事实与幻想糅为一体，此乃我们认识世界的方式。尽管如此，丽莎有一位俄国祖父，而这很重要。

看来，贾斯珀的父亲是俄国人发动革命的绝佳缘由。他玩世不恭，一生从未干活，三十岁不到就把家业挥霍一空——至少把父辈留下的家财败了个精光。他的前半生在巴黎、巴登巴登和威尼斯度过，偶尔前往俄罗斯去贱卖几俄里土地或圣彼得堡的宅邸。离婚后，他住在里维埃拉，境况一度窘迫，以赌博或傍富婆来增资。到了青春期晚期，贾斯珀对父亲的痴迷很快就衰减了：贾斯珀注定会功成名就；萨沙，对一位十六岁的男生而言，是一位魅力四射、放荡不羁的人物，而在二十一岁的大学生眼中却迥然不同——一条下贱的寄生虫，只有幼稚的美国女继承人和小小的法国社交圈女主人才会对他肃然起敬。1925 年以后，贾斯珀就很少见他父亲了。我只见过他一次。那是在 1946 年。此前萨沙已来到伦敦，战时他在芒通②度过了一段颇为舒适的日子，不知怎

---

① 伯罗的诺，位于莫斯科西部。1812 年 9 月 7 日，拿破仑在这附近击败了保卫莫斯科的军队。

② 芒通，法国东南部城镇，疗养胜地，盛产鲜花和水果。

地躲过了拘留，就开始寻求资金以及有用的人，而他那略有名气的儿子似乎最有希望。贾斯珀请萨沙在他的俱乐部吃午饭，也邀请了我。萨沙已年届七十，看上去也像这个岁数的人了：脸上沟壑纵横，眼睑松垂，笑起来带着专业耍蛇人的狡黠。他吻了吻我的手，跟我说了他过去五十年间跟每一个见过的女人都说过的话。而我呢，心怀恶意，坚持要他坐在那把最舒适的椅子上，关切地询问这寒冷的天气有没有让他心烦。萨沙可绝对不傻，他转而摆出一副慈父的模样——叫我"亲爱的"，兴致勃勃地对贾斯珀的成功大加赞赏，邀请我们俩到里维埃拉的别墅做客。自不待言，我们从未去过。贾斯珀发现他父亲很是窘迫，我觉得他挺吓人。当时他身着那件战前的保存完好的羊绒大衣，系着爱马仕围巾，一位潦倒的幸存者，某个时代、某个阶级的余灰遗烬，这一切依然历历在目。那顿午饭后，我和贾斯珀发生了龃龉——一场蛮有趣的小争执，为后来的一场场鏖战拉开了序幕。

"呃……"贾斯珀说，"就是他，一个老骗子，你觉得呢？"一袭绿衣的克劳迪娅光彩照人，沿着蓓尔美尔街①款款而行，引来行人的偷偷注目。他挽着她的胳膊，回避这些目光。

"有一点吧。"

"我悄悄给了他一张一百英镑的支票，"贾斯珀说，"就希望

---

① 蓓尔美尔街，伦敦圣詹姆斯区的一条街道，连接圣詹姆斯街和特拉法尔加广场，以俱乐部多而著称。

他能静静离开，至少离开一两年吧。"

"嗯……"克劳迪娅说。

"什么？"

"我说——嗯。"她不动声色地看着前方。她没有看贾斯珀，他心中泛起一阵恼怒，只有克劳迪娅才能引发这份恼怒。一阵与蠢蠢欲动的性欲掺杂一起的战栗。

他们在圣詹姆斯区的街角驻足。"你和他的手很像，"克劳迪娅说。"嘴巴也有些像。"

"我可不这么觉得。"

克劳迪娅耸了耸肩。"你无法割舍血缘。"

"我就是我自己，"贾斯珀边说边走到马路上。"来吧，可以穿过去了。"克劳迪娅松开他的胳膊，想从包里掏东西。他走在前面，克劳迪娅停在原地。小轿车和出租车将他们隔离开来。贾斯珀在对面的人行道上等她。克劳迪娅擤了擤鼻子，悠然穿过马路。

"还有，"她说，"得加上你与生俱来的。萨沙给了你一个充满戏剧性的过去。难道你不觉得那很有趣吗？"

"不见得。"

"你对激荡的千年历史不感兴趣吗？"

克劳迪娅的嗓音——清脆、极富感染力——响了起来。一两个戴着圆顶礼帽的人回头观看。

"这与我完全无关，"贾斯珀说，"你这样也太自命不凡了吧。"

"我不明白，"克劳迪娅边说边沿圣詹姆斯区向北走了一两步，"你怎么能仅仅因为觉得自己父亲不称职就如此任性妄为，就要将和你祖祖辈辈的关系撇得一干二净呢?"

贾斯珀骤然满脸通红，尽管已是寒冷的十二月天。他追上了她。"克劳迪娅，你嗓门太大了，如果你不介意我这样说的话。如果我得承担起整个俄罗斯的话，那么你可能就得背负世世代代多赛特郡迟钝农民的十字架。亲爱的，这可不是你的做派呀。"

"哦，这我就不知道了，"克劳迪娅说，"也许他们体现了某些坚韧的品质吧。"她对贾斯珀莞尔一笑，而此时的他正闷闷不乐。

"那么你忍耐什么了?"

"远比你知道的要多。"

贾斯珀结识克劳迪娅至今已有八个月零九天，他在与自己的情感顽强抗争。她令他疯狂；她是他遇见过的最惹人喜欢的女人；他不能没有她；他迫不及待地想再和她上床。

"谢谢你，我吃了顿美味的午餐。"克劳迪娅说。

为什么这一阵阵俄罗斯的风全都吹进了贾斯珀俱乐部里棕色皮革棕色帘幕棕色地板的餐厅? 这个伪善刁滑的蒙特卡洛①老流浪汉怎么会有一丝真诚的恭维，与另一个时间和空间奇异地共鸣呢? 这个老冒牌货对有些事情一无所知，克劳迪娅想。对历史他

---

① 蒙特卡洛，摩纳哥公国的一座城市，以赌场闻名。

知道些什么呢？我敢打赌他从没读过托尔斯泰。

当然，关键在于我读过。他带来的一切都装在我的头脑里呢，而不在他的脑袋里。这难道不有趣吗？时光和宇宙都散布在我们的脑海里。我们就是这个世界沉睡的历史。

"这些日子中的某一天，"她说，"我要写一部鸿篇巨制。我要写一部世界史。"

但是，贾斯珀已经穿过半条圣詹姆斯街，在前面大步流星地走着。她在交通岛上停下，边擤鼻涕边思忖着贾斯珀的傲慢、贾斯珀的冥顽、贾斯珀健壮的身躯。她追上了人行道上的贾斯珀，继续之前的讨论，她觉得很有趣，因为贾斯珀生气了。贾斯珀全无秉性教养，只因贾斯珀极端以自我为中心，而但凡利己主义者都理所当然地以为自己可以自行繁殖遗传，无所亏欠，无所归因，自我成就。

"谢谢你，我吃了顿美味的午餐。"她说。

"不客气。"

"我得走了，"她说，"有很多事要做……"

"什么时候能见你？"

"嗯……"克劳迪娅说，"电话联系……"她是在冒险。贾斯珀如果被彻底激怒，就可能一天、两天或三四天都不给她打电话，那可就糟了——太糟了。但是，矜持、自尊比焦虑更为重要啊；克劳迪娅是绝对不会让贾斯珀占上风的。

"明天晚餐见。"贾斯珀说。这是发布声明，而非征求意见。

"也许吧……"克劳迪娅说。

moon tiger

第六章

我已随本世纪一同老去。于我于它，都已余日无多。这是战火纷飞的世纪。当然，一切历史都是战争史。但这百年尤甚。有几百万人遭枪杀、致残、被烧死、冻僵、挨饿、溺毙？唯有上帝知道。我相信他知道。哪怕只是为己所用，他也应该做了记载。两次大战，我都置身边缘。或许看不到下一次了。"一战"完全与我无关；这个称为战争的家伙召唤了父亲，把他永远地带走了。在我看来，它俨然是某种无可避免的气候现象：雷暴或是暴风雪。"二战"把我狠狠地舔了一通，又把我毫发无损地吐了出来。确确实实毫发无损。我目睹了战争；这样说来，我也算是亲历了战争。我听到过弹响枪鸣，也见证了其威力。然而，我对战争的回忆好像鲜活地印在头脑中。深夜，我辗转难眠，脑海翻腾：战争已不是经历而是认知，一想到这个，我就瑟瑟发抖。要不是上帝一时心血来潮，我就同其他数百万人一样被恣意消灭了：蹚过索姆河，现身法国、德国、西班牙、巴尔干半岛、利比亚、俄罗斯。俄罗斯……尤其是俄罗斯。萨沙本应体面地战死在俄罗斯而载入史册，而不是在蒙特卡洛养老院因支气管炎和肺气肿而咳嗽至死。他本该成为一个统计数字，这样，人们才能有所回应。他本该成为那些骇人听闻的数据的一部分：到1945年，一百万人陈尸列宁格勒，三百万白俄罗斯人和乌克兰人成为苦工，两百万基辅人被囚，二百五十万人冻伤致残，两千万俄罗斯男女老少流离失所。当德军横扫而至，将萨沙的家园夷为断壁残垣时，他本应在斯摩棱斯克、明斯克、维亚济马、格扎茨克或勒热夫等地安度晚年，在冰原慢慢死去。他本该同我曾看过的那幅照片上一样，衣衫褴褛，佝偻着身子，背着行李箱，缓慢地行走在1942年遭受过空袭的摩尔曼斯克洒满月光的街道上。他本应是斯摩棱斯克、明斯克、维亚济马、格扎茨克或勒热夫的一位灰头土脸、永远默默无闻的幸存者，蜷缩在已被射杀的妻女身边。

现实只长存于下列文字中。1941年冬，零下二十度，大雪纷飞。俄罗斯囚徒被赶到露天囚室，一直关押至冻死、饿死。斯大林格勒宛若熔炉。三十座城市被毁，七百万匹马、一千七百万头牛、两千万头猪被屠。以下景象无以言表：一幢幢建筑被火焰吞噬，只剩烟囱和秃壁，一具具尸体遭冰霜啃噬，伤员表情痛苦，声嘶力竭地喊叫。这就是活生生的记录；这就是历史的结局；这就是战争的语言。

不是那别的语言——那种以幻想为障眼法的疯言疯语——那些将军政客说的癫言狂语：巴巴罗萨计划①，听着倒像瓦格纳歌

---

① 巴巴罗萨计划，纳粹德国在"二战"中发起侵苏行动的代号，最终计划失败。

剧的开场祈祷；雪花莲行动、风信子行动、水仙花行动和郁金香行动，① 带着死亡的气息舞向托布鲁克。② 那是我以前常常在开罗听到的语言，第八军的海盗时常挂在嘴边——他们聊玛蒂尔达和"甜心"、③ 数吨可移动的致命金属的敷衍伪装，并用温和委婉的话语形容，说它们即使遭受攻击也不会爆炸（活活烤死坦克兵）而是"中弹燃烧"。当然，这也算是一份轻松的差事。士兵并没有死只是受伤而已，他们没有被射杀而是被击倒罢了。只有事后才能看出其古怪之处。当时它似乎很平常，甚至完全可以接受。舞文弄墨是我的本职工作，但细究文字深意，并非正当其时——或者说至少不适合咬文嚼字式的分析。司令部公报……新闻官简报……我从便捷式帝国牌打字机上匆匆敲打出来的一篇篇报道（我至今还保留着）。这就是我所经营的文字——一种似乎已经僵化的语言，现今已被新行话、新暗语所取代。自那以后，我就生活在"滥杀""二次打击"和"消释力"④ 的术语世界中；未来战争抑或是终极战争的场景还未出现，与此相关的暗语却已分散了人们的注意。言语，如同地貌不断自我革新；某些词语消亡了，另一些词语应运而生，就像一幢幢建筑倾塌了，原地又有新建筑拔地而起，又如同风沙吹过玛蒂尔达、"甜心"和十字军

---

① 花草名均是英国皇家海军花级护卫舰的代号。
② 托布鲁克，利比亚东北部港口城市，地中海南岸著名的良港。"二战"中英、德曾在此激战。
③ 玛蒂尔达，英国步兵坦克名；"甜心"，英国对美国制造的斯图亚特轻型坦克的昵称。二者在"二战"期间被同盟国广泛使用。
④ "消释力"，约翰·济慈提出的诗学概念。

战士①的遗骸，一阵接着一阵。

我见证了战争岁月至今的开罗。如今回想，那段时光发着微光，映照当下，宛若海市蜃楼。希尔顿和喜来登酒店仍历历在目，开罗这座城市充斥着偷工减料的暗褐色建筑，交通堵塞，喧嚣声震耳欲聋。但我脑海里浮现的是另一座富有生机的城市，这里弥漫着粪便和石蜡的气味，可以听到欢快的驴蹄踢踏声，韦奇伍德湛蓝的天空中飘着几只风筝，阿拉伯文字充溢着巴洛克式的欢乐。

这地方看上去不同，但给人的感觉完全相同。我五味杂陈，种种情感改变了我。我站在一幢混凝土和平板玻璃构成的摩天大楼的外面，从树枝上摘下满满一把桉树叶，用手捻碎，闻了闻，不禁热泪盈眶。人行道上挤满了拎着大包小包的美国主妇，六十七岁的克劳迪娅没有痛哭流涕，而是喜极而泣，什么也没有失去，一切都可以挽回，人生并非一条直线，人生是瞬时即刻的。一切都在脑中瞬时生成。

谢泼德酒店②的阳台已人满为患。没有一张空桌子，每桌都挤着三四个或四五个人，每桌都是个小小的社会。噪声鼎沸，各种语言汇成一支管弦乐曲。侍者们端着酒托，在一张张桌子间穿梭，克劳迪娅在其中闲庭信步。她不慌不忙，一对微醉的南非人

---

① 十字军战士，英国坦克名。
② 谢泼德酒店，开罗的著名酒店，是 19 世纪中叶世界著名的酒店之一。1952 年被烧毁，后又重建。

奉承她，一位自由法兰西的军官凝视她，这儿那儿朋友和熟人纷纷邀她入座，她一概置若罔闻。这里很多人她都认识；其他不认识的，她也可以根据衣着和言谈来判断。每个人都佩戴着职业、种族和信仰的标徽。

这俨然是中世纪嘛，她想——为什么我之前没有这样想过？她发现海军军官袖口别着一枚金色徽章，一名准将的膝上扣着一顶红带帽，另一张桌子上放着供赐授的红色土耳其毡帽。这是一幅 1941 年最新的中世纪城市景象。这是一个结构化的世界，在这里，谁是谁一目了然。那两位是西班牙裔犹太贵妇人，那一位是锡克教军官，那三人帮全都来自伦敦周围各郡。那位知道如何开飞机，这位训练有素知道开坦克，那位姑娘知道如何包扎伤口。要是没搞错，如果我略施小计，说不定坐在那儿的那个家伙可以送我上前线呢。

她嫣然一笑——满唇口红光鲜亮泽，十分时髦。她径直向他那桌走去——匀称的身材，一袭白色亚麻裙，红棕色的头发梳得亮亮的，蹬一双高跟红拖鞋，光裸的双腿晒得黝黑——他起身，拖出一把椅子，冲服务员打了个响指。

他颇为欣赏地打量着她的双腿、秀发和装束，其打扮与一般女记者迥然不同。

至少可以假设，这就是他当时的所作所为，因为他后来企图把我搞上床，说这是为第二天飞往沙漠的运输机上的一个座位所付的代价。我没有付出代价——或者说没怎么付出代价——但我搞到了座位。现在我已想不起他叫什么名字，只隐约记得，他留着姜黄髭须，和其他所有军人一样，长着一张棕黑色的糙脸。他是个普通人——只是个在运输方面有点权威的军械官罢了——不过，他可是我人生节点上的重要一环，要不是他，我也就不会去昔兰尼加①，就不会坐上中途抛锚的卡车，也不会在一片不毛之地被两名坐在吉普车里的军官所救，他们其中的一位……

要不是他，我就不会无比快乐地坐在卢克索②冬宫的阳台上，也不会痛苦地躺在杰济拉岛的医院病床上。总之，要不是他，我就不会是现在这样子。就连最特立独行的史学家——我自己吧，也许——也不会否认，过去是建立在某些无可辩驳的基本事实之上的。人生也是如此；有其内核，有其中心。

现在，我们已到达这一核心。

1940 年，我孤身一人来到埃及；1944 年离开时也是只身一人。如今，当我回望那些岁月时，也是孤家寡人。悠悠往事只独留我心中——其他任何人看不到相同的景致，听不到同样的声音，不知道事情的前因后果。尽管内心深处还有一个声音，但只有我一人听得见。我的——我们的——是唯一的证据。

这是唯一的私密证据。就公共事务——历史——而言，当然证据多多。现在大多已付梓刊行。所有那些记载——哪个将军居功至伟，哪个将军拥有多少坦克，哪个将军何时何地为何发动进攻——我都已一一读过，但均与我记忆中的似乎没有任何关系。

———————————

① 昔兰尼加，利比亚东部地区。
② 卢克索，埃及古城，因埃及古都底比斯遗址而著称。

我时不时会对某个事实吹毛求疵——有时是一个名字，有时是一个日期。大多数情况下，这些似乎毫不相干。当然咯，这类评论出自一位自己也写过那种书籍的女性之口，也着实奇怪。当时，我对相关议题甚感兴趣——我得发送报道才行。如果我不跟踪事件，不去尽可能了解事件的真相，我就无事可报道。要是伦敦发来一封言辞尖酸的电报，我就没有正当理由在中东待下去了。但现在这一切似乎都无关紧要了。它已悄然消失，一如当时的语言，又如同老开罗巴洛克式的带有阳台的一幢幢建筑，已被办公大楼和为游客而建的摩天大楼所取代。

戈登说我永远不可能成为战地记者。当然，这更坚定了我做战地记者的信念。他说，我看上去还不够格。我得比以往更加卖力才行。我四处拉关系，找熟人，希望他们能帮我一把，最终我被一家周日时报聘为特约记者，又在一家新闻周刊任通讯员。我必须为之奋斗，但它们付的工资都不太够。我调用资金——从祖母那得到的储备金——才得以在开罗维持生计。无论是常驻伦敦的编辑，还是记者团的男同事，他们总是包容我的不足。我当时的水平和之前差不多。不过我的新闻报道总体都还不错。当然，我也特意把它们寄给戈登，说，你瞧，我告诉过你我行的……这些报道先途经苏格兰的某个荒野，然后再到印度，通常要几个月后才能寄达。他也常常回信，回信也是在数月以后，就好像隔着时差在交谈，纠正他所谓的不恰当言辞。我们持续地隔空争吵——竟也相当愉快。我们已有四年多未曾谋面，而等到再次相见之时，我们都已改头换面。我们在维多利亚车站的一个月台上碰面，他说："天哪！你染发了！没想到染这么红。一直以为是棕色的呢。"我们没有亲吻，只是站在那四目相视。我说："你脸上的印子是怎么回事？""我在德里染上了讨厌的皮肤病。战争留下的疤痕。你的呢？"我闭口不答。

戈登在情报局工作。自不待言。战争期间，他大部分时间都待在办公室，偶尔前往一些比较恶劣的地方。我们互道这些年中适合一聊的人与事。有一次，戈登说："我遇到过一个人，他与你在埃及结识。他记得是在卢克索一家酒店遇见你的。他和你以及你某位当兵的男友一同喝过酒。"我说："那是在冬宫吧，我想。""那男友是谁？""那时，开罗里里外外驻扎了二三十万人的军队，"我说，"随你挑吧。"

肯定是在冬宫。还能是什么别的酒店嘛。我们乘坐从开罗始发的夜行列车抵达目的地。车上的卧铺早已订光，我们只得与一群护士挤在一节闷热、颠簸的车厢里坐了整整一晚，腿贴着腿，这帮赫利奥波利斯部队医院的护士在休假，车厢里还有一位随军牧师，一直想带大家玩惠斯特纸牌游戏。最后，他们都入睡了，而黎明降临之时——沙漠的黎明清澈透亮——只有我们几个还醒着。我们凝望着尼罗河远处山丘的轮廓由粉红色转为琥珀色，河水变成天蓝色。成群结队的白鹭和苍鹭弓背栖息在浅滩的树上，一只黑鹳静立沙洲，宛如一尊雕像。沙漠与河流之间，有绵延一英里左右的耕地，上面种满了绿色的苜蓿和又大又粗的甘蔗，苍翠葱郁，一派生机——农夫光着腿，把长袍、裤脚挽到大腿处，身材瘦小的孩童们穿着鲜亮夺目的衣裳——一片朱红、深红、橙黄——还有成群的骆驼、驴子和水牛。这整个地方显得有点变幻莫测——灰绿色的棕榈树、蛇皮树的树干弯弯扭扭，在沙漠的微风中轻轻摇曳。我们坐在那儿，手握着手，望着窗外，仿如赏画。也许是一幅勃鲁盖尔的画——充满细节，饱含信息量，令人眼花缭乱，描绘的是有人在干活，小狗翘起一条腿，猫坐在阳光下，小孩在玩耍。看着这样的画，你感觉时间仿佛已经静止。我曾说，人们从未做过的一件事便是发现这个地方。就看看它的原貌吧。对我们来说，那只不过是个背景。"它是个美丽的国家，"我说。"而我们却没有好好看它。"

他说："我们一定会的。"

我们到达卢克索，费劲地穿过一个个导游和兜售圣甲虫①、拉美西斯二世②的黑色蛇头冠、驱蝇掸子的商贩以及其他人，出了车站，在冬宫开了间房。我们上床，一直待到傍晚时分。我们裸身躺在床上，正午的太阳透过百叶窗，被割成一道一道地投射进来；我们一次次地做爱，次数远超我的想象。他一共有五天假期。当初，他给我打了个电话，告诉我这个消息，问我能不能抽身过一个长周末。他已被调到前线，下周就准备回去。或者去那时的前线，无论前线在哪儿——在茫茫沙漠的中立地带，雷区无序不定，车辆混乱放置。他向我形容，与其说那是陆战，不如说是海战，在一系列的进进退退中，参战者只与彼此关联，而与其穿越而过的景致几乎毫不相干。这是一场无所阻挡的战争——没

---

① 圣甲虫，古埃及一种圣物。
② 拉美西斯二世，古埃及第十九王朝法老。

有城镇，没有村庄，没有人——也没有什么实实在在的得与失。在这场战争中，为了一处几乎探测不到的山脊或是一个地图定位，你得浴血奋战。在这场战争中，原本空旷无物的沙漠突然涌现出成千上万号人，而那战场依旧空空荡荡。他把那沙漠视为棋盘，交战双方在一格格地调兵遣将。我在电讯中使用了这一意象，得到了伦敦办事处的赞赏。我告诉他我本该向他道谢。他说等到战后再说吧。

黄昏时分，我们终于起床穿衣，去楼下露台小酌一杯，那儿可以俯瞰尼罗河。也许，就在那个时候我和戈登的熟人聊了几句。如果真是这样，他现在已经走了；留下的只有帝王谷①上方低矮而连绵的淡黄色山肩，太阳渐渐下沉，隐没在一阵珠光宝气之中。埃及的夜晚发出平淡乏味的声音：冰块在玻璃杯里叮叮当当、侍者的拖鞋在酒店露台的石地板上的噼噼啪啪声、说话的嗡嗡声和嘻嘻的笑声——这是在杰济拉体育俱乐部②、赛马俱乐部、谢泼德酒店其他几百个夜晚的声音。然而，那个夜晚——或下个或下下个夜晚——在我的脑海里是独一无二的。我知道，我当时坐在藤椅上，藤椅的纹路隔着棉布裙印刻在我的肌肤上，我看着河流，看着三桅小帆船的白帆迎风招展，看着落日后的天空中沙漠之星熠熠生辉。我知道我那时的感受——我比以往、比将来都

---

① 帝王谷，位于尼罗河西岸，是古埃及新王朝时期十八到二十王朝的法老和贵族的主要陵墓区。

② 杰济拉体育俱乐部，成立于 1882 年，是埃及最大的综合性体育俱乐部，"二战"期间曾是英国军官经常聚集的地方。

更充实、更快乐、更生气勃勃。留存心田的是感受；是感受和那个地方。如今，回想起来，那些日子已没有次序，没有先后顺序——我说不出我们是什么时候去游览卡纳克神庙①、巨人像和那些古墓的——仿佛这一切是同时发生的。那段时间是瞬时的、凝固的，就像勃鲁盖尔画作中的村景，就像在那些古墓围墙上，如今生活在尼罗河上的鹅、鸭依旧在飞，河里的鱼依旧在游，河岸边的牛依旧在走。

"那位法老……"导游边指边说，"那是法老在祭祀众神。看，那是神圣的安可②。那是法老的妻子。法老的妻子也是法老的妹妹。他爱他的妹妹。"

这激起了人们的些许兴趣。墓内空气灼热，令人窒息。"近亲通婚，"随军牧师说，"显然，当时是完全可以接受的。"那两个英国女子辅助防务部队③的女孩一个劲地说她们再在这儿待下去就要闷死了。"那好，穆斯塔法，我们继续向前走吧，好吗?"牧师说。那一小队人举着火把，在一片沙地的昏暗中慢吞吞地走着。

克劳迪娅磨蹭着。她看着英俊潇洒、带着点男孩气的法老和法老苗条纤细、美目盼兮、胸部丰满的妻子。

---

① 卡纳克神庙，始建于三千九百多年前，位于埃及卢克索北部。
② 安可，古埃及的一个神秘符号，顶部为环状结构的"十"字，用来象征生命。
③ 英国女子辅助防务部队，"二战"时英国军队中一支由女性构成的部队，成立于 1938 年 9 月 9 日，最初是女性志愿服务团体，后于 1949 年 2 月 1 日并入皇家陆军女子军团。

"天作之合。"汤姆说。

"是的。"

汤姆举着火把，光束掠过一群公牛、抬着死瞪羚的奴隶和突然从芦苇丛中扑腾而出的一群鸭子。

"再看他们一眼。"克劳迪娅说。火光摇曳，忽明忽暗。"她真可爱。你的姐姐或妹妹漂亮吗？"

"詹妮弗？天哪——我从没想过。是的，我觉得她很漂亮。"他笑道，"但是我不应该那么想。"

他的手臂环住她。"请跟上，"导游的喊声沿着漆黑的古墓廊道从远处传来。"女士和先生……请快点跟上。"

克劳迪娅依旧盯着那两个精妙绝伦的人像，他们不受世事影响，永远年轻，永远成双成对。

"你在想什么？"他问。

"嗯……没想什么。"他的手臂环在她肩上，他的热量传向她的胸脯。她欲火中烧，觉得自己很有可能脱光衣服躺在这地上。他转身亲吻她，舌头在她的唇中游弋。

我在那里一年左右的时间里，那个国家仿佛只是一块背景板。我被抛入了它的炎热、灰尘和气味之中，它们成了更为紧迫的战事的意外附赠品。你学会了如何应对它——种种不适、障碍和危险——然后继续从事重要工作。英军凌驾于那景貌和社会之上：军车挤塞道路，军械库遍布从开罗到亚历山德里亚的三角洲，英国军人充斥开罗的街道和咖啡馆，英语此起彼伏。兰开夏郡、多赛特郡、伦敦东区、伊顿和温切斯特的口音响彻清真寺、集市、金字塔和城堡。语言繁杂、种族众多的开罗对已发生的一切既兼收并蓄又熟视无睹。一方面，它利用并操控这一局势；另一方面，它依然故我，一如既往。富者愈富，穷者依旧在运河的淤泥中跋涉，用水牛粪做燃料，在大街上乞讨。

也许，是在卢克索的那个周末，我第一次见到了它。现在看来的确如此。我突然看到它是那么美。我看到了田野和村庄那凌乱而紧张的生活——一个尘与水、草与叶、人与兽的世界——我看到沙漠的荒凉纹理与广阔无垠，看到风雕琢沙地、海市蜃楼闪闪发光。它像水彩画那般精美——柔柔的灰绿色、淡蓝色、浅黄色和亮棕色交相辉映。美丽而冷漠；当你开始看它的时候，你也会看到孩子嘴边的疮疡、盲婴眼上爬行的苍蝇、驴背上裸露在外的溃烂处。

我透过他看到了它，也在他身上看到了它。如今，他和那个地方合而为一，他的声音、他的抚摸，那些景致、那些气味，在我的脑海中已糅为一体。

凌晨，她躺在床上，依然醒着。床头柜上有盘月亮虎。月亮虎是一盘绿色的蚊香，彻夜缓缓燃烧，驱赶蚊虫，化为一段段的灰烬落下。炎热的黑夜里，蚊虫嗡嗡作响，唯有它发光的红眼与长夜做伴。她躺在床上，什么也不想，只是静静躺着，通体舒坦。又一英寸月亮虎悠悠地落入托盘。

汤姆翻了个身。克劳迪娅轻声问道："你醒了?"

"醒了。"

"你早该告诉我的。我们可以说说话。"

他将一只手搁在她大腿上。"说些什么呢?"

"所有没来得及说的。几乎所有事情。"

"我们在一起大概已经五十个小时了。从相遇到现在。"

"四十二个小时。"克劳迪娅说。

"你数了?"

"当然。"

一阵沉默。"我爱你。"他说。

"嗯,好,"克劳迪娅说,"我也是。我的意思是,爱你。跟我聊聊天。讲讲一些事情。"

"好嘞。你想让我讲什么呢?想听听我对阿道司·赫胥黎的看法吗?还是对国际联盟①的看法?也许我们可以抬抬杠呢——我知道你很喜欢争论。"

"现在不是时候。我们就聊聊彼此吧。现在我只对这个感兴趣。"

"我也是。"汤姆说。他牵起她的手。他们并排躺着。就好像古墓中的那两尊雕像,或是石棺上刻着的捆绑在一起的人像,克劳迪娅想。月亮虎缓缓燃烧,冒着烟气;百叶窗的后面是炎热、黑天鹅绒般沉沉的黑夜——那条河,那片沙漠。

汤姆点燃一支香烟。此时,漆黑的房间里有两只红眼在发

---

① 国际联盟,简称"国联",是《凡尔赛条约》签订后组成的国际组织。1920
年 1 月 10 日成立,1946 年 4 月解散。

光——月亮虎和骆驼香烟。"处于我们这种境况的人总是认为自己是独一无二的。都一样……我们俩都不知怎么到了这种境地……"

"听天由命，"克劳迪娅说，"风雨飘零。"

"确实如此。然而又何其幸运。为了你我得谢谢希特勒。这是怎样的想法啊！"

"别想了吧，"克劳迪娅说，"给它取个更体面的称呼。命运，人生。诸如此类。"

他们默默躺了一会儿。"换你来讲吧，"汤姆说，"我不知道的事情太多了……你会弹钢琴吗？你什么时候学的法语？你的膝盖上为什么有道疤？"

"那都是些无聊的事。我不想讲。我要你宠爱我。我想躺在这儿——永远——听你说话。我想边听你说话边入睡。你给我讲个故事吧。"

"我什么故事都不会讲，"汤姆说，"我是一个毫无想象力的人。我只知道我自己的故事。"

"那就行了呗。"克劳迪娅说。

"好吧，你非要听的话。可以说，这是个普普通通的故事。出生在伦敦周边的一个郡，家庭虽并不富裕，但足以维持生计。父亲是小学老师，母亲是……就是母亲。童年时期只有两件烦心事：未曾坦承过的对大型犬的恐惧和对妹妹的威逼利诱。上学的时候，学不好拉丁语，也打不好板球。青年时期……唉，青年时期可能稍微有趣一些，咱们的主人公显得不那么迟钝、利己、内向，等等——事实上，开始关注起他人，甚至隐隐显露出理想主义倾向，渴望改造这个世界，诸如此类。""啊。"克劳迪娅叹了口气。"很典型……典型。你不赞同吗？""当然没有。继续讲吧。你是怎么办的呢？""全是些稀松平常、天真烂漫又狂热的事情。加入受尊敬的组织啦。参加政治集会啦。看书啦。和志同道合的密友彻夜长谈啦。""天真烂漫？"克劳迪娅说。"哪里天真烂漫了？很务实，我认为应该这样说。""嘘——这是我的故事，我有自己的讲法。自述者有权享有编辑评论权。于是……年少的愤世嫉俗达到了登峰造极的地步，就去北方的一家省报当了记者——你在大萧条时期去过东北部吗？"克劳迪娅思忖片刻。"如果你得想一想的话，"汤姆说，"那就说明你没去过。它神奇地印刻在脑海中，我来告诉你吧。汉普郡再也不是从前那样子了。总之，看到一支支领失业救济金的队伍后，我心潮澎湃，认定从政才是唯一的事业——我是说，很显然，一个二十三岁的毛头小伙，只要时来运转，瞬间就能扭转乾坤。很简单，我把一切都筹划好了，我的个人宣言——教育、机会、社会福利、收入再分配。""那么……"克劳迪娅说，"为什么……？""为什么没有那样实施呢？因为如今你我都知道，情况与预想的不一样啊。我们这位软弱的主人公志存高远，想做政治家，到头来却一败涂地，于是就东张西望，想看看接下来会发生什么。过了一两年，一个人就算没长大智慧，也该学到点小聪明了吧。事实上，他是意识到了，自己总的来说是个无知的家伙，而且没有过硬的理据，是无法挫败众敌的。所以我觉得自己最好闭上嘴，睁开眼，竖起耳。一位阿姨给我留了一笔小小的遗产，我就用作去美国的路费。去看看那自由之乡吧，我想。学他个一两样东西。增加下见闻。写点零散的文章赚点小钱。我就是这么做的。回来的时候老成了一点，聪慧了一点。""听着，"克劳迪娅说，"你讲得太简略了吧。""我知道，我们没时间一一道来。现在还不是时候。我们现在只挑重点讲。美国。中西部。南方。我再次对社会愤懑不平，但现在更深思熟虑。投身新闻业。清醒、成熟的新闻业。在那一行我小有成就。""你现在应该从事我的工作，"克劳迪娅说。"说实在的，你为什么不……""我希望你别抢我的话。我们还没说到那儿呢。那时，纳粹只不过是英吉利海峡对岸的逆耳噪声。我们的主人公更愿意把自己看成一名旅行家。""别再说我们的主人公了，"克劳迪娅说，"听上去就像是《男孩自己的报纸》①。""你可真是个博览群书的姑娘。我原以为你不知道这份报纸呢。不妨说，我觉得自己是个旅行家。我卖文为生，写希腊农民的困境或意大利政客的尔虞我诈，而文思枯竭的时候，我就给多个旅行社当导游。就这样游历了大半个欧洲。曾去过一趟俄罗斯。想过是不是时候该去非洲转转了，看看一个人该如何实现梦想？后来，海峡对岸的逆耳之声愈发喧闹。显然令人不安。""没错，"克劳迪娅说，"我想说几句。""我以为你是想让我来讲呢！""是的。只是你省略了那有趣的部分。""我觉得这些全都挺有趣呀。""是都挺有趣的，"克劳迪娅说。"不过那不太个性化。我不大清楚你有何感

---

① 《男孩自己的报纸》，英国故事性报纸，发行于1879至1967，主要受众为青少年男孩。

受。而且，"她轻声补充道，"我也不知道这些事都是你自己做的还是和别人一起干的。"

"噢，"汤姆说，"啊哈。我明白了。好，我尽力吧。我想我可以告诉你为什么它听上去不那么与众不同。这段时间里，我们的主人公……抱歉，抱歉。这段时间里，我对公共生活呀、与时俱进共退呀，等等，有种种浮夸的想法。我倾向于冷静思考——舒适环境下才能有的奢望，这一点我很清楚。但我向你保证……"——他一只手顺着她赤裸的身体缓缓向下——"……我向你保证，那一切都已完全改变了。以人们无法预料的方式与时俱进，让人们非常主观地思考问题，这种事情是不存在的。我想我已经受够这一切了。看，天快亮了。好了——你要的故事说完了。"他翻身面向她。

"还没呢，"克劳迪娅说，"你没说是否……"

"全都是我独自一人，"汤姆说，"到目前为止。我倒是希望，这种情况别再持续太久。"他伸出一只手，一根手指摩挲着她的脸部轮廓。这会儿，在黎明的微光中，克劳迪娅分明可以看到他的双眼、他的鼻子、他的嘴唇。"这个故事，我最喜欢的就是这一部分。"她说。

"我也是，"汤姆说，"噢，我也是。"

噢，天哪，克劳迪娅心想，愿它有个圆满的结局。请给故事一个圆满的结局吧。此时，月亮虎几乎已经燃尽；它那绿色的螺旋对应着托盘上灰色的螺旋灰烬。百叶窗光斑陆离；世界又转了一圈。

moon tiger

第七章

我没法依时间顺序来记述埃及。古埃及。所谓的古埃及。在我的世界史中——这一万花筒般的现实历史——埃及将拥有自己的一席之地，它是一股志得意满又坚不可摧的力量，已永恒地留存了下来，以石雕、彩绘石膏、莎草纸、花岗岩、金叶子、青金石、盆罐残片以及木头碎屑的形式，填充了世界上的一座座博物馆。假如我们以这样的方式看待事物，那么埃及不是过去式，而是现在时。从未听说过法老或埃及王朝的人也对狮身人面像耳熟能详；伴随 30 年代建筑成长的人也觉得卡纳克神庙的新野兽派艺术很亲切。

　　和别人一样，我在去之前就知道了埃及。当我现在想到它——当我想到我将如何在世界史中讲述埃及——我得把它视作一种持续不断的现象，身着褶裙的法老子民们拥入 20 世纪的尼罗河河谷，战车和莲花，马穆鲁克清真寺旁的荷鲁斯①、拉②和

---

①　荷鲁斯，古埃及神话中的复仇之神，法老的守护神，王权的象征。
②　拉，古埃及神话中的太阳神。

伊西斯①，开罗喧闹的街道，纳赛尔湖②的高坝，1942 年身着卡其色制服的护卫兵，爱德华七世时代的土耳其豪宅。在尼罗河河谷，过去和现在并不怎么共存，已不再有任何意义。埋在沙子底下的东西都反映在沙子上面，不仅呈现在盗墓者后代兜售的纪念品中，而且也呈现在永恒的、从容的自然景色的循环中——太阳从沙漠的东方升起、西方落下，河流春潮汹涌，万物更新、再生——白鹭、苍鹭和野禽，驮重的牲畜，忍苦受难的农夫。

几年前，在拉美西斯希尔顿酒店，我遇到一位世界上最大的厕所水箱经销商。起码他是这么宣称的。他来自美国中西部，行将退休，跟着一群自由自在的美国老人，穿梭于都柏林到新加坡的一家家酒店。这位单身男士在酒吧里遇到我，将我视为同类。"这帮人哪，"他说着把他那涤纶包裹的屁股挪到我旁边的凳子上，"我真搞不懂他们的动机。我请你喝一杯吧。别管他们在折腾的事，相信我，那可非同小可。让我搞不懂的是他们的动机。这一切呀，非把你自己掩埋了不可。"我让他给我买了杯威士忌，问他是否怕死。"我当然怕死。谁都怕死，不是吗？""埃及人就不怕。他们关注精神的存活。或者灵魂——随你怎么称呼。但使他们与众不同的不是这一点，而是一件我们现今已失去兴趣的东西。"他将信将疑地瞥了我一眼——后悔请我喝了威士忌；毫无疑问，他在纳闷自己摊上了什么人。"你是个教授？""不，"我

---

① 伊西斯，古埃及神话中的生命、魔法、婚姻和生育女神。
② 纳赛尔湖，位于埃及南部尼罗河上，建有大型水利工程阿斯旺大坝。

说。"我是个游客，和你一样。你是做什么的？"于是他便告诉我他是做抽水马桶生意的，就这样我们建立起了某种联系，称不上是友谊，算是奇异的结盟吧，因为他是个强健、诚实、没什么好奇心的男人，喜欢和人交谈，而我呢——并不孤独，从来都不孤独——只是孤单而已。于是，四十年后，在他别别扭扭的陪伴下，我第二次去了卢克索，去了帝王谷，去了伊斯纳和埃德夫①。还去了金字塔，去了大城堡和卡斯尼尔桥附近的尼罗河畔，我曾经在那祈祷过的圣乔治主教教堂已不复存在，取而代之的是一座为满足开罗的车水马龙而建造的喧闹的立交桥。那美国人其实并不相干——我甚至都不记得他的名字了——就像谢泼德酒店阳台上的那名军械官，被永远束缚在某个时间、某个地方。他的故事——无论是怎样的故事——与我的故事有过短暂的交集。在我们的故事中，我们伫立在一面寺庙墙前，眯起眼睛仰望阳光灿烂的天空，石头上复杂的浮雕幻化出它们本来的模样——一部喋血的编年史。半裸的士兵被斩首，被长矛穿胸，被战车碾轧。同样的图景也被雕刻在另外三面约二十或三十英尺高的墙上。导游解释说，这既是记载又是庆贺法老一次次地战胜敌人。确实，无比高大威武的法老屡屡驾着战车，一手驭绳，一手持武器，洒脱自如。尸横遍野。"硬汉，"我的同伴评价道。"我想他应该是上帝和国王吧？不然他怎么可以随意杀人？""这很矛盾吗？"我问道。导游解释说，我们看到的被斩首的人代表着成千上万的人——这

---

① 均为埃及城镇。

是一整套记载屠杀敌人的体系。"天哪，"那美国人说。"这是惨绝人寰的屠杀。哪怕没有一层层雕刻所有的人，你都会觉得当时发生在他们身上的事已足够残暴了。"我们站在那儿，沉思这场无声的杀戮。"1944 年的时候我在法国，"那美国人说。"我从未见过战争，但我见过战后的情形。一点也不好，让我告诉你吧。"我懒得说没必要告诉我。

　　这是个无比巨大的沙漠垃圾堆，宛似一只巨手漫不经心地将一千个垃圾场的残骸碎片倾泻在它上面———一辆辆烧毁的车辆，一摞摞旧轮胎，空空的汽油桶，生锈的铁罐，缠绕的铁丝网，废弃的弹壳。所有这些垃圾散布在本来就凌乱无章的沙漠中，无数干枯蔫萎的灌木一望无际。唯一清爽的地方是蜿蜒曲折的公路，路上偶尔通过卡车或装甲车，飘来汽油罐奏响的"叮砰巷"①。

　　他们沿着这样的一条路已行驶了两个小时。在凌乱的车迹和模糊的路标中是很容易迷失方向的。司机是一位瘦小结实的伦敦人，皮肤被晒得好似烤焦的奶油蛋羹，他一边看着地图，一边连蒙带猜地驾驶。他在战前开过出租车，因此对沙漠怀有一份轻蔑的熟悉感，就好像这沙漠是爱丽丝梦游仙境中伦敦地形的倒转版。但他们与其他车交会时，他会逆风中大声询问或回答。大家都在找寻某人某地。这片区域处于最后一战的中心，一支支队伍

① "叮砰巷"，原文 Tin—Pan Alleys，20 世纪初到摇滚乐出现之前美国主流流行音乐风格的代名词

分散在这里；这儿，成千上万的官兵都在试图重回某种秩序。

克劳迪娅坐在司机旁边。联合新闻的吉姆·钱伯斯同新西兰记者坐在后排。卡车引擎发出轰鸣声，他们讲话只能靠大喊。克劳迪娅感觉浑身的骨头都快散架了，沙尘漫天，她的眼睛红红的，有些刺痛。出于对这位特殊乘客的关心爱护，司机提醒她最好在脖子和衬衫间塞一条围巾，否则就会像其他人一样得沙漠疮。

他们正在前往第七装甲师司令部，司机担心日落前能否到达那里。他们已经走错了一次路，并且三次因为偏离车道而陷入软沙。发生这种情况时，司机便会破口大骂，跳下车，拖出麻袋，大家便开始艰难地徒手挖车，个个汗流浃背。

他手指一辆坦克。"德国佬的坦克。第一次猛攻时就中弹燃烧了。想看看吗，小姐？"

他们爬出卡车，走向坦克。这辆被烧得黑黑的大家伙散发出难闻的气味。它横在一旁，搁浅在沙丘里，周围散落着更多的残片，小小的日常生活中的碎片——一个饭盒，一封在风中翻飞的旧时航空信，还有一包饼干，一队排列齐整的黑蚂蚁正在把它拱往一处岩石。吉姆·钱伯斯拍了几幅照片。

噪声不绝于耳。当飞机飞过头顶——运输机，战斗机——整个天空都在轰鸣。地平线外传来沉闷的砰砰声，偶尔有闪烁着银光的曳光弹或是如宝石般炸裂的维利式信号弹从天边升起。烟雾弥漫。被烧毁的车辆在风中呈现出灰色，天际线喷出白色烟雾，一根黑柱耸立在他们的右方，被缴获的敌军弹药已被销毁。烟尘四起，每辆卡车、汽车或摩托车都留下了自己浅黄色的履迹。在远处，有一列货车，被尘土湮没，只有越过废弃物才依稀可见它们的轮廓，唤起了另一片荒原、另一个时代的形象——草原上的篷车。当另一团沙尘逼近，吐出坦克的轮廓时，它们似乎又是迥然不同的东西——航行在海洋中的轮船上那错综复杂的高炮塔，飘扬着鲜艳的三角旗。

"我们停下喝上一杯，"司机喊道，"我想看一眼地图。"他们登上一座小山脊，顶部有一个装有伪装网的炮台掩体和一些散落的破漏沙袋。起风了，这里可以避避风。他们用一罐汽油浸泡过的沙子生火，在饭盒里煮茶。"来杯茶，小姐?"克劳迪娅坐下喝了起来，越过沙袋，俯瞰他们所处的浅谷；她心中暗想，几天前谁伏在这里，企图杀了别人。不久前，他们路过三个十字架，它们在一辆烧毁的卡车壳旁列成一排。其中一个十字架旁放着一顶铁皮头盔，粗糙的木板上刻有铭文："约翰·威尔逊下士，阵亡。"

司机认为他们笃定要遇上他妈的沙尘暴了——"请原谅我说脏话，小姐。"他们爬回卡车里，咔嚓咔嚓地沿着山脊的另一侧下行，前一小时以及再前一个小时的景象又在重演。路标设计得很糟糕，司机径直朝着远处车辆汇集的黑潮驶去，车辆靠近时，才发现原来那是两辆红十字救护卡车，停在一辆坦克残骸的附近。近旁，担架上有个沙袋。士兵们爬上坦克。司机停车，跳下，吉姆·钱伯斯和新西兰人也跟着下车。"如果我是你，我会待在原地，大姐。"吉姆·钱伯斯对克劳迪娅说，但她没理他。

他们走向坦克，她现在看清坦克上的人从里面拽出一个人，一具染了鲜血并发黑的尸体，头已被炸烂，膀子上碎裂的白骨格外刺眼。空气中弥漫着腐烂烧焦的臭味。救护卡车后的担架上还放着两个沙袋，救护车司机正在给另一位司机指路。他们似乎都迷路了。这就是上个礼拜一场坦克大战后的场景，是的，路面上卡车开过后留下的锯齿状辙痕纵横交错，向四方延伸，一场无声的混乱可以证明这里曾发生过什么。

他们再次回到车上。此时沙尘暴愈演愈烈，能见度很低，地平线消失在眼前。司机戴上护目镜，也给克劳迪娅找了一副。他们冲进晦冥之中，司机不时地停车跳下去查看路标，但现在汽油快耗尽了，路标也不管用了，他们开进了荒无人烟的地方，地上偶尔留有伸向各个方向的车辙痕迹。沙子滚滚上扬。整个世界变成了耀眼的粉橙色；根本看不见十到十五码之外的地方。

他们徐徐地穿过沙尘暴。稳健的前行让位于柔软的沙子，沙子下冒出一堆顽石，抵住了卡车底部。他们两次挣扎无果，不得不把它挖出来。第二次，他们再次前行没多久，卡车下部某个地方被硌碎了，卡车颠颠簸簸地停了下来。司机跳下车，钻到车下。过了一会儿，他上车告诉大家他妈的后车轴报废了。

这下每个人都开骂了。新西兰人有一场已安排好的采访，如果他们没能在日落前到达司令部，采访就泡汤了。司机明确地将克劳迪娅视为自己的特殊责任，他说："别担心，小姐，我们肯定会把你送到的。""我并不担心。"克劳迪娅说，她确实不担心。她取下盖在打字机上的布，坐在卡车驾驶室里开始打字。沙尘暴在周遭咆哮，时而白色，时而硫黄色，时而又玫瑰色。吉姆·钱伯斯拿出一瓶威士忌。司机说也许这儿不是霓虹闪烁的皮卡迪利大街①，但迟早总会有人来的，他们不可能离该死的车道太远，一旦沙尘暴平息下来，他们就可以找回方向了。"'白炽灯'怎么拼写?"克劳迪娅问道。"别炫耀了，克劳迪娅。"吉姆说。已经被她迷住的司机又递上一支香烟。

克劳迪娅打着字。她得时不时地停下来，把打字机上的沙子抖掉。她之所以打字，一方面是权宜之计，一方面是为了驱除映入眼帘的一切。她想把自己的所见所思简化成文字。她打字，也是因为她已筋疲力尽，口干舌燥，腰酸背痛，心烦意乱，如果不找点事儿做，她可能会无意中泄露出上述某些症状，并为此羞愧。

此时，外面呼啸的沙尘中夹杂着另一种声音，有什么东西正在黑暗中移动。渐渐地，一辆吉普车的轮廓显现出来，里面坐着两个人。他们和吉普车上的人大声互致问候。吉普车慢慢靠近。里面的人跳下车。他们中有一位是名叫汤姆·萨瑟恩的坦克军官，另一名也是军官。看见有克劳迪娅在，他们的反应倒是蛮有意思的。他们正要前往司令部，说可以捎带两个人。司机得留在卡车里，等救援队的到来。吉姆·钱伯斯主动留下。新西兰人也坚定地留下。克劳迪娅自然也如此。最终决定吉姆留下来，其余人继续前行。

---

① 皮卡迪利大街，伦敦一条繁忙的商业街。

克劳迪娅爬进吉普车的副驾驶座。汤姆·萨瑟恩开车。此时沙尘暴逐渐退去，又可以看到沙漠的轮廓，重回正轨了。她太累了，没力气回应其他人说的话，她甚至打起瞌睡，斜靠在萨瑟恩的臂膀上，她感觉到他轻轻地却又坚定地把她扶正。她半睡半醒地坐着，眼睛微睁，只隐隐看见他把手放在方向盘上，一只棕色的手，手腕和指关节间长了些许黑色的汗毛；四十年之后她仍会依稀看见那只手。

承蒙法老旅行社和希尔顿酒店的好意，我此次舒适的回归埃及之行还包括一场短暂的沙漠之旅，这次是透过空调旅游大巴的有色玻璃窗看沙漠。司机将车停下，乘客便可以下车，亲身感受一下正宗的沙漠空气；还有达舒尔金字塔的美景。"你不想下车看看吗？"我的美国朋友问。我摇了摇头。"你确定没事？"他关切地问。"这趟旅行你一句话都没说。""我很好，"我说，"我只是在想事情。其实，我已经看过沙漠了。你下车转转吧。我就待在车上吧。"他费力地站起身。"那好吧。你怎么会已经看过沙漠——难道你之前来过这里还是什么的？""不完全是这儿。"我敷衍道。他没有深究；他的注意力持续时间很短，这当儿骑乘骆驼的小商贩不知从哪儿冒了出来，这可是不能错过的摄影素材。他下了车，留下我独自一人；透过有色玻璃窗，我看到了自己的一副副模样，看到了另一个时代遥远而生动的形形色色，一辆辆坦克蜷缩在沙丘上，超现实的褐色旋涡和伪装的墨迹。

我没在想汤姆，而是在想我自己。而这个"自己"似乎并不是"我",而是"她"。一个涉世未深的人,漫无目的地慵懒度日,一无所知,现在我发现这个人智慧超群。这就是我现在的感受——肯定也是大家的感受——沉思过去那一个个宁静的时刻:巴士底狱暴风雨的前一晚,1914年索姆河河谷的夏天,埃奇希尔战役前沃里克郡的秋日。无所事事;无法停止或改变既定的命运。故事就是这样的。这些都是非发生不可的事。

我的得克萨斯伙伴又回到车上,收起摄影器材,给子孙后代留下了一位骆驼背上的黑手党人的影像,一手挥舞着阿拉伯的劳伦斯步枪,另一手挥舞着一串塑料青金石珠子。"一个称为家的地方。"他说。"那家伙,"我说,"很可能住在开罗的一间公寓里,乘巴士来这儿上班。""你是这么想的?"他遗憾地看着渐渐离去的商贩。"我猜你是对的。我特别喜欢这里的风土人情。从未能识出假货。但你火眼金睛,不是吗,克劳迪娅?"

我想我也曾叫过他的名字。埃德?查克?记不得了,尽管我确实能记起那份既自在又别扭的陪伴,那是在无常的境况下与陌生人暂时构成的奇特结盟。说来奇怪,有他在我很高兴,他的巍巍存在是保护我的盾牌。当初我不知道是否要踏上这次旅程,年复一年地一再推延,但心中一直清楚最终必得成行。而且,最终会直面海市蜃楼——直面另一时代那闪耀的幻象——我惊讶地发现,我自己才是痛苦地存在着。不是他——不是汤姆。汤姆在那里以别的方式存在着。

我在扎马莱克与另一个女孩合住一套公寓。卡米拉是大使馆一个不起眼的秘书,她身穿丝绸,喷着香水,远离战争,过着养尊处优的生活。在其他情形下，卡米拉恐怕得在英国中部诸郡度过她的青春岁月，养养狗，狩狩猎，偶尔去城里看场演出。事实上，她正在度过人生中最难忘的一段时光，上午给老爸的某个老同学打打字，晚上挑个中意的第八骑兵团军官。

20 世纪 40 年代的开罗热热闹闹，语言繁杂，如今看来，它是那个异域国度贴切的表现。古今融合的景观与这个城市生机勃勃的生活相得益彰，所有种族在此相遇，一切语言在此使用，希腊人和土耳其人、科普特人和犹太人，英国人、法国人、富人、穷人，剥削者和受压迫者在尘土飞扬的人行道上擦肩而过。不过，人行道是他们的共同之处。然而，我曾经看到一位老妪坐在清真寺的台阶上死去；广场对面，人们在咖啡馆的露台上吃着冰激凌和甜点。我们欧洲人驾驶汽车或马车在街道上行进，同我们一道行进的还有驴车、自行车以及数以千计赤脚行走的人，电车里熙熙攘攘，人满为患，就像一窝蜜蜂。就我们中的一些人来说，一场战争正在进行；也一定有许多人不清楚这是一场怎样的战争，谁的战争，为何而战。就像马戏团的一头狮子，当演员在卖命演戏时，它却在后台咆哮。从始至终，这一非凡的背景怪诞地映照出种种并置——尼罗河葱郁的植物边界突兀地中断，你可以从田野一步就跨入沙漠；一座摇摇欲坠的纪念碑也许是希腊、罗马、法老、中世纪、基督教、穆斯林的；目不识丁的农民，平均寿命只有三十岁，他们住在棚屋里，这些棚屋位于高耸的寺庙之间，这些寺庙刻有三千年前扑朔迷离的神话。这个地方既没有年表，也毫无逻辑。

"看这幅拉美西斯二世的画像，"导游说。"看法老在给众神献祭。看上面的莲花。看宏伟的雕柱。有三千两百年的历史了。高二十三米。看顶部维多利亚的雕刻。"

"看什么，穆斯塔法?"牧师问。

"请用您的望远镜，先生。看上面。"

"哦，我知道了。他的意思是指维多利亚时代。维多利亚时代的旅行家们的涂鸦。了不起呀，嗯?"

"他们怎么上去的?"其中一位英国女子辅助防务部队的女孩感叹道，其他女孩则笑得前俯后仰。"那时候寺庙还没被挖掘出来，你这个蠢货。全都是沙子。他们在柱子的顶部漫步呢。"随后他们又慢慢走进炎炎烈日，走向将载他们回卢克索的马车，而汤姆和克劳迪娅则在烈日的荫翳中徘徊，身旁是拉美西斯二世和1859 年白金汉郡阿默舍姆的约翰·福塞特牧师。

"我们回酒店吧，"汤姆说。"离火车出发只有六个小时了。"

"我们可能永远不会再来这里了，"克劳迪娅说，向上凝视着。"想想当初约翰·福塞特牧师就在我们头顶上方走动呢。"

"让约翰·福塞特见鬼去吧，"汤姆说道，"我想走了。"

"我爱你。"克劳迪娅说，站在那儿一动不动。

"我知道。回酒店吧。"

"周三早上，你会再来这片沙漠的。"

"你不必想这个。"

"不想不行啊，"克劳迪娅说，"就为了心里有点把握嘛。"

有那么一些瞬间，在这一地方、这一时刻，她感觉自己已不受约束，不再受过去或未来或已知宇宙的束缚，而是在宇宙中飘浮。夜晚降临，她看着点点繁星，不似英国天空中闪烁的明星，她感受到了永恒，这种感受绝非宁静，而是像某种可怕的高烧——一种心理疟疾、伤寒、痢疾和黄疸，在这片大陆的某一个地方侵袭每个人，所有人。

人生在世，就是日复一日地过日子。那当然很平庸，但在当时却蕴含着一个朴素的真理。死亡是不宜直说的，人们往往委婉地回避它，会轻描淡写地提及。有的女人，她们的丈夫在上一场战役中刚刚阵亡，几周之后就出现在杰济拉体育俱乐部的泳池旁，可勇敢啦。我记得她们放声大笑。跳舞。饮酒。人们在我的人生中进进出出，有些人就这样消失，永不再见；有些是曾经的熟人：记者团的密友，从沙漠回来休假的士兵，大使馆随员，司令部高官，开罗当地流离失所的人，常住居民，专门经营银行和生意、与英国文化委员会一起兜售文化、在中学和大学传播英语的中东人。当时的英雄——第八军恃强凌弱的准将、上校和少校——像中世纪的男爵一样在战场和城市奢侈逸乐的生活中辗转穿梭。他们抛下坦克，回到法尤姆①住上几天，打打马球或打打

———————————

① 法尤姆，埃及城市，法尤姆省首府。这个绿洲中的城市位于开罗以南八十五公里处。

鹬鸟。我认识一个蓄着络腮胡的上校，他拥有十匹打马球用的小型马、几个埃及马夫以及一支轻骑兵——这支轻骑兵在赫利奥波利斯养了一批猎狗来驱赶豺狼。战争本身的形式似乎突显了类比——围攻、驻扎、突袭和小规模战事，像沙漠本身一样呈现季节性的涨涨落落、攻攻守守。而且，随着隆美尔①神话的升级，仿佛萨拉丁②再世——这个狡猾且绅士的敌人，他绝不手下留情，却又不失骑士风度。我写了一篇有关现代十字军的文章，把它寄给了一个左派伦敦周刊——得到了一位编辑的刻薄回复，他并没有看出英国应征的工人阶级和封建随从之间的相似性。当然，他有一定的道理，但与此同时，你得十分执拗又缺乏想象力，才看不出这场战争是欧洲那另一次长驱直入沙漠的回响，他们将人员和武器倾注到一片异域。我随手就将这篇文章寄给了戈登，几个月后收到了他的率性回复——"典型的克劳迪娅式浪漫做派"。我没留意也不在乎；那时我心系别的事情。

当然，在记者团中，报道战事是我们的本分。我们等待公报、新闻稿、传闻。我们追逐那些司令部要人身边的人，讨好可以接受我们采访或者发表即兴评论的年轻活泼的随员。我们坐在审查办的门口大发牢骚，等待轮到我们通过繁琐的手续把原稿发往伦敦。或者发往纽约、堪培拉或开普敦，因为虽然人数上我们

---

① 隆美尔（1891—1944），纳粹德国陆军元帅，绰号"沙漠之狐""帝国之鹰"，与曼施坦因、古德里安一起被称为"二战"期间纳粹德国的三大名将。

② 萨拉丁（1137 或 1138—1193），中世纪穆斯林世界著名的军事家、政治家、埃及阿尤布王朝首任苏丹。

不能跟开罗的一样，但我们寥寥数人也是蛮国际化的。而且我不得不承认，如同我那个胆小的室友卡米拉一样，我也曾纵欲野外。在这个男性一统天下的职业中，我是其中寥寥可数的女性之一，而且我是迄今为止最好看的。也最足智多谋，最机敏，最不容易被欺骗。

还有最不谦虚。

"那你是怎么有办法到这儿来的？"他问。

"天赋使然。"克劳迪娅干净利落地答道。但她立刻就后悔了。这么说就不对了嘛——这种滑头的话是在咖啡馆这样的社交场合讲的，况且他们现在又不在开罗，而是在昔兰尼加的某个地方，他们正坐在汽油罐上吃着咸牛肉、罐装米布丁和果酱。汤姆·萨瑟恩扫了她一眼，然后低头看地图。有人用锡杯装了一杯茶放到克劳迪娅的手里。"谢谢。"她谦逊地说；在这短短的十二个小时中，她就领悟了这份贡献的价值。

也许此时已是午夜，天非常冷。他们坐在记者团帐篷外。帐篷内，新西兰人正在用打字机噼里啪啦地打他对总司令官的采访稿。周围一片黑暗，在银沙的映衬下，人们在轮廓隐约的车辆和帐篷间走来走去。天空宛如一个巨大的黑色圆顶，上面点缀着灿烂的星星；探照灯柱就像白色长指在那上面漫步游走；橘黄色的火舌点亮了地平线；明亮的灯光飞舞着——红的、白的和绿的。远处的某个地方——没有人乐意告诉他们在哪儿或者多远——就是前线，这个缥缈、不断移动的目标：一个概念，而非一个地点。男人们裹着厚大衣或破烂的羊皮。而穿着宽松的长裤、两件毛衣和一件外套的克劳迪娅仍然在瑟瑟发抖。吉姆·钱伯斯——几小时前再次赶上了他们——打起哈欠，说他现在要睡觉了。只剩下克劳迪娅和汤姆·萨瑟恩单独在一起。

"其实，"她说，"我不知怎地就靠一张嘴让自己过来了。"

他叠好地图，放回口袋。

"我想也应该是这样。"他说。然后笑了笑。和其他所有人一样，他眼睛红红的，出着神儿。几小时前，克劳迪娅听着一个男人用刻意含糊的语调说话，她以为（略微怀疑）那是个醉汉。后来她才意识到那是一种精疲力竭的声音。他们很多人已连续几夜没有睡觉。上一场战斗就在三天前。

接着，他们开始聊天，可聊的并不是战斗呀、等待命令呀或下一场战役，而是另一个时空。"小时候，"汤姆·萨瑟恩说，"我沉醉在对沙漠的幻想中。在苏塞克斯腹地长大的人，谁不呢？这一切都源于施洗约翰①在旷野用粗犷的声音传道，还有主日学校②《圣经》中的插图——所有人都穿着华丽的服饰，牵着骆驼和驴。我记得，我们曾经用面粉和水制作过圣地的地形图。红海被涂上亮蓝色，西奈山被涂上好看的亮黄色。有时我看到总部的地图时，就会想起它。"

---

① 施洗约翰，撒迦利亚和以利沙伯的儿子，伊斯兰教译"叶哈雅"。因他宣讲悔改的洗礼，并且在约旦河为众人施洗，也为耶稣施洗，故得此别名。

② 主日学校，英、美诸国在星期日为贫民开办的进行宗教教育和识字教育的免费学校。兴起于 18 世纪末，盛行于 19 世纪上半期。

他在这里已经六个月了。曾在三角洲受训，现在指挥一支坦克部队。参加了上周的行动。

"我曾经去过最接近沙漠的地方，"克劳迪娅说，"是查茅斯海滩。我和哥哥过去经常在那里收集化石。我们争夺化石。"

"这儿也有化石，"汤姆·萨瑟恩说，"我昨天找到一个。你想要吗？"他在作战服口袋里翻找。

"谢谢，"克劳迪娅说，"是个海星，对吧？天哪，这些地方曾经都是海。"

"一定是。而且不知怎的就让事物留在了它所在的地方。"

"是的，"克劳迪娅说，"是这样。"

他们坐着，双手捧着茶杯。帐篷内，新西兰人的打字机仍在噼啪作响；地平线仍在轰鸣，冒着火光；模糊的人影在沙地上来回穿行。

"我一直写日记，"汤姆说，"当然，巧妙地用密码来记，以防万一被俘。但总有一天，有人也许想要记住这一切是怎样的。"

"它是什么样的？"过了一会儿，克劳迪娅问。

他点了一支烟。他注视着她。月光下，他的脸不是棕色，而是偏黑色。"嗯……它是什么样的？让我们看看……"但还没等他继续，新西兰人就出现了，他理了理他打出的文件，递给汤姆一小瓶威士忌。他们决定让克劳迪娅（当然，她极力反对）睡在记者团帐篷里，其他人睡在卡车里。汤姆·萨瑟恩明天要去海岸运一些坦克兵，可顺路带他们一程。

克劳迪娅躺在帐篷的睡袋里。她没睡多久。她掀起了帐篷的挡帘，看向外面的沙漠，发现周围还有另外一些很小的帐篷，小到可以看见穿着靴子的脚从帐篷一端伸了出来。其他地方有些裹得严严实实的人躺在卡车和吉普车上。一个汽油罐改装的炉灶正静静地燃烧着。她翻了个身，放在口袋里的海星硌到了她的臀部。她把它取出来，放在手上，手指不时地抚摸这块粗糙的石头，一遍遍摩挲海星五个整齐、对称的触角。

不，我现在没有了。在开罗的公寓，我用它做镇纸。它就躺在我写作的书桌上，正对着网纱窗子，窗子面向盛开着绚烂的百日草、九重葛和红色美人蕉百合的花园。负责料理花园的男孩一整个早晨都在慢慢地打扫花园，或拖着一根软管在花坛间徘徊，法国女房东在那儿数落他。我离开的时候，给夏洛特夫人一些我攒的零碎东西——来自穆斯基的黄铜托盘、皮革坐垫、普里默斯炉。或许那块海星也在那个花园里，就在一条小径边上吧。

夏洛特夫人自诩是法国人。其实，她的父亲是黎巴嫩人，她的母亲来自一个祖上像开罗一般发达复杂的城市——一个瘦小的红发老太太，她的母语当然是法语，但她也会讲阿拉伯语、俄语和怪怪的英语。她和女儿生活糜烂，住在一间空气流通不畅的房间，房间里摆满了法兰西第一帝国时代流行的椅子和沙发，她们使唤仆人，或对房客投以好奇的目光。夏洛特夫人坐在自己的房间里，犀利的目光越过网格状木质折叠屏风，看着卡米拉的仰慕者嘎吱嘎吱地上下楼梯，那屏风遮住了一个个私人房间。晚上，当我们在公寓的阳台上款待朋友时，她就在花园里巡逻，给一行行绚丽的百日草浇水，偷偷地抬头瞥望。她总是穿着难看的黑色连衣裙，冬天时在外面罩上一件灰色羊毛衫，而在开罗整个闷热的夏天，她都穿着长筒袜。我从来没有听到她提起战争或她那销声匿迹的丈夫。大概为了无视其存在就避而不谈了吧。那次沙漠之行回来后，我告诉她我去了哪儿，她坚称那是"我们的小长假"。难道她就没有想过如果德军进了开罗她会怎样吗？我猜想，她和她母亲就会溶入世界洪流中——就会变成其他人，像那些其他的老开罗人一样，改变肤色去适应环境，像是潜伏在植物园树上的变色龙，斜眼旋尾，用三个趾的爪子在树枝上隐隐爬行。

我回来后就生病了。尽管高烧不退，我依旧在打字。我用一瓶"巴黎之夜"贿赂了卡米拉，让她把稿件送到审查办，然后因患疟疾而卧床一周，浑身发抖，不知这是否都是发烧造成的。

这个地方在日出前早就热闹起来了；其实它从未真正入眠。橘黄色的炊火照亮了黎明前的黑暗。克劳迪娅、吉姆·钱伯斯和新西兰人共用半品脱的水洗漱。天亮时分，汤姆·萨瑟恩抱着一捆地图和文件从指挥篷里出来，告诉他们得出发了。他们上了卡车——汤姆驾驶，克劳迪娅坐在旁边，另外两个坐在后面。吉姆和新西兰人穿着随处可见的劣质制服——灯芯绒长裤、作战夹克和大衣。汤姆叫克劳迪娅将她那绿、金色相间的战地记者徽章别在身上更显眼的地方——"否则她会看到更多人扬起眉毛。"他觉得也许他可以帮他们个忙，让他们有几分钟的时间采访指挥上周进攻的坦克团团长。他将把他们送到海岸公路旁的机场跑道上，从那里他们就可以搭车返回开罗。吉姆和新西兰人在争论是否有可能从某个地方征用一辆卡车然后奔赴前线。"你，恐怕不行，大姐，"吉姆对克劳迪娅说。"你已经跟我们走了这么远，得知足了。"克劳迪娅没有回答，她被眼前的景象分了心——一群身着破旧蓝绿色制服的士兵蹲在沙地上，几百号人呢（她数以十计地快数了一下）；卡车颠簸着驶过他们，在坚硬的沙砾上疾驰而过，士兵们面无表情地看着他们，只有几个人发现克劳迪娅是个女人而报以惊讶的目光。其中一位起身来了个夸张的飞吻。新西兰人调笑道："别信可恶的意大利佬！"

原来那是敌人，克劳迪娅想。这就是敌人的样子——很多贫困潦倒的意大利服务员，平均年龄大概二十一岁。她说："他们好像并不是特别痛苦。""他们才不痛苦呢，"汤姆说。"他们离开这里可高兴哩。"

整日，他们都穿行在燃烧的残骸间。上周，敌人就在这片区域进攻又撤退。在这一千平方英里的废墟上进行了五天五夜的鏖战，夺走了数百条性命。然而，这片地方并未受影响，克劳迪娅想。黄沙已开始侵蚀损坏的车辆、汽油桶和团缠的电线。只要再来几场沙尘暴，它们就会湮没在沙下。过上几年，它们就会消失得悄无踪迹。她看着汤姆·萨瑟恩在钻研地图；地图上的这些涂写也是很随意的——沙漠一望无垠，无边无际。

白天，她与很多很多人交谈。汤姆一会儿在这说几句话，一会儿在那交流些信息。他们迷失在这片既空旷又拥挤的沙漠中。大量车辆在行驶——孤零零的摩托车手顽强地在废墟上穿过卡车、装甲车、队列壮观的十吨货车、被运回基地车间的破损坦克、救护车、吉普车，颠簸前行。那些没有撤离的人已经安顿好自己，他们蜷缩在棚屋、避难所、洞穴这些根据地形临时搭建的住所里。克劳迪娅蹲在战壕上方，和两个在战壕里面沏茶的士兵攀谈。他们递给她一杯茶。他们来自阿盖尔郡和萨瑟兰郡，已经在前线待了两个星期。他们瘦削而健壮，像两只猎狐犬，在沙地上也怡然自得（因此，克劳迪娅觉得，他们的祖先一定已适应另一种严酷的地理环境）；不过，他们建议克劳迪娅不要进来看——"可恶的意大利佬在里面，他们可不讲究自己的生活环境。"事实上，当克劳迪娅送还杯子，连声道谢时，厕所里刺鼻的臭味滚滚而来，她就做了些记录，接着与其他人交谈。

她跟一位正在帐篷旁仔细刮胡子的苏格兰高地警卫团的军官聊了起来，问他们是否曾在城里见过面。你认识布洛克－威洛比夫妇吗？她和一个工兵交谈，他警告他们远离下一个干旱河道中的可疑雷区——她看到远处有几个人在耐心地一码一码地探测地面，用卷尺和标杆做成的复杂的蜘蛛网在沙子上做标记。她与操着肯辛顿沃平格洛斯特郡乡村口音的士兵交谈。有人沉默不语，有人倾肠倒肚——有个士兵的火炮阵地被攻占，他是唯一一个幸存者——他以警察报告那样惯有的冷淡的、平实的语言讲述了发生的一切。另一个士兵，他浑身灼烧发红，在开罗有个女朋友——克劳迪娅肯替他送封信吗？她在笔记本上潦草地记了几笔。此刻太阳已经升起，黑压压的苍蝇在脖子、手臂、脸上爬行。沙子落到鼻子、眼睛和耳朵里。

他们在连部停了下来。汤姆·萨瑟恩拿起克劳迪娅的布朗尼相机，非要拍她，她斜靠在卡车上，边笑边反抗。他们一起吃午餐：腌牛肉和茶。他们随身携带的瓶子里的水现在像茶一样烫了。克劳迪娅坐在卡车的背阴处打字，汤姆在与一位蓄着胡子的少校交谈，这位少校小心地注视着她。"新闻记者？"她听见他说。"告诉他们，我已经待够了。对不起，老伙计。"不过，一说完他就马上后悔了，走了过来，在尴尬的对话中站了几分钟。"我刚才恐怕是太心急了——我们与总部失去了无线电联络。不然我们可以好好聊聊。"他满腹狐疑地看着克劳迪娅。"我的伙伴对你照顾得周到吗？我不知道开罗还让你们女士上战场。""他们不让，"吉姆·钱伯斯说。"汉普顿小姐自有方法。"克劳迪娅莞尔一笑。少校像狗一样甩了甩膀子，转过身，快步回到他的帐篷处。

他们离开这个文明中心，继续前行。他们正在驶离这个敌占区外最大的营地，一路上鲜有明显的路径可循。越来越少的车辆进入眼帘。汤姆·萨瑟恩也越来越频繁地停车查看地图、使用双筒望远镜、检查无线电。他们途经一个供给库，前往海岸公路。此线路沿着一条浅浅的干涸河道延伸；道路两侧的沙子堆起高达三十英尺左右的山脊，阻挡了视线。偶尔悬突的岩石投下一抹黑黝黝的阴影，其他地方则是明晃晃的白色。小小的肉质植物遍地蔓长。有一次，他们停车想把陷入软沙的卡车推出来时，看到一只沙狐蹦跳着奔上斜坡，留下道道爪印。

汤姆又一次停车查看地图时，克劳迪娅说自己想下车，她开始攀爬山脊。"记得规矩哦，亲爱的。"吉姆·钱伯斯说。她挥了挥手——永远不要远离你的车子。到达顶部后，她顺势选了块岩石，蹲在它后面的沙地上，长舒了一口气。她站起来，向上提了提她宽松的长裤，她禁不住诱惑，越过顶部快步走了几码，从这里可以俯瞰下一个河谷——更宽更深，却不空旷。大约一百码开外的地方有一辆侧翻装甲车的残骸，一个车轴已不翼而飞。旁边躺着一具尸体。

克劳迪娅犹豫片刻，然后快速走向残骸。这个人脸朝下趴着。他头发金黄，钢盔在他身旁，半个头被压在黑乎乎、血淋淋的碎片下，沙子也被血染黑了，一条腿已没有了脚。密密麻麻的苍蝇泛着光，在蠕爬。她看着这一切，突然听到从车子的另一侧传来声响。她一转身发现另一具破碎的身体，但这具身体还在动。它的手从胸部举起又落下。它的嘴张了张，发出了声音。

她弯下腰，说："我去寻求帮助。那边有三个和我一起来的人——我马上就回来。你能听见我说话吗？你很快就能得救了。"她绝不认为他能听到她的声音。他的一只眼睛血肉模糊，身下的沙子黑漆漆的，裤子已被扯下一大半，他的大腿有个红红的洞，有拳头那么大呢。一排蚂蚁从里面爬了出来。

她跑到山脊顶。挥手大声叫喊。其他人都来了。汤姆·萨瑟恩拿出双筒望远镜。"你下到那里去过了。你个大傻瓜。他们踩上地雷了。可能有更多呢。""对不起，"克劳迪娅说，"有一个人还活着。""你还真是个傻瓜。"汤姆说，"待在那儿……钱伯斯，把战地止血包从卡车上拿出来，好吗？"

他盯着两侧的沙子，沿着克劳迪娅的足迹来到装甲车旁。他一度停下脚步，蹲下审视了一番，又站了起来。最后他来到车旁，示意钱伯斯过来。克劳迪娅和新西兰人在山脊上看。

"你还好吗?"新西兰人问。

"嗯。"克劳迪娅答。

那两个人回来了。"他在那儿大概已经一天了，倒霉鬼，"汤姆说。"搜救队一定错过了他。"他看向克劳迪娅。"幸亏你看到了他。我回车里用无线电呼叫救护站，我们等救护车来。我已尽我所能帮他了———他连水都喝不进去了，可怜的家伙。"

"很抱歉，我真是一个傻瓜。"克劳迪娅说。

他注视着她。"好吧，你依旧好端端的。如果你还想一直平安无事，就别再这样冒冒失失了。"

moon tiger

第八章

"好可爱的植物，"护士说，"是你的嫂子拿来的，对吧？这么绚丽的颜色。我觉得它是温室植物。把它放得离暖气近一点。"

克劳迪娅转过头。"那是一品红，"她说，"百折不挠的植物。生长在沙土中。我得让它碰碰运气，就和我们一样。"

护士把手指插进花盆，摇了摇头说："不，亲爱的——它现在栽在泥炭土①里，"她把花盆从窗边移开，"放那儿吧——我们也不想让它死在我们手上吧？汉普顿太太会难过的。"

不，她不会的。她会指责我残害了它。当然只会自言自语地说，而不是大声骂出来。这些年来，我已经听了很多西尔维娅的无声控诉。

对西尔维娅来说，带盆一品红来很正常。就好像她知道天生愚钝的人最适合在毫不知情的状态下施暴。

---

① 泥炭土，有机质丰富的优质盆栽花卉用土。

这地方历来是个滨海小区。一排碎石标记着曾经的白墙小屋和咖啡馆。咖啡馆的墙仍屹立不倒，上面还贴着玉泉汽水①的广告。房屋的残骸已经被丛生的植物覆盖，茂盛的蓝色牵牛花和怒放的鲜艳的一品红在上面蔓延。克劳迪娅摘下一朵，指尖立刻沾满了白色的汁液。她把花丢在沙土中，在裤子上擦了下手。这些花令她十分惊异。刚才他们走过一片营地，水仙和夜来香在帐篷间舒展着花瓣，士兵走在花丛间，空气中飘浮着馥郁的香气。

"上周刚下过雨，"汤姆·萨瑟恩说，"我看种子之前是在休眠呢。"

休眠了几个月甚至好几年，克劳迪娅想道，真是件不可思议的事情。而这个时候站在这里跟某个人谈论植物学不是更不可思议嘛。海岸公路隆隆作响，卡其色的车流滚滚向前，护送车队接踵而行，向西推进，坦克、布伦机枪运载车②、导弹车、救护车、装甲车，都以不屈不挠的行军节奏缓慢爬行。在车队远方是闪烁着碧蓝光辉的地中海，船只在地平线上泊成一道灰色的轮廓。天空中回响着飞机的轰鸣声。

"你问过我，"他说，"外面是什么样的。我猜，是为了写你的文章？"

他们现在就坐在一堵矮墙上，那是咖啡馆前院残留的痕迹。吉姆·钱伯斯和那个新西兰人骗到了便车出发去前线了。汤姆·

---

①　玉泉汽水，始于 18 世纪晚期，畅销世界的瑞士碳酸饮料品牌。
②　布伦机枪运载车，正式名称为"通用运载车"，一种小型履带式装甲车，"二战"中英国陆军的标志性装备。

萨瑟恩要把克劳迪娅托付给一位英国皇家空军的小伙子，他正好要去机场，说会把她送上回开罗的运输机。这个小伙子只是去指挥所找人，很快就会回来。而汤姆会继续向前，找回他的坦克，回归飞行中队，再次起程。

"不，"她说，"我想亲自去看。"

他犹豫了。"事态无常。枯燥，难受，恐惧，喜悦。接踵而来。实在难以言表。"他目不转睛地望着她。"抱歉——我做得不太好。整个人生好像都可怕地集中在了一起，让时间变得错乱。有时一小时像是一天，有时一天又像是一小时。当你快速地从一种思想状态被抛向另一种思想状态时，物质世界似乎变得格外清晰。我曾经花上好几分钟去观察一块岩石的结构，一只昆虫的行为。"他沉默片刻。"我的驾驶员在我们第一场战斗中就遇难了。我们同期受训。一周前他刚过了生日，我们用一听桃罐头和几瓶威士忌给他庆生。他才二十三岁。在那同一天，我和他在海市蜃楼里看到了一整座绿洲村庄——棕榈树、泥砌小屋、骆驼、往来的人群。我以为自己一定是产生了幻觉，直到他说：'天啊，长官——看那边！'你朝着那片幻象看过去，它们就都消失了，消融了你眼前。但在世界某一处，镜像中的这个地方正在如常运转，全然置身事外，不受影响。此刻我在想念我的驾驶员——来自诺丁汉的海克拉夫下士——在我累得像条狗，像行尸走肉一样的时候，有一个问题一直在烦扰着我。他到哪儿去了？一个人今天好好地和你一起坐在坦克里，下一刻就不见了？这是怎么回事呀？"

“我不知道。”克劳迪娅嗫嚅道。她看着他的双脚，他靴子上的沙砾结成了硬壳，一只脚悬在一朵硕大的盛开的一品红花上，一颗中心浮着金色泡沫的朱红星辰。

“那天晚上我们埋葬了他。牧师做了祷告。或许我应该问牧师海克拉夫下士去了哪里。多尴尬的问题。不过，可能你是个按时做礼拜的虔诚信徒？”

“不，”克劳迪娅说，“我不是。”

“那我就没有冒犯你。你永远不会有确定的答案。你会惊讶于这里数量惊人的虔诚信徒的。主不断地受到祈求。他站在我们这边，噢，你可能很高兴听到这个——或者至少大家认为他是这样的。”

“我们会赢得这场战争吗？”克劳迪娅问。

“会的。我认为会的。倒不是因为主的介入，也不是因为正义必胜，而是因为最根本的，我们有更充裕的资源。战争无关正义，无关勇猛，无关牺牲或是其他传统观念里相关的东西。这一点我一度没有意识到。战争被大大歪曲了，相信我。它不光彩地享有正面舆论。我希望你和你的朋友有所作为，把它扭转过来。”

“我也希望如此。”克劳迪娅说。

“不过我认为这应该是编年史家而不是记者的任务。我姑且认为你并不把自己看作编年史家吧。编年史家没有实实在在地体验过这些事情。他们注重正义、勇敢以及统计数据。当你处于统计者的身份时，看起来就不一样了。”

“没错，”克劳迪娅说，“我渐渐明白了。”

"你不在为新闻自由辗转奔波时，在干吗呢？"汤姆·萨瑟恩问。

克劳迪娅想到了几种回答。她被自己惊到了。斟酌过的回应是不真心的。她又不想让自己听上去无礼、愚钝、闪烁其词或自命不凡。最后她说："我写了两本书。"

"什么样的书？"

克劳迪娅咽了一口口水。"嗯……我想你可以称之为历史书吧。"

汤姆·萨瑟恩注视着她。"历史书，"他说，"我曾经也对历史很感兴趣。我指的是喜欢读历史。真的，我会如饥似渴地找来读。我敢说我一定会重拾这个爱好的，在我有足够时间的时候。不过目前我的感受已完全不一样了。当时运不济的时候，你窘迫地意识到历史是真实的，而不幸的是，你正置身其中。人往往会采取事不关己的态度，可事实证明这种事不关己只是幻想而已。我宁愿回到幻想中。"

克劳迪娅想不出有什么话可说。无话可说。她坐在一堵破墙上，那道墙曾经是海滨小咖啡馆的所在。护送车队轧轧地驶过，在车队远方，大海流光闪烁。一个个身着脏兮兮的卡其服的人影来回蹒跚而行。她用余光看到其中有一个正向他们走来。也许是那个来送她去机场的英国皇家空军的小伙子。她看了看汤姆·萨瑟恩。四十八小时前她还没有见过这个人呢。现在她发现自己心绪不宁地渴望得到他的嘉言。

"我不知道该说什么。"她说。

他笑道:"那就保持安静,做笔记。这不就是你来这里的目的吗?"

"嘿,你们好!"那来人喊道。

汤姆·萨瑟恩站了起来。"我想是你的便车来了。"他伸出手。"祝你开罗之旅一路顺利。"

他们握了握手。"感谢你做的一切。"克劳迪娅说。

"都是我应该的。"汤姆说。一阵沉默。

"也许……"克劳迪娅先开了口。

但他抢过了话头:"说不定在我休假时我们可以再见面?"

仗是由孩子来打的。由他们恶魔般的疯长辈酝酿,却由孩子来打。我现在十分惊讶于年轻人的状态,仿佛忘记了不是他们太年轻而是我自己年纪大了。然而,俄国前线的那一张张脸庞,成千上万的死去的德国人,死去的乌克兰人、格鲁吉亚人、鞑靼人、拉脱维亚人、西伯利亚人,都有丰腴稚嫩的脸庞,跟索姆河会战①和帕斯尚尔战役②中的一样。幸存下来的我们年岁渐增,互相讲述着真正发生过的事,而他们自然永远不会知道,正如他们以前也从未知道。报刊馆藏中充斥着那些稚气未脱的脸庞,壮志激昂地从战船的甲板上、从火车车窗里、从担架上探出来。在

---

① 索姆河会战,"一战"中规模最大的一次会战,发生于 1916 年 6 月 24 日到 11 月 18 日,因其残酷性被称为"索姆河地狱"。
② 帕斯尚尔战役,第一次世界大战中另一场惨烈的战役,发生于 1917 年 7 月 31 日到 11 月 10 日,双方伤亡约达五十八点五万人。

追寻事实真相、撰写文章的过程中，我看着那些脸庞，一个念头突然涌入脑海：事实真相究竟如何，会使那些脸庞随着对他们的看法变化而变化吗？那不是我1941年看到的男孩们啊。

也不是暗灰的新闻纸。在我的脑海中，有一幅热带国度的耀眼的彩色画面，我似乎还要眯起眼去注视那强光，在炽烈的阳光中晕眩，在氤氲于热浪里的景致中前行。海市蜃楼……啊，那镜像的世界、消融的绿洲，此刻就在我脑中，而不是他脑中，而他就在那片景象之中。

从沙漠回来后，我生了场大病，痊愈后又蹒跚地离开病房，回到开罗，瘦了三公斤，伴着夏洛特欣慰的哭泣。她的母亲预言我如果一个月内没被诊疗康复，就命不久矣。我没有时间来生病。无论如何，大部分欧洲人都会时不时地生点小病。我写下了自己的荒漠经历（三天，微不足道的三天——但比我的一些男同事的收获还要丰富），马上就去叨扰审稿办，撒向每一个我能想到的编辑。在这期间，时光依旧在日常的谣传中一周一周过去，又一次进军，又一次撤退，又是哪位将军或外交官出马。我总是出没在走廊上，等待时机与某某人搭话，或是竖着耳朵坐在咖啡馆、餐厅、泳池边、夜店里。我有一辆中古福特V8来跟坑坑洼洼、尘土飞扬的公路抗衡，开往赫利奥波利斯、大金字塔、迈哈迪区①或是机场，去记录新来的显贵要人的庸碌拙讷。我疲于奔命，以至于除了眼下做的事以外，什么都没法考虑，所以汤姆·

---

① 迈哈迪区，开罗南部的富人区，埃及最高法院、埃及国家地理博物馆和多所大学的所在地。

萨瑟恩来电话时我都没有反应过来。

一头北极熊扭着它暗黄色的身躯躺在脏水池里，打绺的毛像胡乱修剪过的草地。

"毫无人性。"克劳迪娅说。时至 5 月，气温已经达到了三十七度。

"从动物的待遇往往就能看出一个国家的文明程度，"汤姆说，"而中东是我目前为止见过的最差的。"

"简直无法忍受，"克劳迪娅说，"我们去看狮子吧。"

这座动物园的布局像法国公园一样。百日草和矮牵牛栽在几何形状的花坛里，新铺设的石子路路边布着层层铁圈箍上的电缆，不加修饰的凉亭提供了遮阳和闲聊的空间，侍候欧洲小孩的服务员紧锁眉头，前后奔走，嘴里喊着法语或者英语。婴儿车都停在棕榈树和木麻黄①下，一个穿着蓝色连衣裙和翻口短袜、戴着漂亮发带的女孩睁大眼睛，看着来往的人们。丛林鸟类和其他动物的吼叫和喘息声从围栏里的树丛和灌木中传来，所有东西都以英、法、阿三语标注。一头大象跟着饲养员在小路上蹒跚走过，如果你给它一枚五皮阿斯特②硬币，它会向你行个礼并把硬币递给饲养员，而饲养员会露齿一笑，也行一个额手礼。河马、火烈鸟和其他各种水鸟共享一个湖泊，一位饲养员提着一筐土豆

---

① 木麻黄，高大热带树木，树干通直，树冠塔形，鳞片状叶，为庭院绿化树种。
② 皮阿斯特，埃及、黎巴嫩、叙利亚和苏丹等国的硬币单位。

站在一旁——花上五比索，你就能买两个土豆丢进河马粉色的大嘴里。成年的河马张着它们好像永远不会合上的嘴巴打着滚，而还没掌握这个技巧的幼年河马，只能焦躁不安地四处游荡，偶尔身上砸几个没准头的土豆。

"好像是一种异域风情的套圈游戏，"汤姆说，"你想试一下吗？"

"你没意识到土豆在这儿是一种奢侈品吗？"克劳迪娅说。"我已经不记得自己上次吃土豆是什么时候了。我们吃的是白薯、白薯泥、烤白薯、煮白薯，而百分之九十的人连这都吃不上。"

"哦，天哪，"汤姆说，"你要让愤慨毁掉自己的一天吗？至少河马看起来挺开心的，我觉得。"

但克劳迪娅知道没有什么能毁掉今天——不管是高温、胳膊上感染了的蚊虫咬伤，还是今天终将过去的事实。她在一分钟一分钟地享受这一天，觉得自己受到天恩眷顾。放轻松，她对自己说。这只是因为你从没经历过这种事。因为你已经到了三十一岁的成熟年纪，却不了解这个年纪特有的困扰。毋庸置疑，这是精神错乱；她只有通过实实在在的努力才能克制自己不去看他，不去碰触他。

他们走过瞪羚园、鹿园、猴园、飞禽馆，走过臭烘烘的狮馆。灰色的鲸头鹳①阔步走在小径上，或是像雕塑一样单腿独立

---

① 鲸头鹳，身体和喙都很巨大、灰色羽毛的鸟类，身高平均一点二米，翼展达到二点六米，主要栖息于尼罗河上游和东非。

在那些织毛衣的保姆旁。园丁手持软管在巡查花圃，一股湿润的泥土的气味扑面而来。"三天前，"汤姆说，"我差点因为两天内见到的唯一一辆水车上的最后一罐水，跟一个小子打起来。但那已经是另一个时间、另一个地方的事情了。这里简直他妈的是个仙境。"

他们从动物园坐马车到了体育俱乐部。那里有更多被溺爱的孩子，有一英亩的草坪，付出了大量的用水罚款和劳力的代价。到处都能听到充满自信的英式英语。他们换上泳衣，坐在泳池旁的太阳伞下，置身在妮维雅防晒霜的香气中。一个服务生为他们端来饮料，高脚杯中冰块叮当作响。泳池呈鲜亮的蓝绿色，水面折射的光斑，每过几分钟就被高处跳板上落下的跳水者打散。不久，汤姆和克劳迪娅也跳进了水里，妮维雅的香味被氯味取而代之。克劳迪娅仰浮在水面上，看着汤姆爬上最高的跳板。他站在上面，一道黝黑的身影插入蔚蓝的天空。跳板在他的重量下下沉，隔着这个距离已经辨认不出他的模样，只能看出一道男性的身影——头、躯干、叉开的下肢。"可怜，赤裸，叉开腿的动物。"她漂在水中，咕哝着，然后咯咯地笑了起来，金汤力酒的后劲有点大。"怎么？"一位从旁经过的泳者问道，戴着泳帽的圆滑脑袋斜了过来。"没事，"克劳迪娅说，"没什么事。"接着，跳板上的汤姆挺直身体，用脚趾支撑，抬起双臂，弓下身；一瞬间就出现在了她身边，啪的一声，不再有普遍性，不再有象征性，而是成了一具闪动水光中的黝黑肉体。

此时，漫长而炎热的午后已经过去，迎来了同样漫长而炎热

154

的夜晚。"你忙吗？"汤姆问。"我想问我们能不能一起吃晚饭。"而克劳迪娅并不忙（在可见的未来，在他空闲的三五天内也不会忙）。他们一起吃了晚饭。他们走在尼罗河畔，白色三桅帆船在黄昏中行驶，从三角洲飞来的白鹭浮在水面上，回到英国桥①附近的栖息地，灰绿色的树就好像到处挂着装饰物。这一天，下一天，再下一天，都被折射分解成上百块扭曲的碎片，每一片都那么美好而独立自足，时光似乎不再是线性的了，而变成了罐中闪亮的什锦糖果。有时，他们倚靠在堡垒外的护栏上，清真寺尖塔林立的暗褐色城市在他们下面蔓延开来，金字塔宛如灰色的剪纸矗立在地平线上。有时，他们站在大金字塔塔底，被骆驼和猴子推推搡搡，它们佩着流苏、珠子和紫橙色的饰衣在闲荡。在中世纪的动物铠甲旁，衣着颜色黯淡的游客成群聚集——他们身着样式统一的卡其色、海军蓝和常见的白色或浅黄色欧式夏装。金字塔旅游项目生意很好；金字塔主导着兴旺的商业中心——你可以在那儿买到明信片、拂尘，花钱骑名叫"电话""巧克力"或是"威士忌苏打"的驴子，在导游的带领下爬上大金字塔塔顶，塔上到处是奋力攀爬的游客。

听说身体好的人四十分钟就能爬上去，大部分在沙漠中锻炼过的攀爬者都能做到。克劳迪娅感到很好奇，为什么那些在这场

①　英国桥（The English Bridge），于1914年落成，连接扎马利克岛和吉萨，是埃及的重要历史建筑。此桥由英国工程师所建，因此得名。1952年埃及七月革命后，此桥更名为撤军桥（The Evacuation Bridge），指英国占领军最终撤离埃及。

规模最宏大的战争中冲锋陷阵的将士居然会把休闲时光花费在攀爬一座古老的人造山峰上。

"不，不用了，"她说，"我觉得我不行，肯定不行。你上吧。"

"我不上，"汤姆说，"我害怕会掉下来，这下场多丢人。陆军部会怎么跟我父母讲呢？"

于是他们去看斯芬克斯像了。"好吧，"汤姆说，"这边就是了。最起码不是埃及人笔头上的自卖自夸。是实实在在的岩石。这场闹剧结束之后，我想申请调派到印度。在这样的时候，那里能让你聚精会神——好好冥思过去。"

"这场闹剧什么时候会结束呢？"克劳迪娅问。

他耸耸肩。"谁知道呢？你猜东西应该和我一样准。"他突然握住了她的双手。"还没结束，"他说，"还没结束。"

他睡着了，赤裸地躺在她身旁睡着了。借着房间里昏暗的光线，她只能看清一些熟悉的轮廓：衣柜、梳妆台、椅子和她床上不算熟悉的修长身影。凌晨 1 点钟了。杰济拉花园中的虫鸣透过百叶窗传来。一只猫打着哈欠。她得把他叫醒，他该回自己的旅馆去了，否则敏锐的夏洛特夫人一定会追问他的出现是怎么回事。于是汤姆和克劳迪娅得蹑手蹑脚地走下石阶，小心翼翼地打开厚重的前门。但就在这宝贵的几分钟里，克劳迪娅只是看着他。

他晒得黝黑黝黑的，平时没有裸露在外面的部位——他的双脚、一侧腋窝、臀部和胯——看起来白得很不自然：在黑暗中白得发光。从肚脐开始颜色有了变化——在那之上是棕色，而在那之下判若两人，仿佛就像一只甲壳动物的保护壳中藏了另一只生物，柔软而脆弱。白皙的肌肤，卷曲的黑色体毛，两腿间皱缩的阳具，阴茎像颗橡子。她伸出一只手放在上面，他没有醒，但阳具在她的抚摸下微微抽搐了一下。

一个小时前，他跪伏在她的身上。也许是从她眼中错误地看到了恐惧，他说道："你不是……克劳迪娅，我不会是你第一个吧？"她说不出话来——只是伸出双臂。她不能说："我害怕的不是你，我怕的是自己的心情。"

她把手从他胯下拿开，摸了一下他的胳膊。"汤姆？"她叫了他一声。"汤姆？"

当时，几大电影院正在上映《白雪公主》《里奥之路》和一部索尼娅·海妮①主演的电影。军队慈善基金和教堂唱诗班出资举办了一场游园会。格罗比咖啡馆提供了下午茶，谢泼德酒店提供了英式周日午餐，体育俱乐部举办了赛马会和马球比赛。

"不，"汤姆说。"不要这些东西。我今天想看看这里本地的特色，如果在战争的阴霾下还有什么能看的话。"

于是他们在熙熙攘攘的开罗老街上闲逛，街上，动物、居

---

① 索尼娅·海妮（1912—1969），挪威籍女子花样滑冰运动员、电影明星。她把芭蕾技巧融入滑冰，从十五岁起三次获奥运冠军，结束体育生涯后成为电影演员，是当时好莱坞的三大台柱之一。

民、煤油、咖啡、下水管道、烤甜玉米、滚油等的气味混杂在一起，像浓厚的腐殖质一样。"你想要个圣甲虫戒指吗？"汤姆问，"小毯子？对襟长袍？纳芙蒂蒂王后①画像脚垫？我想送你点什么。来，找找有什么东西能让你在我走了以后睹物生情吧。除非你不是那种类型的女孩，嗯？我不知道你是什么类型的女孩。独立的，我看好像是。矜持的吗？"

"说得没错，"克劳迪娅喃喃地说，盯着一家店铺里黑漆漆的深处，店铺老板手里拿满了皮拖鞋，正在招呼他们。"但是只说对了一点。"

"啊，"他说。"就算你不会睹物生情，眼眶湿润，我应该也猜对了一点吧，嗯？"卖拖鞋的人从自己的窝里走了出来，抓着克劳迪娅的脚用皮尺量起了尺码。"不用，"她说。"不用，谢谢。""便宜，很便宜。我开的价格很合适的。""是，我明白，但是我不用。"她又被抓住了脚踝。"好了好了，"汤姆说。"我们不用，你这……"然后他说："天啊——为什么要对他们这样说话？我会的阿拉伯语只有命令和辱骂。""人们几个世纪前就对他们这样说话了，"克劳迪娅说。"我觉得他们已经习惯了。""我也觉得，但如果不像正常那样说的话会让人更舒服。""我们也都受着习惯的制约，"克劳迪娅说。"只是有些人不像其他人那样受制那么多，或是不想受制那么多。"

---

① 纳芙蒂蒂王后（前1370—前1330），埃及法老阿肯纳顿的王后，埃及历史上最重要的王后之一。

"来一枚胸针？"他问。"一枚银丝胸针？要不来瓶'东方之谜'香水？或者黄铜金字塔形的镇纸？一定有你需要的吧。就当让我高兴一下。送礼物是件满足占有欲的事情，你明白吗？这是掌控他人的一种方法。将自己植入他们的生活中。"

"我倒想在这里面挑一个。"克劳迪娅说。于是汤姆给她买了枚戒指。这是枚精巧的戒指，前面有个隔层，带着用铰链连接的圆锥形盖子。这叫毒戒，店主说。是送给你的情敌的。"全然是《天方夜谭》里的故事，"汤姆说。"你确定想要这个？你有什么情敌吗？"但克劳迪娅回答他说是的，这就是她想要的。这枚戒指戴在她手指上有点重。那天晚些时候——或者也许是第二天——汤姆在戒指的小隔层里装满了摩卡塔姆山①上的沙子，他们是开着那辆福特 V8 去的。夜幕降临时，从开罗看到的摩卡塔姆山泛着丁香花的淡紫色。克劳迪娅说那里的沙子应该是蓝色的，但并不是。那儿的沙子和随处可见的一样，只是平常的棕黄色。

夜晚的尼罗河雍容华贵。大桥戴上了彩灯穿成的项链，岸边的游船都散发着光芒，装饰着金饰，在波光暗蓝的水面上闪耀。其中一艘游船是一家夜总会，在乐声中波动到凌晨。

"他坚称没位置了。"汤姆说。

---

① 摩卡塔姆山，摩卡塔姆为阿拉伯语"切掉"或"碎掉"之意，摩卡塔姆山是开罗东南部一片分成三块的山丘群。

"给他五十皮阿斯特，"克劳迪娅说，"就会奇迹般地冒出来位置了。"

他们怔怔地坐在一群第十一轻骑兵军官（其他阶别的军官未准入内）和赫利奥波利斯医院的护士中间，军官们互相丢着面包圈，到了某一时刻还有些人齐唱起老校歌。夜总会的节目是浓妆艳抹的舞娘表演的肚皮舞。护士们笑得前仰后合。丰富这一夜的还有一位歌手，感情充沛地唱着一首首哭哭啼啼的阿拉伯流行曲。有个醉得东倒西歪的军官在她唱完后一把抢过麦克风，来了一段模仿秀，抓肚子，转眼珠，做出奇怪的动作。主持人尴尬地站在一旁，其他军官笑得不能自已。

"我觉得我已经受够了，"汤姆说，"看来我适应能力没有你强。"

卡米拉向他们招手——一群同性恋站在门口，其中一位正在说服门卫让他们进去。

"那是谁?"

"和我住在同一间公寓的姑娘。"克劳迪娅说，"那我们走吧，他们就可以坐在我们这儿了。"

他们在桥上驻足，靠在护栏上，向下望着河水。桥上车流渐疏，只有偶尔当当驶过的晚班电车，三三两两的汽车和咯嗒咯嗒的马车。下游一百多米外的游船，还在继续波动着。

"有些时候，"汤姆说，"这座城市让我觉得比沙漠还要荒僻。"

"我没怎么理解。可能很久以后才会有这种感觉吧。"

"我想这一切结束后，你会把所有的事情写成一本书。"

"我不会的。"

"你怎能如此笃定？此时此刻，你们记者团的大部分同行都在积累素材，你明白的。"

她为什么这么确定？不知道——总之就是确定。"如果没有发生战争，"她说，"我就会就迪斯累利首相写篇重磅文章了。"

"啊。结果受到现实生活的重磅一击。不过，迪斯累利首相在战争结束之后还是可以任你写的啊。"

克劳迪娅说："你在战争结束后会做什么呢？"

"很大程度上那取决于……"他凝视着她，然后垂头看向河水。"……各种事情吧。"他握住她的手说："我们改天再聊吧。现在就不了。"

第九章

再也不能攀登大金字塔了。那儿有一句分别用英语和阿拉伯语写的警示语："勿攀金字塔。"

　　"他们疯了吗？"得克萨斯人问道。"这么热的天，谁想去爬金字塔呀？"我耸了耸肩，告诉他，那是风靡19世纪的一项运动，古斯塔夫·福楼拜他们都爬过。"真的假的？就穿着那个时代的衣服爬？"他的声音有一丝不屑，双眼盯着金字塔上凿有台阶的崖壁。我知道，他隐约觉得自己受骗了——如果以前人们可以攀登金字塔，那他不应该被剥夺这样的权利。他本可以奋力攀登的，就像半小时前他小心翼翼地费力爬到骆驼背上一样。他一向乐于冒险；我喜欢他勇于挑战。

　　尼罗河岸上没有船屋停泊。白鹭已不再栖息在英国桥畔，马球场也难觅踪迹。我平心静气地望着一切，本就没有期待着什么，就像人从来回不到过去，也留不住当下。总之，我不想给这个得州佬解释什么是马球了。

埃及曾有一座城市叫孟菲斯。在我的世界史中，我将对它大书特书。孟菲斯的变迁很好地诠释了某些地方的脆弱，它的故事给人以启迪。古埃及法老时代，孟菲斯疆土无边，有万千房屋、寺庙、工场——它是行政和宗教中心，是政府所在地，像磁石一样吸引众多的艺术家和手艺人——仿佛华盛顿、巴黎和罗马轰隆隆地齐聚在尼罗河两畔。一条条堤坝保护这座城市免遭洪灾的侵袭。那时的孟菲斯宛如天堂——这里，棕榈树和绿色植物生长在最肥沃的淤泥上，这里，上下埃及交汇，还有恢弘的寺庙和狮身人面大道。作为智慧而复杂的社会的中枢，孟菲斯与世界其他地方完全步调不一，当欧洲人还住在山洞时，这里已经在建造方石建筑，用已知的最华丽的文字记载自己，信奉史上最具想象力、最难以捉摸、最反常的宗教。

如今的孟菲斯呢？不过是一片荒芜杂乱的耕地和一座倒塌的拉美西斯二世大型雕像罢了。这昔日强盛的都市怎么就倒了！古埃及政治动荡，堤坝年久失修，尼罗河已另有眷顾。这里没有留下任何孟菲斯市民的生活痕迹，而他们的死亡遗迹倒有很多。金字塔、古埃及墓室、坟墓、石棺、葬礼纪念碑零零落落地散落在这片土地上——一个痴迷死亡的民族。他们所有的信仰都以逃离灭绝为中心。当然，并非只有他们如此，只是他们的解决之道更具创造性而已。人会死，肉身会分解。然而，死亡不可容忍。于是，你别具匠心地提议，假如肉身能得以实际或象征性地保存下来，假如把它隐藏起来并提供日常生活必需品，那么死亡就不会发生。某样东西——灵魂、护卫灵①、记忆，无论你称呼它为什么——就会永远存留。你给这影子躯体提供它在现世的物质生活中曾经拥有的一切：家具、首饰、仆从、食物和水，它就会时常从它居住的永恒之地来为自己的躯壳获取给养。一个多么复杂而有趣的想法。你就这样永远与死亡相伴，并且否定自己消亡的可能性。

当然，如今我们完全不相信这一套。或者说，至少我们不相信我们自己对他们信仰的解读。这其中的困难并非和轻信有关，而是和我们的经验有关。我无法让自己的头脑摆脱诸如日心说、血液循环、重力、地球是圆的和其他种种重要的概念。历史中的第四王朝就像记忆中的童年一样无法复原。

当然，基督教也有一些同样的问题，科学已重创基督教。科学和理性。"上帝在哪里？"五岁的丽莎问。"我想见他。"我深吸一口气，说我认为这世上并没有上帝，至于其他人……"布兰斯科姆奶奶说他在天国，"丽莎冷冷地说。"天国在天上。"后来，她步入青春期，经历了一段虔诚的性狂热期，天主教大肆迎合，远好于无聊的英国教会。在法国或西班牙，她也许可以得到神示；实际上，她不得不参加在萨特雷教区教堂举行的坚信礼课和周日晨祷。

斋月期间，每天从清晨到黄昏，穆斯林禁食。他们必须每天面朝麦加祈祷六次。杰济拉的草坪上四处有跪立的园丁，他们的

---

① 护卫灵，古代埃及人所相信的人生而具有的"灵体"，是人的护卫者。

英国雇主刻意无视他们，因为偷偷关注他人的宗教行为是不礼貌的。相比而言，法国人没有那么严谨。夏洛特夫人和她母亲常常在斋月期间骚扰厨师和帮厨男孩，他们俩由于营养不良而无精打采，每次园丁一跪下祈祷，他们就大声咕哝。看到法国人的恐外症即便没有比英国人的种族自满感更胜一筹，也算与之旗鼓相当，这总算稍稍令人欣慰。比起英语中粗鲁的"吉卜赛佬"或怪异的贬义词"土著"，夏洛特夫人和她的朋友们赋予"阿拉伯人"的那份轻蔑则要尖酸刻薄得多。相比之下，我们就显得开明通达了。夏洛特夫人因拥有纯粹的高卢血统而自恃高贵，尽管她嫁了一个黎巴嫩人且终生在开罗度过，但这并没有丝毫的不同：她这个人是查理曼精神和无懈可击的法国优越感的代表。对于其他欧洲人，她可以带着一丝礼貌的轻蔑勉强容忍；而埃及人则自成一派。

在我活动的那个地域，英国人与埃及人之间没有任何社会交往。英国文化委员会或大学圈子里的几个怪人倒偶尔会与属于埃及中产阶级的知识分子来往——在一个由千百万农民和少数富商贵族（介于这两者间的人数寥寥）构成的国家，知识界其实是个有限的团体。国王①被赋予一定的权益——毕竟他是国王，却被当作笑料，说他只是个拥有宫殿和红色跑车的纨绔子弟，不过他美丽的妻子法里达王后②却因某种缘故被视为圣人，且饱受委屈，

---

① 当时的埃及国王是法鲁克一世（1920—1965），倒数第二任埃及和苏丹国王，1936 年至 1952 年在位。

② 法里达王后（1921—1988），法鲁克一世的第一任妻子，1948 年与法鲁克一世离婚。

庶几是个荣誉欧洲人。埃及人不能参加杰济拉体育俱乐部或草坪俱乐部①，那些消息灵通的有闲达人抱着隔岸观火的心态注视着沙漠战争的进程；当隆美尔呈现不可阻挡之势时，商店的橱窗上出现了这样的告示："德国长官，欢迎光临！"

　　一场革命与阿斯旺水坝②改变了这一切。阿拉伯农夫依旧生活在那里，但他们的泥屋现在已通上电，婴儿死亡率也不再高达百分之四十。旧国王已不复存在，英国人也一去不复返。旧社会与昔日的孟菲斯和底比斯社会已成遥响。埃及人谈起战争时，指的是以色列战争而不是我们的战争——毕竟，我们这场战争与他们毫不相干。

　　"你昨天晚上就该来了，"卡米拉说，"皮普·莱瑟斯从兵站里偷来这个能冒绿色烟雾的东西。一种信号弹。他在花园里点燃了它，就在艾哈迈德身后，艾哈迈德立刻号叫了一声。吓死人了。他以为那是个恶魔③，你看——当地人迷信得不得了，他们真的相信灵魂啊、幽灵啊这些东西。我们坐在阳台上看他一路哀号——说实话，我吓得要死。"她坐在床沿涂抹脚指甲："你想试试吗，克劳迪娅？超级漂亮——伊丽莎白·雅顿，艳粉色。

---

①　草坪俱乐部，英国人在开罗开设的一家俱乐部，与杰济拉体育俱乐部一样，在"二战"期间也接待了许多英国军官。
②　阿斯旺水坝，建成于 1970 年，位于埃及尼罗河干流上，是一项具有灌溉、发电、防洪等综合效益的大型水利工程。为世界七大水坝之一。
③　恶魔，原文 afreet，专指阿拉伯神话中的魔鬼。

呃——有什么不对劲的吗？这些天你一脸沮丧。"

"没什么。"克劳迪娅说。

"我猜是肠胃不好，"卡米拉欢快地说，"呃——今晚我要去见一个澳大利亚人！妈妈一定会大发脾气。当然啦，他们的口音很糟糕，但他人确实很好，他的家族在悉尼也蛮有地位的。你一会儿要去俱乐部吗？"

克劳迪娅漫步走到另一个房间，她走上阳台，眺望黄昏中灯火闪烁的杰济拉。他已经走了三个星期了，到现在她还没听到他的任何消息。有传言说，过一两个月后战争会爆发，隆美尔也会突破防线，最后会来一场大决战。汤姆在哪里？她眼前浮现出垃圾场般的战后残局：汽车外壳像动物尸体，满地破碎的日用品——一支牙刷、一封残缺不全的信；士兵们步伐沉重地在沙漠中跋涉。她浮想联翩，细细思量着，胃里不由得一阵痉挛。不是卡米拉所谓的肠胃不适，真可惜。她意识到，这场战争已经变得不太一样了。它不再只是像某只难以捉摸的巨型动物潜行在边缘，她出于科研兴致远远地在观察它的所作所为；它已经逼近，正在克劳迪娅的卧室门外号叫。它引发的战栗让她想起童年时的战栗。她害怕了，倒不是担心自己，而是害怕很久很久以前那种面对未知宇宙的恐惧。她回想起，在幼时的某个夜晚，她劝服自己太阳将永远不再升起。

公寓内，卡米拉大声叫嚷着，让仆人把饮料托盘送来；楼下花园里，夏洛特夫人正在跟邻居就肉价夸夸其谈。

几周的沉寂之后，来了一封信，这是一封无关宏旨的战时信函，其资讯或隐私已被审查官过滤漂白。随后，他的声音出乎意料地在电话里响起——三天假期，五天假期……我们去了卢克索，去了亚历山大①。我不知道一共有多少天。现在，周边的景色很不同了——卢克索城畔尼罗河的宁静，帝王谷的荒凉寂静，酒店酒吧的人声嘈杂，西迪比舍尔浅滩上拍打着的慵懒的大浪花。每次他回来，狮子就会在地平线上低吼咆哮，我仔细审阅一份份公报，培训新闻专员，这一切刻不容缓。我一次次地想再去一趟沙漠——倒不是因为想离他近一点，而是因为我想体验他的所见、所闻、所感。我再远只去过马特鲁港②训练营——这对记者团里的男士们来说相对比较容易，但对我和临时来的美国人及路过的英联邦女记者却不易——第八集团军作战总部不同意：沙漠不欢迎女人。

"为什么不呢？"克劳迪娅问。

"我亲爱的姑娘，不可以就是不可以。那里是人间地狱。伦道夫·丘吉尔③曾带了一名美国妞去过那儿，后来我们就受到了

---

① 亚历山大，位于埃及的最北端，是埃及的第二大城市。
② 马特鲁港，位于利比亚与埃及边界，是埃及著名的海滨度假胜地，被称为"埃及最美的一段地中海"。
③ 伦道夫·丘吉尔（1849—1895），英国首相温斯顿·丘吉尔的父亲，马尔巴罗公爵七世的第三个儿子，保守党"樱草会"的创办人，曾担任过内阁财政大臣。

严厉批评。他们不想要女性。"

"我只是在完成我的工作而已，"克劳迪娅说。"就像战地医务人员、英国女子辅助防务部队司机以及其他很多去沙漠工作的女性。"

司令部新上任的新闻官耸了耸肩。"非常抱歉，亲爱的，但情况就是这样。我当然愿意尽我所能——如果我能说了算，我们会让你明天就坐运输机去沙漠。顺便一问，今晚有空喝一杯吗？"

克劳迪娅礼貌而得体地笑了笑。

就这样风平浪静地过了几个月。我们只知道这两支部队潜伏在托布鲁克以西的某地按兵不动，在侦查对方。没什么可资的情报。后来，隆美尔的神话渐渐成型了：他是一个狡猾而深不可测的敌人，沙漠上的拿破仑，极富英雄气概，使我方将军们那朴实的传奇故事黯然失色。就算蒙蒂①也绝不具有隆美尔那样的神秘色彩。在开罗一定有一些务实的人做好了最坏的打算，但即使后来装甲部队在阿拉曼②蓄势待发准备出击，被焚毁的文件余烬纷纷如雨，即使在"待命行动"这样愈加狂野的时刻，我的记忆中也从未嗅闻到恐惧的气息。危机，有的；惊慌，可没。那些有家室的把妻儿送到巴勒斯坦，有些家庭登上了开往南非或印度的船

① 蒙蒂，伯纳德·劳·蒙哥马利（1887—1976）的别称，英国杰出的军事家、战略家，"二战"中盟军杰出的指挥官。
② 阿拉曼，位于埃及北部地中海沿岸，在"二战"中是北非战区主战场。改变"二战"北非战争格局的著名的"阿拉曼战役"即发生在此地。

只。这世上还剩下大片可撤退之地，而且无论如何，这只是权宜之计，形势终会再度好转。在我看来，没人会正儿八经地认为隆美尔的下属会围坐在杰济拉体育俱乐部的泳池边。像往常一样，日落时分有酒水供应，周六举行赛马大会，业余戏剧团演出《日本天皇》①。我母亲从战况窘迫的多赛特给我来信，说得知我在安全之地她很欣慰，不过觉得那里气候一定很难熬。我想知道，她究竟有没有看过地图？她自己也面临重重困难，她的信中充满坚毅忍耐——物资短缺，花园荒废，她那口上好的炖锅做出崇高的牺牲，被熔化制造了武器。这些笔迹整洁的薄薄的信件洋溢着泰然处之的坚韧。她想象过德军如潮水般涌入斯特敏斯特牛顿②的场景吗？

然而，在1942年初那平平静静的几个月里，战争似乎已呈固态———一种虽不会致命却会阻碍任何进步的慢性病。听说戴高乐已来到耶路撒冷，我便赶去采访，结果没能见到他，转而采访了斯特恩帮③。我有一两个同事因无所事事而焦躁不安，就一起出发去找有新闻的地方，然后不得不风尘仆仆地赶回来，因为沙漠又起战事了。那段日子，每时每刻都觉得没有尽头。后来，冬去春来，气温回升，在某个时刻——不知是何时也不知有多久——他回来了。

---

① 《日本天皇》，一出二幕喜剧，1885年3月14日在伦敦萨沃伊剧院首次公演。
② 斯特敏斯特牛顿，多赛特郡的一个小镇。
③ 斯特恩帮，一个极端军事组织，一直把英国视为主要敌人，并积极进行秘密的反英活动，曾在"二战"期间策划了一些暗杀事件。

"我告诉你一件无比奇怪的事情，"汤姆说，"我这辈子从未感到这么棒过。"

她凝视着他。清瘦、绳索般的肌肉，一头黑发在金色阳光中发亮："你看起来很健康，真的。"

"其实，我现在要讲的可不是健不健康。我关注的是心情。我现在开心得不得了。不妨这么说吧，我觉得你是个女巫，克劳迪娅。当然啦，是个心地善良的好女巫。行善女巫。"

她不知如何应答。她想，还没有人跟我讲过这样的话。我以前从没让任何人开心过。我曾让别人生气、焦躁、嫉妒、淫荡……但我觉得自己从未让人开心过。

"你呢?"汤姆问。

"我也是。"她说。

"我死之后，哪管洪水滔天，"汤姆用法语说，"那是我这些天来的卑劣情绪。"

"呃，"她说，"也许是这样的吧。但即便是这样，我们也无能为力。我一直觉得这种情绪合情合理。"

"吻我。"

"我们是在圣洁之地，"她反对，"这会引起骚动。"

但即便是圣洁之地，也有偏僻幽静之所。

"这对我来说太过分了，"汤姆立刻说，"我们该回你的公寓了。"

"我们还没爬过尖塔呢。"

"我不想爬尖塔，我就想去你的公寓。"

"我们也许再也不会来这儿了。"

"你真是个倔女人，"他说，"难不成，你在考验我。这样吧——我们先爬尖塔，然后回你的公寓。"

过了一会儿，克劳迪娅俯视着迷宫似的人群、牲畜以及一座座阳台上挂着的衣服，问："战后你打算干什么？"

"哦。我曾想过什么时候战争能结束。"他搂住克劳迪娅，"我也曾问过自己这个问题。好吧……首先让我告诉你战后我要干什么。我想豪情满怀地回到家乡，立下壮志，安邦定国。我要在某个争斗激烈的选区竞选议员，即便被击败也不善罢甘休。或许呢，我会在一家比较不错的报社当个犀利的新闻主笔。"

"可是难道你现在没这打算吗？"克劳迪娅低声问道——她仰望头顶之上，一只只风筝转着大大的圆圈在浅蓝的天空中飘荡。

"是的。我觉得自己没那么热衷了，倒是比较愤世嫉俗，总之心中装着别的事。"

"比如？"克劳迪娅问。她试图站在风筝的高度俯瞰下面。风筝能看到地球的弧度吗？能不能看到红海？地中海？

"我想尝试迄今从未品尝过的东西。我想安定。我想就住在一个地方。我想为明年、后年，为未来未雨绸缪。我想……"他把手搭在克劳迪娅的胳膊上——"我想结婚。你在听我讲话吗？"

"在听呢。"克劳迪娅说。

"我想结婚。我想娶你，我生怕自己没说明白。"

"我们可以两个人一起热衷的嘛，"过了一会儿克劳迪娅说，

"其实我自己也是蛮热衷的。你不知道……"

"呃，好吧，如果有时间倒挺好的。不过我得先赚钱谋生，到目前为止我还从未为谋生操过太多心。我觉得总不能让你在阁楼里忍饥挨饿吧。我敢肯定你不习惯那样的生活。"

"没错，但我真的可以自食其力。"

"你可以出一点力，"汤姆说，此刻他紧紧地把她搂在怀里。"你可以写写这些历史书。而我呢，打算就做个规规矩矩的公民。做个勤劳的人吧。我想靠双手谋生。或许我会做个农民。我想住在一个雨水充沛、草木繁茂的地方。我想看硕果累累，五谷丰登。我想未雨绸缪。由于不相信天堂，我想积累财富。不是物质财富——我想要绿油油的田野、胖胖的奶牛、高高的橡树。对了，我还想要，一个孩子。"

"孩子……"克劳迪娅说，"天哪。孩子……"她再次抬起头，仰望空中打转的风筝，有一只比其他所有风筝都大，正向着某个既定目标缓缓降落。

moon tiger

第 十 章

"啊，"护士长说，"杰米逊太太，您来了。哦，这段时间情况有点糟糕，不过我得说今天早上她倒恢复得挺不错。但一度相当危急。总之，医生觉得暂时不会再有什么麻烦。现在她睡着了，您可以坐着陪她一会儿。昨天晚上她在谈论您——倒不是说她当时神志清醒，可怜的人儿。"

丽莎透过舷窗望过去。克劳迪娅闭着眼睛平躺着；一条手臂上缠满了管子和颜色明亮的塑料袋。"她说了什么？"

"她以为自己又在生孩子了，天哪。她一个劲地问：'是男孩还是女孩？'"护士长呵呵直笑。"很好玩，是不是？——女人在临终时常常回想自己生孩子的情景。我们这儿的许多老太太老是念叨。她那时候状况不错——一直抓着我的胳膊：'告诉我是男孩还是女孩……'于是我说——你是她的独生女，对吧，杰米逊太太？——我说：'是个女孩，小姐……汉普顿小姐，但那是很久以前的事了。'"她狠狠地清了清嗓子："当然，我明白，小姐是个职业化的叫法，很多职业女性都沿用小姐这一称呼，而且我也赞同商人如今用的 Mizz① 是个很糟糕的称呼。嗯，既然您来了，杰米逊太太，您就进去吧，虽然我觉得她今天不会有什么反应。但也许她完全知道您来了。"

不，她不知道，丽莎想。她一点儿也不知道。无论她在哪儿，都不在这儿，不在这间屋子里。她在某个遥远的地方。

丽莎坐了下来。她打开自己带来的报纸，开始读了起来；她准备待上一刻钟左右，就怕万一。偶尔她会抬头瞅克劳迪娅一眼。有一次她起身穿过房间，戳了戳暖气旁边的一品红周围的土；土壤湿度适宜，但一品红看上去病恹恹的。

的确如此，她想，你永远也忘不了生孩子的经历。我记得生每个孩子时的每一分钟。她站在床边；克劳迪娅干瘪的胳膊、凹陷的脸庞、被子下瘦弱的身躯，这一切让丽莎觉得既嫌恶又歉疚、怜悯。她想起了自己的情人，那天晚些时候她将见到他。她回味了一下她对情人的情感。她扬扬自得地觉得克劳迪娅大概从来都不知道这种感觉。毫无疑问，克劳迪娅并不爱贾斯珀——至少不是那样爱他；她很可能没有爱过任何人。

他们已取下她的戒指和金手镯，把它们放在床头柜上。丽莎拿起戒指和手镯，看了看——那颗大绿宝石大概是贾斯珀给她的，那个乳白色手镯和钻石串儿只有克劳迪娅知道来历——然后匆忙放下；克劳迪娅对财产的态度一贯很好笑——不，不是好

---

① Mizz, Miss 的不规则拼写。

笑，而是彻头彻尾地令人讨厌。

"我可以要这个吗？"丽莎问。

"你可以要什么？"克劳迪娅问，继续打着字。

"这个。这个小盒子。"

克劳迪娅转过头。她看着丽莎掌心中的戒指，戒指上有个小铰链。她的眼睛闪了一下。"不行，"她呵斥道。"从哪儿拿的就放回哪儿去，丽莎。我以前已告诉你别碰我珠宝盒里的东西。"

"可我想要。"丽莎喃喃道。她确实想要，比任何她想要过的东西都更想要，这个迷人的戒指盒，那嘎吱作响的刻有银色花纹的盖子，还有小小的扣件。对她的手指来说，它太大了，实在大太多了，但这没关系。她可以用它来保存东西，非常小巧珍贵的东西。

"把它放回去。"

丽莎打开戒指。"里面脏了，"她说。"里面有点脏东西。我把它清理一下。"

克劳迪娅转过身。她伸手一把夺过戒指。"别管它，"她说。"别再碰它，听明白了吗？"

按照统计数据，住在阴间的人——无论是基督徒、希腊人，还是法老时期的人——几乎都是孩童。婴儿，蹒跚学步的孩童。遍地都是紧紧包裹的襁褓，长着罗汉肚、四肢僵硬的小生物，干瘪畸形的小矮人，一幅恐怖的景象。在他们当中流连徘徊的，还有几个蓄着大胡子的长辈、一群哩哩啦啦的老妪和一大帮四十岁的人。在我眼中，这俨然是希罗尼穆斯·波希①笔下的一个场景。那里也会有龙，有拿着干草叉的恶魔和长着翅膀的怪物。不过没有天使，也没有天堂合唱。

人们可以放心，我们不会去这样的地方——死后是湮没无闻的。当然，甚至也不是湮没无闻，因为我们都"活"在他人的脑海中。我会活在——当然"活"是错误的表述——丽莎的脑海里，西尔维娅的、贾斯珀的，还有我的孙子们（假如在足球运动员和流行歌星之外还有位置的话）的脑海里，还有我敌人的脑海里。作为历史学家，我清楚地知道，我对人们的误解之深之广无能为力，所以我毫不介意。也许，对于那些介意的人，那些与之抗争的人来说，这是现世版的地狱——在他人的回忆中保留我们不喜欢的模样。

狡诈的克劳迪娅。愤世嫉俗的克劳迪娅。当然，也是幸运的克劳迪娅，她有机会来思量别人会怎样保存她的记忆。很多人会觉得这样的机遇是一种奢望。当然，阴间中的另一支伟大的无产阶级队伍是士兵——锡帽、头盔、头巾、熊皮帽下的无数张小伙子的脸庞。

"你好，"卡米拉说。"呃，今天是不是热得要命呀？办公室

---

① 希罗尼穆斯·波希（1450—1516），荷兰画家。他的多数画作描绘罪恶与人类道德的沉沦。

的风扇坏了，我们快要被热死了。我非得冲个澡不可。顺便问一句，真的打了一场大战？你消息灵通——务必告诉我。使馆内有各种各样的谣传，但没有人出来真正说明一下。继续讲嘛……我不会说漏嘴的，我发誓。"

上了新闻节目。BBC惨淡、清脆、匿名、平乏的播发中——"西部沙漠地区发生多次交战，敌军伤亡惨重。"那个冷淡的声音说，在多个前线发生了激战。

"这难道不令人兴奋吗？"卡米拉说。"他们现在真的又在沙漠里干起来了，是不是？使馆里每个人都很激昂。很显然，可怜的博比·费鲁斯受了重伤——萨莉也很惨，她异常勇敢。但我们真的把隆美尔打得落花流水，每个人都这么说。"

司令部里的电话和电报机二十四小时忙个不停。每个人都忙得喘不过气来，耐心消耗殆尽。不，抱歉，现在不行，亲爱的，现在有一大堆事……等会儿看看我能为你做点什么……稍等，六点钟也许会发布公报……回来……等一下……我们一有消息就通知你。

夏洛特夫人在大声地呵斥厨师，这不间断的独白持续了五分钟，里面混杂了法语和阿拉伯语中的厨房用语，其中有几个词反复出现——小费、皮阿斯特、淘气鬼、没有、不好。电话响了。

她穿着拖鞋噼里啪啦地在大厅的石地板上行走。"克劳迪娅小姐……您的电话……"她回到厨房;她的声音——斥责杂货店老板拉帕斯,质问为什么没有了白面粉,查问一张五十皮阿斯特纸币的找零——和另外一个声音夹杂在一起,那个声音正在讲一条还未经证实的新闻:西迪雷泽地区打了一场坦克战,我方撤退……

在这样的炎炎热天,克劳迪娅打着字。卡米拉趁着使馆宝贵的午休时间在隔壁房间睡觉。楼下花园里,园丁也在榕树树荫里睡觉,弯腰弓身在一捆旧布条里。戴胜鸟优雅地在草地上觅食,矮牵牛花和金盏花竞相绽放光彩。

前进。撤退。进发。撤离。我们损失了这么多坦克,那么多飞机,如此多的士兵被俘。德国人也是损失惨重。一个个数字在纸片上舞动,与机器、血肉有着若即若离的关系。那儿,在战场上,这样或者类似的事情想必正在发生,而在这里,在 6 点钟的时候,冰块在玻璃杯里叮当作响,水龙带在杰济拉花园里喷射。

"亲爱的,恐怕目前还没有你想要的消息,"新闻官说。"你不妨关注最新的伤亡名单……"

"……周六在法尤姆有个野餐会,"卡米拉说。"太棒了。艾迪·马斯特会去的,皮普和琼博也会。我说克劳迪娅——出什么事了吗？你脸色很难看，挺吓人的——要一片阿司匹林吗？"

起初是不信，坚决不信。不，这不可能。不是他。是别人而不是他。之后是希冀，因为失踪并不一定意味着遇难，失踪人员会突然回来——受伤被俘了。或者，过几天他们会毫发无损地走出沙漠；开罗城里，这样的故事多得是。

希望逐渐变成忍耐——熬过今天，明天，后天；躺在床上彻夜难眠——心中空落落的疼痛，每当你容许自己去想、去记得时，这疼痛会让恐惧的悬崖峭壁倒塌。

祈祷。在大教堂里羞愧地祈祷。

"克劳迪娅小姐，您的电话……"
"克劳迪娅？我是新闻处的德拉蒙德。您让我一有萨瑟恩的消息就通知您。T. G. 萨瑟恩上尉——据称已失踪。是这样吗？这里有一条讯息。显然他现在已被找到。恐怕他已遇难，可怜的人哪。他是您的一位朋友？"

这一个个夜晚最难熬。白天还可以撑过去，因为毕竟有某些特定的事要做。夜晚可不是七八个小时，而是二十四小时啊——夜晚是白日的延展。在晦暗炎热的日子里，她裸身躺在被单上，一小时接一小时地凝视着天花板。

"我已经让阿卜杜勒去再取些牛奶了，"卡米拉说。"罐里的牛奶都馊了——我敢肯定他往里灌满了尼罗河的水。我们昨晚吵醒您了吗？艾迪把我从莫法特的聚会那里接回来后，非要上来喝一杯。您早饭一点都不吃吗？"

怎么死的？在哪儿死的？是立刻就死的吗？还是慢慢地，独自一人躺在沙子上，流干了血。没有力气开那把枪。没力气找到水瓶。只是躺在那儿等啊等。

祈愿他是立刻死去的。

夏洛特夫人从床上一骨碌跳起来。"等一下，克劳迪娅小姐……"她那标新立异的英语和法语的混合体喷涌而出——她侃侃而谈，说什么物价上涨了，店主们很奸诈，现时物质匮乏——"这糟糕的战争时期"——抬高了租金的价格："但是很少，你知道的，很少，这是我受的苦，最后……"就这样，克劳迪娅就得一直站在那儿，手扶栏杆，直到一阵恶心吞噬了她，她抱歉地告辞，跑上了楼梯……

别再想那件事了。无论它曾经怎样，现在都已结束。无论它曾经怎样，也无论它在哪里发生。现在他已不再躺在那儿了。他现在哪儿也不在了。哪儿也不。别再想它了。

"西屈雷尔带来一些很好看的新布料，"卡米拉说。"有一匹粉色和蓝色图案的双绉纱，我实在无法抵抗它的诱惑。我想可以用它做一件参加花园派对穿的套装。那个小个子希腊女人会按照《时尚》里的式样为我做这件衣服。"

感到恶心是否总是悲伤的表现？我怎么知道呢？我以前可从来没有这样过。被悲伤击中。"击中"是正确的表述；仿佛你被击倒。被击倒在地；摔得失去知觉，进入某种别的状态。

喀新风①呼啸着。窗户必须紧闭。热浪刮得百叶窗嘎嘎作响，厨子要一天三次清除大厅地板上的灰尘。

新闻中心墙上的地图上装点着各色小旗子：红的、绿的、黄的、蓝的、棕的、白的。旅和师在地形图上勾勒出明快的图案。新闻官的指示棒在它们中移动，把一切都搞得既井井有条，又精巧优雅。噪音、烟雾、酷热、尘土、肉身、鲜血和金属统统都不见了；军事部署和作战演习、侧翼和钳形攻势、补给线和哨所，它真的很简单，一个小孩子都能掌握。

> 有一个幸福的家，
> 在这悲伤之地的那一边。②

---

① 喀新风，埃及境内的一种多沙的干热南风。

② 本段及下一段诗句出自《有一个幸福的家》，是一首基督教圣诗，作者亨利·W. 贝克。

大教堂里的会众吟唱道。女人们唱得最大声，用的是她们所属的种族和阶级所特有的嘹亮、整齐、清晰的声音；有几个男高音和男中音也引吭高歌，那声音自信却不自负。

> 那里从来没有磨难
> 悲伤之泪永不流淌。

他们唱完歌之后，就开始向万军之主耶和华祈祷。他们把戴着手套的手放在眉毛上，单膝跪在石头地板上，谦卑地恳求主，求他狠杀敌人的威风，消除他们的恶念，挫败他们的伎俩。祷告之后，他们站起身，小心地拉直裤子皱褶，抚平过膝的丝绸裙子，又唱了一遍。

> 前进的基督精兵，
> 向着战场进发……

"你应该离开一段时间，"卡米拉说，"去亚历山大待几天吧。你一直病恹恹的，一定是累坏了。在滨海路附近有个温馨的小公寓，我可以把那儿的地址给你。"

这就像是旅行。你从某件事出发，开始旅行，随着它离你越来越远，它也变得越来越不强烈，越来越鲜活，就像记忆中的家一样。随着时间一周周地过去，刀子也转向不同的方向。

现在，还有一些别的事情需要考虑。一开始心怀诧异，之后带着不安，带着惊奇和敬畏。

"噢，我的天……"卡米拉说。"呃，我的意思是，我的确很诧异你看起来……嗯，可以说是长胖了点，而且，当然显得疲惫不堪，我现在明白了……但大家总觉得你是最不可能……我是说不像露西·鲍尔斯或那个汉密尔顿姑娘——如果是她们的话，当然谁也不会吃惊，但是你，克劳迪娅……实在是太倒霉了，运气太差了。对你绝对太不公平了。可是你为什么不……我是说，当初你就不能……你会生下它吗？哦，天哪，我真的觉得你太勇敢了。"她盯着克劳迪娅，简直难以置信；这是她这几周以来听到的最意外的事了。

疗养院周围有一个绿树成荫的大花园。一条条砂砾铺成的小径蜿蜒在棕榈树——那种矮小粗壮的归化品种，树干上带着纹路——和木麻黄之间。无需卧床的病人漫步其间，其他人倚靠着草坪或走廊上的柳条椅，护士在其间巡视。护士们全都非常刻板——她们戴着闪亮的白色贴头帽，就像某个神秘修道会的一群修女。她们也一直很开朗。接待克劳迪娅的是一名脸上长满雀斑的爱尔兰护士；从一条条走廊到一部部电梯，她的制服噼里啪啦响了一路。"不远了，亲爱的。"她一个劲地说。"我们马上就会让您躺在床上。感觉还好吧？现在还痛吗？"

"我还好。"克劳迪娅说,其实她不好。事实上,疼痛非常剧烈;她收紧腹部肌肉,试图忍住剧痛。

一阵婴儿的哭声传来。她们路过一扇有块大玻璃窗的门,透过玻璃可以看到一排排小床。克劳迪娅停下了脚步。

"现在,呃,"护士说,"我不想,亲爱的……您最好还是自己躺床上去。"她的欢快突然收敛了;这是个意外。"并不是说一切不会好起来,汉普顿太太,过几个月我们也会在那里给您接生。"

"是小姐,"克劳迪娅说。"不是太太。"她凝视着玻璃窗。只能看到婴儿们的一个个小脑袋,有些长着头发,有些没长,它们只是襁褓外面的一小堆红色的肉。"为什么床脚都浸在水罐里?"

"是蚂蚁的缘故。如果我们不这样做,蚂蚁就会爬到宝宝身上。这是个糟糕的国家。气候呀,昆虫呀,我从没见过这么糟的。"

她把手放在克劳迪娅的手臂上,用亲昵的动作抚慰她的不安。"几乎难以置信,不过有人曾告诉我——您瞧,那是在我来之前,好几年以前了——有个女孩没给罐子加满水,后来他们发现有个婴儿死了。是蚂蚁干的。吃掉了小宝宝的眼睛。他们发现它的眼睛不见了,上面爬满了蚂蚁。"

克劳迪娅转身走开。她站了一会儿,似乎陷入沉思,然后走到放烟头的沙碗那里;她感到很恶心,这一阵突然的不适持续了好几分钟。

"亲爱的，您流产了，"护士长说。"我猜您已经知道了。我们会尽量让您舒服一些。"她低头看着克劳迪娅；她表情冷淡——一副职业面孔。"我猜想，"她接着说，"在现在的情形下，也许您会觉得这是最好的结果。几分钟后医生会再过来看您。"

克劳迪娅双腿紧贴地平躺着。某种动物正在她体内啃噬。她盯着护士长，从床上坐起身。"不。"她低声说。她打算吼叫，但仅仅发出嘶哑的呼吸声。"我不会流产的。这不是最好的结果。你不应该说这样的话。你们必须做点什么。"

护士长眉毛一扬，几乎快要顶到那硬挺的帽子。她的语气不再那么冷淡。"恐怕呀，"她说，"这样的事情，大自然自有运行法则。"

"那就他妈的采取点措施嘛，"克劳迪娅怒吼道。"我想要这孩子。如果你不救这孩子，我就……我就……"她往后一躺，泪水夺眶而出。"我就宰了你，"她咕哝道，"我就宰了你，你这臭婆娘。"

几个小时以后，当护士们在处理水碗、提桶，还有床单的时候，她醒了过来，又开始大喊大叫；她冲着她们呼喊，咒骂。"不是男孩也不是女孩，"爱尔兰护士说。"结束了，一切都结束了。您最好忘掉这一切吧。"

第十一章

战争的后果是混乱。譬如，顺便说一下，语言的滥用："后果"是个正规的农业术语，它有自己确切的含义——"后果"指的是首次收割后二次长出的牧草。而战争的后果，准确地说，应是又一场战争；而且往往就是如此。可是，通常的后果乃是奋力拨乱反正：总结评估，盘点生死，流离失所的人漂泊回到故土，有人担责有人获罪，最终书写历史。一将书写，过去之事，一目了然。

1945 年末，我参访一处难民营。本意是想为《新政治家》周刊撰写一篇有关难民的报道。这个难民营位于德国与波兰的某个交界处，所谓的国境在欧洲这一角落根本毫无意义，这里杳无人迹，景致单调。你置身在这片大地之上，一望无垠——只有苍天和地平线。数百年来，这一区域就争端不断，被一支支军队屡屡蹂躏。也许，这里曾经也有牧场、小农庄、牛啊、鸡啊、禽啊，还有玩闹的孩子们。但是，经过五年的摧残，现在剩下的只是一片荒原；难民营就在荒原的中央——人们在一排排混凝土砌块平房中间郁郁寡欢地徘徊，亦或排队等待又一位被一堆卡片索引盒所包围的疲惫的官员的再一次问讯。我坐在那儿，旁听了一部分。大多数被问讯者都是老年人，或显得很老，他们的脸都跟卡片上的相片不符；不过有几位倒是蛮年轻的——乡下姑娘被运去当苦力奴隶，微胖的小脸灰白瘦削，十七宛若四十。她们说话带口音——你根本不知道她们下一句会说出哪国语言：立陶宛语、塞尔维亚－克罗地亚语、乌克兰语、波兰语、法语……口译员只得来回奔波。我跟一个出示国籍为波兰却又操法语的老妇人交谈了几句——她讲一口优雅的法语。她穿一件破烂不堪的灰色大衣，头上围了条披肩，身上稍有异味；但她的言语散发着某种高雅大宅、雕花玻璃和银器、音乐课和家庭女教师的气息。她的丈夫已死于伤寒，一个儿子被纳粹枪杀，另一个死在劳改营里，儿媳妇和孙子、孙女不见了踪影。"我孤苦伶仃，"她凝视着我说，"独自一人……"有人从我们身旁曳步而过，也有人耐心地排在望不到尽头的队伍中。

我想，我为《新政治家》周刊写了那么一则报道；也许我就提及了那位波兰老妇人。很可能他们把她安顿到了某个地方，将她送往了一个合适的国家，她的卡片也打上了标记。那样的话，她就不会成为一个烦扰数年的老大难，就不会是常年遭受国际谴责的一桩事：一个伏尔加德意志人、克里米亚鞑靼人。至少他们知道她是谁，她在哪儿。

对于一个国家而言，拥有边境是多么伟大的历史性便利。这方面，岛屿功德无量。我记得，1945 年我第一次见到多佛白崖的时候就想到了这点。那些峭壁就矗立在那儿，令人想起莎士比亚，想起学校黑板上白粉笔的吱吱作响和蓝色知更鸟的啁啾。山崖脚下尽是铁丝网，崖顶是一个个碉堡。退役士兵随处可见，他们穿着不合身的簇新军装，那么显眼；大家都在发牢骚。如果这就是胜利，那么又何必当初。我坐在一列火车上，列车缓缓驶过肯特田野；车窗依然被半遮蔽着，油漆被刮出一道道宽宽的缝隙，窗外的景色得以在眼前忽闪忽现。我想起了那些巍峨的峭壁。

戈登在维多利亚站接我。他穿着退伍兵制服，一头干练的短发，还有脸上只有我才会注意到的那道疤痕。

月台才走了一半，她就看到了他。视线中，仿佛除了他就没有了别人。她在离他六英尺远的地方驻足；他还是老样子，又似乎变了模样。这张脸，她已经熟悉得不能再熟悉了，可又似乎是一张陌生人的脸。它有了新的层次：变大了，成熟了。他俩之间的间距便是确证——灰色车站月台上的这六英尺，她无法逾越。要逾越就意味着退步——退回到一个个别的克劳迪娅，一个个别的戈登。但这些克劳迪娅和戈登都已不复存在；他们都已被消灭，正如那张熟悉的脸已被抹去，另一张脸被替代一样。她既迷醉又惊慌。她在自己身上搜寻当初熟悉的信号。然后她迈出步子，跨过这六英尺月台，抚摸他的脸，这时信号闪烁。可是此刻显得那么遥远，遥远，被太多别的东西所覆盖。

他看到她一头红发，比以前更加瘦小了。穿的衣服也不像旁人那样邋遢、粗糙；她戴着一顶小小的羽毛帽，亮橙色的外衣显然不是英格兰风格。在认出她是克劳迪娅之前，他就一直在打量她（其他人也在偷瞥，或在大方地盯视）。她向他走来，既没笑容，也没挥手，然后停下脚步。要不是她这么直直地盯着他，他以为她没认出自己来呢。

然后她向前几步，吻了吻他。她散发着异域风情和昂贵的气息，可是在这香奈儿或别的什么香水味之下，有一种——浓烈的情感——气息，令人想起已难以触及的瞬间。在他体内，某个东西在搅动，他抬起头，细细嗅着。此时克劳迪娅在谈论他脸上的伤疤。

"那是我打仗时留下的。一种讨厌的印度皮肤病。疤痕很明显吗？我高兴地发现，你倒没受到什么大的伤害。"

"是吗？"她说。"那就好。"

"但你的头发变红了。我记得它是棕色的呀。"

"我的头发一直都被认为是红色的。从我还是个婴儿起，母亲对我心存偏见的事可不止这一件呢。她好吗？"

我们去了一家咖啡厅，喝了杯浓茶，茶杯有半英寸厚。我环顾四周：伦敦、建筑物、人群、来来往往的公交车和出租车，这一切如同戈登一样缥缈——让人有种原本虚幻的景象突然变得清晰可见的恍惚。只有当我看到一个个弹坑、毁坏的房屋内部和裸露在外的壁炉以及阴森森的楼梯痕迹时，才深切地意识到原来这里也已时光荏苒。可我觉得自己只是个来客，而不是回到了自己的故土。

我们谈天说地。我们聊自己的所见所闻，讲述自己与谁去了哪里。我窥探戈登话语中的空白，而他呢，我猜想，在聆听我的话语中蕴含的沉默。大概一小时后，我们仿佛回到了五年前——我俩争争吵吵，只为吸引对方的注意。我发现戈登在德里跟一个美国女孩有一腿。我问他："你怎么没结婚啊？"他笑着说他没有时间结婚。他准备重新回到战前他所从事的一个研究项目中，许多岗位都向他抛出橄榄枝，他将会忙得不可开交。

一年后，他遇见了西尔维娅。其实我一点都不嫉妒西尔维娅。不然就真的搞笑了。不过，这个未曾谋面的美国姑娘让我很不爽。有一年左右的时间，我时常想象她的模样。

直到我快要三十岁时，我才明白没有一个男人像戈登那样吸引我。这就是为什么我俩之间还是一往如昔的原因吧。我以他为参照，来衡量每一个我遇见的男人，而他们都差远了：要么缺少才干，要么不够机智，亦或不够有魅力。戈登曾带给我心灵的悸动，我也测试过他们能否带给我同样的心动，但显然没有。看来，这世界上除了我哥哥就没人与我相配了，这是莫大的不幸呀。

乱伦与自恋密切相关。我和戈登最忸怩的时候——情欲熊熊，正处于自负自大的青春晚期——我们注视对方，看到了自己的隐现。我从戈登的阳刚中窥见自己的情欲在闪烁；而他注视我时，我从他的眼眸也见到了令人怦然心动的回应。我们就像两面相对的镜子，将无穷的影像抛给对方。我俩用代码交流。曾几何时，在那令人不齿的几年中，别人成了无产阶级。而我俩成为贵族。

那个教室已摇身一变，成了练舞房。沙发和椅子都被推到后面靠在墙上。地毯卷了起来，留声机立在那张粗呢覆盖的旧桌上。

此刻，戈登男人味十足。她贴身面对他，呼吸着他的气味。前胸顶着他的衬衫前襟，秀发拂过他的脸颊，她能闻到一股成熟男性的清香，近乎不可名状，不再是戈登的气味，而是别的什么。它很好闻，一股奇异而有趣的情愫流过克劳迪娅的心田。

慢，快，快，慢……另一只脚，你这个傻瓜……重来。

戈登说，现在剑桥的人都在跳拉格泰姆。但那太无聊了嘛。查尔斯顿舞也是。跳来跳去像傻子一样，戈登说。不——唯一值得跳的是慢狐步舞。还有双人快步舞。而关键是，你得比别人跳得好。你要跳得很专业，让房间里的人全都停下脚步——只剩你留在舞池中。这就是他们下周在莫尔斯沃思家舞会上的打算。

"我一按你的背，我们就倒转。来……"

于是，戈登坚定而温暖的手按着她的腰背部，他们老练地转身，紧贴彼此的臀部。慢，快，快，慢。"噢，太好啦……"戈登说。"非常优雅……再来……"慢，快，快，慢。他们在练舞房里穿梭，一遍又一遍，一次比一次娴熟，二人翩翩舞动，宛如一人……留声机就要停下那一刻，他们猛冲到跟前……之后又身体相拥，四腿相贴……噢，太妙了，简直是……让我们就这样一直跳下去，越跳越好，让我们永不停步……

就这样，他们跳了很久很久。黄昏悄悄地溜进房间；他们只有在换唱片或给留声机重新上发条时才停下舞步；他们默默无言。噢，天哪，克劳迪娅想……天哪，太幸福了……她在品味这份非凡的感觉，这份激动……她之前从未有过这般感受。那是什么呢？

他们最终停了下来，来到窗旁。在那幽蓝清爽的暮色中注视对方。他们的脸靠得很近，几乎贴在了一起。然后，真的贴在一起——四唇相触，她微张着小嘴，就这么让他的舌滑动在她的芳唇之间。留声机的唱针戳在凹槽内，同一个声音咯嗒咯嗒响个不停，一遍又一遍。

"还有一件事，"母亲说。"看来，星期四你和戈登在莫尔斯沃思家的舞会上跳了整整一夜。莫尔斯沃思夫人说这可不是因为你没有其他舞伴——她说尼古拉斯邀请了你至少两次，罗杰·斯特朗也是。简直无礼啊。很显然，戈登连一次也没邀请辛西娅·莫尔斯沃思。你都这么大了，居然做出这样的事，太幼稚了。"

她赤裸裸地躺在河岸草地上。柳叶的影子在她的躯体上留下网状图案。戈登从水中冒出头，两手一撑爬上岸，走过去坐在她的身旁。大腿上沾满了泥巴，头发湿漉漉地紧贴头皮。过了一会儿，他伸手去拿外套，从口袋里掏出一支笔，在她的腹部、手臂、大腿和胸脯上描画树叶的形状；她全身涂满了淡蓝色的墨水。"我怎么才能把这些都洗掉？"她问。"别那么没情趣嘛，"戈登说。"这可是艺术。我要把你变成一件天然的艺术品，转身。"她翻身趴着，埋在草地上大笑；笔尖像小虫子一样在她的皮肤上游走。

"你俩今天早上都挺安静的嘛，"母亲说。"麻烦把橘子酱递给我，戈登。呃，亲爱的克劳迪娅，我觉得你昨晚穿的那条裙子不合适在这里穿。非穿不可，就在城里穿，但绝不适合在乡下穿。人家都在看着你呢。"

"好球，"戈登说。"三比〇。"就在队员们彼此互传的时候，他轻轻说道："这次打她的反手位置。"

他们大获全胜。其余网球队员围坐在玫瑰花坛前，厌憎地看着他们。克劳迪娅悠悠地走到后场，欣赏自己裸露的晒得黑黑的双腿。她转过身；不慌不忙地发球，满心欢喜地看着戈登的脊背、散在他衣领上的头发、他的身形。

"孩子们要去巴黎玩几天，"母亲说。"唉，我真的觉得克劳迪娅年纪还小，不适合去，不过有戈登可以照顾她。"

"这是法国茴香酒，"戈登说。"你一定会喜欢上这玩意儿的。你来这儿不喝法国茴香酒可不行。"当他们起身准备出发时，她才即刻意识到自己在飘啊飘，不是在行走，而是挽着他的胳膊惬意地沿着街道在飘荡。"我们一定得常来这里啊。"她说。"当然要来了，"戈登说。"只要是文明人都喜欢在法国待好长时间。"今天是他的生日。他已经二十岁了。

"克劳迪娅去牛津大学咯，"母亲说。"当然现在好多姑娘都上牛津，而她总是有自己的想法和打算。"

一个夏天。两个夏天，也许，还有一个冬天。很久以前——至少还没遗忘，而是缩成了一串串瞬间，当初我们做过这样那样的事，说过这样那样的话，我们东奔西走；当初我们待在家中，懒散地并排躺在教室里，沉浸在彼此的眼眸中，听到母亲在楼下边插花边歌唱。或者，就待在戈登在剑桥的房间里，在伦敦剧院看戏，抑或漫步在多赛特的美景里，即使无聊也很享受。我并不奇怪人们用厌恶的眼神看着我们。一年，又或许是两年……我俩开始将视线越过彼此投向了远方，渐渐地分道扬镳，开始对我们所蔑视的无产阶级感兴趣。那样的时光虽然已逝，但它也永远定格，制约着我们如今的相处方式。正因如此，其他人都被排除在外。他们大多都压根不知道这底细；只有西尔维娅，可怜又愚蠢的西尔维娅，只有她嗅到了蛛丝马迹，但根本不知道到底嗅到了什么。后来，很久很久以后。

周日午餐有烤鸡、牛奶沙司、培根卷，还有好多配料……母亲总是自己一个人备好这一切，她做事风风火火，说话也不过分自谦。自从村子里的最后一个雇工不辞而别后，她就开始自学烹饪，厉害的母亲啊。克劳迪娅把伊丽莎白·大卫的《法国乡村美食》送给她当圣诞节礼物，她面无表情、礼貌地收了下来；斯特敏斯特牛顿的餐桌上没有摆红酒焖鸡和洛林糕。

"太丰盛啦，汉普顿夫人，"西尔维娅这个好儿媳赞叹道。"绝对好吃。我就知道您心灵手巧。"

母亲坐上座，西尔维娅坐在她右边，克劳迪娅坐左边，戈登坐在对面。母亲和西尔维娅又继续讨论起了牛奶沙司啊、肉铺啊，等等，随后更加低声地聊起了西尔维娅第一次怀孕的有趣过程。

克劳迪娅把她们的谈话当作背景噪音：苍蝇的嗡鸣声、除草机的轰鸣声。已然是几个月没见到戈登了。她想跟他继续那场悬而未决的争论，给他讲几个粗俗下流的逸事，其中一则让戈登捧腹大笑。西尔维娅突然不再与母亲交谈，转过身来。她眨巴着眼睛，大声喊道："噢，什么笑话——快说！"戈登一边起身给自己又切了些鸡肉，一边说只不过是我们以前认识的某个人的事儿，真的没什么好笑的，并问还有谁想要再来点鸡肉。"刻薄鬼！"西尔维娅噘着嘴说。"克劳迪娅，你告诉我……"而克劳迪娅第一次把目光定格在嫂子身上，只见她穿的衣服好像是一个花团锦簇的大枕套，她粉扑扑的漂亮脸蛋儿和金色秀发从中伸了出来。真的，西尔维娅激不起克劳迪娅心中的一丝情愫，她不禁半信半疑。确实她有时纳闷戈登到底跟她说了些什么。

"噢——只不过是八卦，"她说。"真的没什么……"

西尔维娅转向婆婆。"他们历来是这样的吗，汉普顿太太？那么……那么爱搞小帮小派？"

"噢，不，"母亲平静地说。"他俩吵起架来可恐怖了。"

"那时的我们也是!"西尔维娅大声道。"我和德斯蒙德。我恨他他恨我。我们那样绝对正常。现在也是。我的意思是，我喜欢德斯蒙德，但我们没有共同语言。"

戈登端着满满一盘吃的重新坐下。"好吧，那我和克劳迪娅今后会尽量在私底下不正常。好吗，克劳迪娅？我们现在就可以好好干上一仗，给你们看看。"

西尔维娅心慌了。她的手飞快地抓住戈登的手臂，捏了捏。本就粉粉的脸更加粉嫩了。"噢，老天爷。我不是说你很古怪。只是一对兄妹能这样亲密确实有些好玩。很有爱，真的。"

自始至终，在与汉普顿夫人聊天的当儿，西尔维娅都可以听到他们的交谈——或者至少，就算没有完全听见，也足够让人发狂了。戈登对克劳迪娅说话的语气是那样独特。克劳迪娅嗓音深沉，听上去充满讥讽，让人心里发毛，但对戈登说话的时候又那么亲密信任。当她试图参与话题时，他们俩就突然一声不吭，戈登旋即转换话题，要给大家添些食物。

克劳迪娅身着红裙，将她的腰肢和臀部紧紧包裹。这几天她瘦骨伶仃的。"我喜欢你的裙子。"西尔维娅果断地说。"真希望我也能穿得下这么瘦的裙子，"她拍了拍克劳迪娅的肚子，看了看她：克劳迪娅还没结婚，不会要孩子。想到这，她心中掠过一丝得意和慰藉。于是她情绪大振，开起了玩笑，要汉普顿夫人——她向来和蔼可亲，跟谁都合得来——讲讲克劳迪娅和戈登小时候的事情，风趣地聊聊她自己和德斯蒙德。然后戈登用他那低沉的声音，用仿佛是向一个泛泛之交说话的冷冰冰的声音说了些什么，于是她就不再情绪大振，不再得意扬扬。"我没有说你们很古怪的意思，"她哀号道。"只是觉得很有爱，真的。"她没有理解对。他们，戈登和克劳迪娅，此时正在看着她；她确实是引起了他俩的注意，没错，却又不是以她想要的那种方式。他们的嘴角勾起的那一抹弧度，是在笑话她吗？

"天哪！"克劳迪娅说。"你让我们听上去怪怪的。我不认为我们感觉特别怪怪的呀，是不是？"

"难道你的意思是，乱伦？"戈登边说边大口吃着烤鸡。"不过仔细想想，乱伦确实是有些古怪。也挺古典的。非常高雅。看看古希腊人就知道了。"

"也看看村里的内莉·弗罗比舍，"克劳迪娅说道。"她未满十七岁就被父亲弄大了肚子。克拉布医生曾经说过，他凭头型就可看出某人来自多赛特中心的哪个村庄。"

"克劳迪娅，真是的……"汉普顿夫人喊道。

西尔维娅再也无法忍受。突然她感到一阵不适。椅子往后一推，手捂着肚子，庄重地说自己准备躺一会儿——她相信大家都会理解。

上楼梯时，她能听到汉普顿夫人在呵斥他们。

moon tiger

第十二章

"谢谢，"克劳迪娅说。"真好看，很贵重吧。我看是在福特纳姆①买的。要不就放桌上吧。待会儿负责花卉的值班护士会照料的。"

　　她把头倚靠在枕头上。面前摆了块倾斜的板子，手上拿着纸和笔。

　　"你在写东西啊。"贾斯珀说。他在床边的椅子上坐了下来，椅子吱吱嘎嘎一阵作响。如今，贾斯珀已经是个响当当的人物。"在写什么呀?"

　　"一本书。"

　　他笑一笑。对此如此包涵? 难以置信? "关于什么的呢?"

　　"世界史，"克劳迪娅回答。她偷偷看了他一眼。"自命不凡，呃?"

---

① 福特纳姆，伦敦知名的高级消费百货商店，创建于 1707 年，以食品杂货店发家。

"不不，一点也不，"贾斯珀说。"我非常期待读到这本书。"

克劳迪娅呵呵一笑。"我有种种理由表示怀疑。"一阵沉默。她补充说："就算他们说我命不久矣，我也宁愿忙碌一点。"

贾斯珀做了个否定的手势："别胡说，克劳迪娅。"

"好吧，那我们就等着瞧吧。或者，八成是，你会看到的。这么说来……我猜想，你还在不惜血本忙着歪曲事实咯。六集的《耶稣传》，对吧？中间还插播商业广告。"

贾斯珀吸了口气，欲言又止。又再次开口。

"克劳迪娅，现在时间和场合都不合适。别吵了，行吗？我是来看望你的，不是来和你唇枪舌剑的。"

"随你的便，"克劳迪娅说。"我觉得吵吵架或许是个好疗法。他们跟我说，我现在比以前更开心了。我一直都喜欢跟你唇枪舌剑，难道你不也是吗？"

他笑了——笑得那么抚慰人心，摄人心魄。"亲爱的，我从未后悔过什么，尤其是与你共度的时光。"

"啊哈，"克劳迪娅直直地盯着他。"好吧，这点我赞同。后悔毫无意义，世上没有后悔药。只有道貌岸然的人才会捶胸顿足。想喝茶吗？想喝，就按一下那个铃。"

我想，正是因为我领悟到了一种兼容性，我才会对历史事实的开发者迷恋不已。政治冒险家——铁托、拿破仑、中世纪教皇、十字军、殖民者。我并不喜欢这些人，却情不自禁地观察他们。我一向对商人和移民很感兴趣——这些无畏又无情的机会主义者潜入政治和外交造成的裂缝、间隙和沟渠中。我对香料贸易、毛皮交易和东印度公司颇有微词，却忍不住对其兴致盎然。在16、17和18世纪，一些人恶念丛生、狡猾奸诈、缺乏道德、顽固不化，在爆发公共事件后铤而走险，大肥私囊，对所有这些家伙我也很感兴趣。

贪婪是一种很有趣的品质。贾斯珀很贪婪，他需要钱——不仅是因为钱可以买到东西，而是纯粹就想拥有它：纸上的数字而已。他对银行结单和股权的贪婪，相比伊丽莎白时期的商人对肉桂、丁香、肉豆蔻干皮、肉豆蔻以及可能储藏在地板下的金条的贪婪更难理解。如今，由于谁也不比银行结单或钱包里的小塑料卡距离那些看得见摸得着的财富更近了，因此，报纸上刊载的宝藏故事——犁地时挖出贮藏的钱币、索伦特海峡①底下有成箱的达布隆币②——引发了原始本能。一想到黄金白银，我们都会垂涎三尺，而面对过往的担忧，还会训诫说教，想让贪念显得体面不凡。荒谬透顶啊。人们感兴趣的不是盎格鲁－撒克逊人或中世纪水手——而是钱、现金、金币、西班牙古银币、英国金镑③、金银锭块，那些你摸得着、数得清、沉甸甸、可以藏在床下的东西。

贾斯珀利用战争大展宏图。他确保自己绝不陷入险境或遭遇

---

① 索伦特海峡，位于英格兰主岛和怀特岛之间，是两地间船只航行必由之路。

② 达布隆币，古西班牙金币。

③ 英国金镑，又称索维林，19世纪初期至"一战"结束，在英国本土及其殖民地流通的面值为一英镑的金币。

重重麻烦，而是趁机开始发展事业。他顺势而为，将同辈人抛之于后，我敢说，他为胜利贡献了他的一切力量。当然了，贾斯珀是个爱国者，他以自己的方式爱国。

很可能有人会问，既然我这样说贾斯珀，为什么当初仍要跟他搞在一起呢？性的选择何曾是理性的或出于私利考量的呢？贾斯珀的床上功夫了得，令我心情愉悦。等到他做了丽莎的父亲，我们就永远绑在一起了。好歹都绑在一起了。

"我要离开外交部了。"贾斯珀说。

他们正驾车穿越诺曼底。克劳迪娅觉得，眼前的景观无疑是虚幻的，是他们一起梦见了法国风情，梦见了农场、奶牛和苹果，梦见了过去，梦见了世界本该有的面貌而非真正的景致。这肯定是虚构的，但此时此刻，我确实坐在贾斯珀那辆不太新的捷豹里，与此同时，景色从窗边掠过：中世纪的风格、馥郁的芳香，连同城堡、加油站、拖拉机和老雪铁龙全都用丝线穿在一起。"真的吗？为什么？"

"他们提议我去雅加达。"

"哇哦。去担任大使吧，我觉得？"

"不是大使。"贾斯珀说着超过了一辆农用车和一辆卡车，把捷豹瞄准了一条杨树大道；右侧一座装有罗马式大门的教堂飞奔而过，左侧则是一块巨大的法国茴香酒广告牌。

克劳迪娅笑了。"我知道雅加达的商务部长你是干不了的。你最近得罪外交部的哪方神仙了？"

"亲爱的,事情不是这样的。总有一个过程嘛。艰难的过程,我还没准备好上阵呢。"

"明白。那你要干什么呢?"

"我在——考虑好多事情呢。可能会加入电视行业。也许会给《泰晤士报》写专栏。也有可能入职北约。"

"哦,"克劳迪娅说,"北约。难怪我们来这里。"

"也不完全如此,"他的手从方向盘拿开,捏了捏她的膝盖。"这也是给我借口和你一起旅行,我还嫌不够呢。我们好像到了。"

他将车驶离主干道,穿过宽阔的大门,开入一条车道,车道两侧绿树成荫。砾石从车轱辘儿里喷溅出来。门口有块指示牌,分别用法语、英语和德语写着什么城堡会议中心的字样,字写得极为素雅,克劳迪娅只瞥了一眼。

"我们到那儿时,你到底是什么身份呢?"

"我是个观察家,在给《旁观者》写文章。"

"那我呢?"

"你是我的秘书。"

"不,我才不是呢,"克劳迪娅说。"你现在就可以停车了。"她打开车门。捷豹车来了个急转弯,慢慢减速。

贾斯珀伸手去拉她,"别犯傻了。把门关上。我开玩笑的。怎么?我得帮你找个身份,对吧?朋友?情人?"

现在车停了下来,克劳迪娅半个身子挂在车外。他搂着她。

"难道我没名字吗?"克劳迪娅怒气冲冲地说。"放开我。"

他用力往里拽，她用力往外挣。突然，他从后视镜瞥见后面那辆车上的司机和乘客正饶有兴趣地看着他们。他把克劳迪娅一把拉回座位，砰地关上车门，猛地开动汽车，这才彻底让她听话。"亲爱的，你这是在无理取闹。以什么身份有关系吗？我们是来这儿找乐子的，仅此而已。"

　　"呃，我现在可乐不起来。"克劳迪娅说，不过他发现（他快速瞥了一眼）克劳迪娅情绪已骤然一变，逐渐平复。的的确确，她突然安静了下来，注意力好像全集中在大路拐弯后映入眼帘的城堡上了。城堡非常漂亮，有一条护城河，河里长着睡莲，天鹅嬉戏其间，还有许多光泽照人的公务车停在前面的砾石坝上。贾斯珀突感精神抖擞；眼前的司机、制服、内部专用车、国旗和权力机关把他带回了战争岁月，因为他曾置身其中。也许，北约的工作确实是个好的选择。大家都说，北约里面有些很不错的非特定性高级职位，入了职就可以东闯西荡，往往能搞出点蛮有意思的名堂。如果他铁了心去做，肯定能占有一席之地。他开始思索回伦敦后要找哪些人拉拉关系。这是个让自己在别的有影响力的圈子里扬名的绝佳机会——谨言慎行地炫耀自己的过往履历，以四种语言谈笑风生。想到这一前景，他就激动不已。他会忙得不可开交。或许他压根儿就不该把克劳迪娅带过来。除非克劳迪娅可资利用，但前提是她并不执拗。人们注意到了克劳迪娅，注意到了他与克劳迪娅的关系；这让男人羡慕嫉妒，让女人印象深刻。

　　这座城堡不像是出自于路易十三，倒是像从迪士尼世界来的。他们一边走近城堡那可笑的胡椒瓶状小塔楼、干净的奶油色墙壁和那养了睡莲的护城河，克劳迪娅一边端详这座城堡——他们爬上石梯去找房间时，她还在观摩。城堡内有几个大客厅，铺着华丽的地毯，发出回声的餐厅里挂着古代武器，每间卧室都有一个带淋浴和坐浴盆的浴室。她把箱子扔到床上，透过有竖框的窗户向外凝望：一只天鹅带着几只小天鹅在护城河上巡游。

"亲爱的，还行吗？"贾斯珀说。"这地方不错吧？我先下楼去核对几件事，你准备好了就下楼去见我。"

克劳迪娅拿起一直摆在梳妆台上的小册子，读了起来。已有四百年历史的罗克维尔公爵之家，现被改建为罗克维尔会议中心（尽量不破坏其历史风貌）。她得知罗克维尔是战后世界问题研究中心，主要举办由学术、军事、外交和政界专家出席的会议。小册子的措辞既夸张又暧昧：它暗示自己得到了强大的国际支持，企图借由经济学术语发出某种温和的恐吓，而且还大谈特谈和平、理解和人类希望。自 1948 年罗克维尔中心启用以来，到访的贵宾包括温斯顿·丘吉尔、约翰·福斯特·杜勒斯①、戴高乐将军、约翰·肯尼斯·加尔布雷斯②教授和达格·哈马舍尔德③。

---

① 约翰·福斯特·杜勒斯（1888—1959），美国政治家，"二战"结束前协助起草了联合国宪章，后任联合国大会代表。1953—1959 年期间担任美国国务卿。

② 约翰·肯尼斯·加尔布雷斯（1908—2006），生于加拿大安大略省，苏格兰裔美国经济学家、制度经济学家。

③ 达格·哈马舍尔德（1905—1961），瑞典外交家、作家，从 1953 年 4 月到逝世前，一直担任联合国秘书长。

克劳迪娅换好衣服，走下石阶。本周来自不同领域的专家此时已聚集在主接待室，在一盏盏水晶吊灯和波浪形壁画天花板下喝着午餐前的开胃酒，画中，小天使们拉着身穿便装的女人，踏在粉扑扑的云朵上。她在入口处站了一会儿，首入眼帘的是天花板和造型纤细的金边家具，然后是各位专家：有穿军服的军官（军装的衔级很高，只是偶尔才会在那上面佩戴绶带或简洁的徽章），有穿花呢衣服的学者，还有穿细条纹西服的政治家和外交家。现场没有多少女人——只有几位衣着保守的女学究、几个在房间边缘处不声不响地徘徊的貌似文秘的女孩、一个有名的意大利女政治家，以及一名行政人员，此刻她带着女主人似的微笑走上前来。克劳迪娅优雅地侧移一步，混进了人群中，来到房间的另一头，想走向贾斯珀，她可以看见贾斯珀此时和几位穿制服的美国人在一起。她故意朝窗户走去，来到一个正在观望天花板的孤零零的男人身旁。

"太不合适了。"克劳迪娅说。她从托盘上拿了一杯酒。

"恰恰相反，"那人说。"是我们不合时宜。这里先有壁画，再有我们。"

克劳迪娅愈加仔细地打量着他。他相貌平平，个子矮小，留着牙刷式的胡子，是那种在人群中很不起眼的人。难怪没人跟他聊天呢。"你说得对。不协调，我本应该那么说。"

那人把饮料放了回去，从正要撤离的托盘里又拿一杯。"请问您是谁呀？"

克劳迪娅面露愠色。然而他身上的某种特质吸引了她。他的问题直截了当，并不粗鲁，而克劳迪娅也认可这一点。她把自己的名字告诉他。

"我读过您的书。写铁托的。"

克劳迪娅两眼发光。她很虚荣（哦，虚荣得不得了），目前还没有什么名气，非常渴望得到别人的赞许。于是她全神贯注于和他的谈话，完全无视了那闹哄哄的房间、一个个小天使和身着便装的女人们。她现在意识到，他的外表颇具欺骗性；他有坚定不移的意志。他也是一个惯于问问题、觅答案，然后告诉人们该怎么做的人。她询问了他的名字。

贾斯珀在烟雾弥漫的房间里聊得很晚。他和两个美国人、一个英国人、一个意大利人及一个比利时人分享了一瓶威士忌，这些人全都是有头有脸的人物，人脉甚广。他觉得自己给他们留下了好印象。最后，他们起身走了，留下空酒杯、满是烟蒂的烟灰缸和皮革扶手椅，这时他感觉很好，真的很好。他想要找到克劳迪娅，她之前消失了。他看见她在用晚餐时与某个家伙（那小子看上去缺乏雄性魅力，毫无威胁，所以他可以温厚一笑）津津有味地在交谈，但后来他赶上她时，她喃喃地说要早点上床睡觉。

工作了一天的贾斯珀，踉踉跄跄地沿着城堡宽阔的通道走着。

克劳迪娅躺在床上，开着灯，手握一本书。这本书只是个幌子，虚晃一枪而已。随即她就让其从手中滑落。她躺在这个陌生的房间里，隐隐作痛。她的身心都在号叫。那些平常给她一概压抑的东西全都生机勃发。一想到汤姆，她就痛哭流涕。他从未被遗忘，只不过大部分时候她对他的感情都处于休眠之中；它只是静静地躺着，等候时机。然后，总会有什么东西让它突然迸发而出，她的思绪回到了十年前，回到了那个开罗的夏天，回到它一幕幕最初的真相中。

她本不该让自己谈论战争。她本不该让自己被美酒、奉承、提问以及恣意吹嘘自我的诱惑给卸下警惕的。

而现在，敲门的只能是贾斯珀。她浑身僵硬了。今晚，贾斯珀的身体，将是一种冒犯。任何一具男人的身体都将是对她的冒犯。除了汤姆。而汤姆已死了。已死了十年。

贾斯珀进来了。他穿着睡衣。"我怕你睡着了。我跟某些人聊了聊天。很抱歉把你抛在了一边，亲爱的。我在晚宴上被那个北约将军缠住了。那个和你交谈的人是谁？"

"一个男的。"克劳迪娅盯着天花板说。

此刻，贾斯珀已脱下睡袍，在拉开被单。

"不，"克劳迪娅说。"对不起，贾斯珀——今晚不行。"

"怎么了？你遇到倒霉事了？"

"是的。"克劳迪娅说。要真是那样，事情就简单多了。

贾斯珀继续往上床躺。"我不介意。"

"可我介意，"克劳迪娅说。"别碰我，贾斯珀，求你了。"

贾斯珀正准备提出异议，然后突然又屈从了；喝了威士忌后，他的头昏昏沉沉的，欲望开始消退。他打了个哈欠："好吧，亲爱的，我明白。明早见。我必须说，来这儿真是太值得了。我想我也许办成了一两件事。"

"真的?"克劳迪娅说，看也没看他。

可是，说实在的，是我办成了件事儿。而且完全是无心插柳柳成荫。汉密尔顿——籍籍无名的汉密尔顿，贾斯珀看了一眼就没把他放在眼里，整个周末都没跟他说过一句话——是一家报社的老板。那个时候他并不是舰队街①光彩照人的人物。他虽然沉默寡言，但非常精明强悍，一副平平常常的样子，到处走动也可以不被人认出。因此贾斯珀未能拍上他的马屁。

汉密尔顿说："你现在打算干什么?"此前我聊起过埃及，而他也读过我写的一些报道。我告诉他我要写历史书。他说："你不打算写更多的战争报道了?今后几年应该有可观的材料供你报道。"我说我绝不想再看到战争了;我还说我不想当记者。"可惜了，"汉密尔顿说。"我本来打算给你一份工作的呢。"

经常给我写信，他说。你想写就给我写吧。喜欢什么就写什么，喜欢骂什么就骂什么。什么都行。引一场辩论呀。抛出个想法呀。挑起个话头呀。你可以的，我知道。

当我的第一篇文章刊登出来时——对某位顶尖历史学家新作的抨击——贾斯珀大吃一惊。而且他也觉得被抢了风头。我的名字用大字体赫然印在一份优质的全国性报纸的中间版面上。他问

---

① 舰队街，位于伦敦中心的街道，曾是英国全国性报社所在地，泛指英国报界。

我，是怎么做到的？当时贾斯珀自己也在从事新闻工作。"汉密尔顿让我写的。"我说。"你到底是怎么认识汉密尔顿的？""哦，"我随口说道，"我是那个周末在罗克维尔碰见他的。就是在晚餐时和我说话的那个人，记得吗？"

贾斯珀未曾在北约谋得一份工作。他终于醒悟，这条路也许通往权力，但绝非通往财富。他投机取巧，染指电视行业，继而挤进一家商业银行的董事会，开始大肆宣传自己。他很嫉妒我的成功。像贾斯珀这样的男人并不真正喜欢我这样的女人。他们被她们迷住了，不得不和她们交往，但他们真正喜好的是顺从和谄媚。贾斯珀应该有个像西尔维娅一样的女人。

贾斯珀就按下不提了。然而，颇具讽刺意味的是，竟然是贾斯珀无意中为我提供了一个公共讲坛，并因此间接导致了另一件大事的发生。其时，贾斯珀和汉密尔顿都不是那次奇异游览的中心焦点，而是某种完全不同的东西——那地方本身，以及在那个特定时刻，它似乎是历史幻象的一种现实表现形式。我在那里经受了最强烈的愤慨。我躺在床上哀悼汤姆，但在白天的时候，我听着肥头大耳、扬扬自得的男男女女设计未来和篡改历史，我就义愤填膺。现在，我会讥讽地一笑。而当时，年轻——嗯，相对比较年轻——我想用他们自己的蓝图、统计数字和评价来回击他们。那城堡，本身就像一部电影一样虚假，似乎在嘲弄自己的过去，就像客厅天花板上的小天使和荡妇一样轻浮。历史杂乱无章，我想朝他们嘶吼——死亡、凌乱和挥霍。你们在这儿坐享其利，沙上作画。

moon tiger

第十三章

"您睡得还好吗?"护士问道。

"不怎么样,"克劳迪娅说。"做了个噩梦。现在想起来了,我梦到自己出现在 16 世纪初一个可怕的场景中。西班牙人逃离阿兹特克首都特诺奇蒂特兰。"

"天哪!"护士轻叹一声,抖了抖枕头。"我把床头靠背给您摇上来,好吗?"

"沿着那堤道。马蹄在石板路上嘚嘚作响。乱箭。尖叫。鲜血,刀剑,滑膛枪在扫射。硝烟。叫喊声。水面上挤满了船只,黑压压的一片。印第安人从船里冲出来,人流一浪又一浪地涌到堤道上。马上的人被纷纷拽下,直接滚进水里,印第安人立刻扑向他们。飞箭像雨点一样砸下。噪音贯耳不休。"

"听上去就像电影一样,"护士说。"您讲得绘声绘色。"

"现在听着当然挺有趣,"克劳迪娅说,"可是,我向你保证,那绝对比电影要真实得多。我在梦中也吓得浑身冒汗,连连尖叫。这个噩梦奇怪的是——显然我不能理解自己的潜意识有这样的反应——开始的画面是泰晤士河。伦敦桥。还有很多建筑——那些摇摇欲坠的悬臂式小房子——桥下是成片的驳船和其他船只，密密麻麻几乎覆盖了整个水面。显然是我以前见过的一幅画中的景象，却又忘记了，除非是我脑海中的想象。"

"梦都挺有趣的，"护士说。"我以前……"

"在伦敦的那个梦境中，我是一位旁观者，以宽厚的目光洞悉一切，而在墨西哥的那场梦里，我成了参与者。我随时有可能被划伤、击碎、撕裂、刺穿、钉死。我拼死决斗。可是，我究竟是个西班牙人，还是阿兹特克人呢？"

听够了的护士把床头摇高几英寸，收拾好床单和枕套，走出房间。

我是出于疑惑才写了那本有关墨西哥的书的。埃尔南·科尔特斯的事迹不可能是真实的。不可能有这样一个人，既英勇无畏、魅力超凡，又固执顽强、看似坚不可摧。怎么会有人如此贪婪，狂热又毫无想象力，带领寥寥数百人攻入一个陌生大陆，就为了俘虏当地人的首领，而且居然还是在自己的首都？更何况，他对当地地形毫不知晓，遍布此地的土著又热衷于屠杀外族人来献祭。然而他成功了。接着，当局势扭转，科尔特斯被驱逐，他又开始倾力建造十三艘战船，翻山越岭一百四十英里把它们运回当地，因为要对付这样一个湖中之城唯一的办法就是依靠强大的船舶。他又成功了。一个被迫这样做的人是英雄，还是疯子？

普雷斯科特①1843 年在波士顿回顾这段历史时，将科尔特斯

---

① 普雷斯科特（1796—1859），美国著名历史学家。

视为那个时代的真实写照，并且写了有关他的伟大历史。这一历史文本自然也是一个智慧开明、有所思考的 1843 年的美国人思想的真实写照。正如我的观点也是一位好争论、固执己见、独立的 1954 年的英国女性思想的写照。

难怪它总是萦绕在潜意识之中，浮现于梦里。这是前所未有的民族之间和文化之间的冲突之一，非比寻常。这也隐秘地暗示即将到来的世界：技术制胜。科尔特斯处于敌众我寡的劣势，五十对一、一百对一，甚至一千对一——但是，他有盔甲，有火药，有船只、火炮。更重要的是，他知道他拥有什么而阿兹特克人却没有。阿兹特克人从未见过马，因此，一开始他们以为这些骑在马上的西班牙人是半人半马的奇特神物。他们还以为西班牙人是刀枪不入的、永生的，所以为了助长这一信念，西班牙人在夜间悄悄地埋葬战死的同胞。科尔特斯不仅有技术，而且还拥有普雷斯科特所谓的微弱的理性之光。这束光之所以微弱，是因为 1520 年的理性之力还很薄弱？还是因为它所对抗的东西太过顽固？不管是哪种情形，对于阿兹特克人来说，它肯定绰绰有余了。军队、城邦、整个古代脆弱的社会结构都将在这数百个偏执又贪婪的冒险者面前土崩瓦解。文明就这样降临于墨西哥。

这场胜利，从某种意义上说，是一种神话战胜另一种神话。为了天天顺遂，阳光继续普照，阿兹特克人——普雷斯科特所谓的"未开化的野蛮人"——就势必得应对要求他们不断绥靖的诸神。西班牙的神也要求他们献祭：不断扩张皈依者的帝国，再加上在世间行善，那是走向永生的通行证。人人自危。耐人寻味的是，虽然阿兹特克人献祭诸神的方式是挖出战俘体内怦怦跳动的心脏，他们却被西班牙人对僭越者施以火刑大为震惊。显而易见，残不残酷，旁观者看得最清。

我的书大获成功，上了畅销书排行榜。许多记者来采访我。一位著名学者在《泰晤士报文学副刊》上抨击我，却反而为我带来了莫大的声誉。两年后，一位电影制片人打电话给我。我听着他的话，几乎怀疑自己的耳朵，惊讶程度不亚于我第一次阅读科尔特斯的事迹。放下听筒后，我放声大笑。

"我严重怀疑这些羽毛，"克劳迪娅说。"在我看来，它们有些挺像鸵鸟毛。可是中美洲没有鸵鸟呀！"

"仔细看看吧，"制片人对剧务说。"不过，整体效果怎么样？很有力量，是不是？"

"整体效果……棒极了。"

确实如此。在这个西班牙山谷中集结了蒙特祖玛①和科尔特斯两支军队。背景里的群山和西班牙小村庄错落的屋顶当然不会被拍进镜头，同样在镜头之外的还有一根根沿路的电线杆、一辆辆停在路边的汽车和三辆大型餐饮车。拍摄前景是科尔特斯的部队，铠甲闪闪发光，马具闪动，马蹄嘚嘚作响，还有一大群阿兹

---

① 蒙特祖玛，即蒙特祖玛二世（1466—约1520），墨西哥阿兹特克的第九代皇帝。科尔特斯入侵阿兹特克帝国时，阿兹特克人误以为他是传说中的羽蛇神，因此他受到了蒙特祖玛二世的欢迎。后来他用狡诈手段控制了阿兹特克人的首都特诺奇蒂特兰城，并把蒙特祖玛二世监禁了起来。

特克游牧民，戴着鲜艳的羽毛头饰，身着绗缝长袍，脚蹬金饰靴子，披着仿制羽毛斗篷。当然，剧组减少了游牧民的实际数量，以图拍摄方便；当然，研究者援引的四万人在拍摄现场只有区区一百多人；这些临时演员现在正趁着没完没了的拍摄休息间隙闲坐一边，抽着烟，喝着可乐。扮演蒙特祖玛的演员此刻正在自己的房车内定妆。克劳迪娅昨天与他在托莱多一家餐厅共进了晚餐，他有委内瑞拉血统，浑身上下散发着强烈的性欲和不可思议的愚蠢。用餐期间，克劳迪娅使出浑身解数，想跟他切磋思想，结果得出结论，此人绝不能被看作是人类，只是披着俊美外表、被赋予有限语言能力和理性外衣的动物而已。

克劳迪娅的大名将以历史顾问的身份出现在电影的演职员名单中。对此，她还深思熟虑了约十分钟之久，到底要不要接受这份安排。最终，好奇心和贪婪占了上风。电影公司因为标上了她那极有身价和受人尊敬的名字（再加上那一点同样值得尊敬的象征性意见）要付给她一大笔诱人的酬劳，她舍不得放弃这笔钱；更何况，这也许蛮有趣的——至少是件与众不同的事。四十六岁的克劳迪娅焦躁不安。甚至比以往有过之而无不及。

导演此时正通过扩音器冲着临时演员大喊大叫。于是，他们掐灭烟头，调整好羽毛装饰；"蒙特祖玛"和"科尔特斯"也各自从房车里走了出来。

"他们要再来一遍对阵的场景，"制片人说。"之前拍的那个镜头里马匹出了点问题。"

"我猜你应该知道他们实际在战争里从未相遇过吧？"克劳迪

娅说。

制片人看了她一眼。"呃，我们要变通一下嘛，是吧？另外，你也给我大上了一课关于历史依据是充满争议的。那么这是一个有争论的根据。场面看起来不错，是吧？"

这个被选作"战场"的贫瘠山谷到处都是灌木丛，杂草丛生，"科尔特斯"正骑着马朝着这个战场行进，他身材矮胖，带着那张众人一眼就能认出来的脸。人们曾见过他在驱逐舰的轮舵后方从油布雨衣里往外窥视，或是头戴软毡帽、身着束带雨衣潜藏在路灯下，在边陲小镇开枪决斗——本世纪的国际密码，既人人皆知又无人知晓。克劳迪娅方才碰到他，心里有种奇异的感觉，好像他伸出的手是用纸板做的；触碰到普通而温热的肉体令人局促不安。

军队已部署完毕；它们列队、绕圈、彼此冲撞；在骚动和叫喊声中，只见矮胖的科尔特斯起起伏伏；蒙特祖玛逃跑了；载有摄像机和狂乱摄影师的工作车一圈一圈地绕行。风吹着克劳迪娅的秀发，阳光照着她的双眼。她兴致勃勃又难以置信地看着这一切。克劳迪娅不是在怀疑阿兹特克人戴的羽毛真实与否，或是战士们的装扮干净利索，或是扩音器和内燃机发出的声音，而是在怀疑别的一些事情。她无法相信自己参与了这场昂贵的伪装扮演游戏。她既感到好笑又觉得作呕。她想起那些可怜的真正的墨西哥人和西班牙人，他们提供了故事素材，却被包括她自己在内的众人分了羹。

几年后，在梅登黑德的一次早餐上，当我抨击贾斯珀他对历史的诽谤时，他就想拿这一点来向我兴师问罪。我以旁观者自居，来为自己辩护，仅此而已。呃，是的；一定程度上是的。一针见血，贾斯珀。

我这本关于墨西哥的书，是一部审慎而不乏争议的叙事史。它讲述故事。在我的这部世界史中，将以不同的方式审视泰兹库科的陨落。

或者，也许不是审视，而是聆听——用我们业已失传的一种西班牙方言和我们一无所知的诸多印第安语来讲述，伴随着拉丁弥撒曲的吟唱以及那另一骇人听闻的信条所承载的无以复返的仪式，那一信条需要人日复一日地用鲜血来祭祀。是的，就应该那样做。人们可以在脑海里浮现种种情景，却很难捕捉声音。而我的读者，此时将会听到——将会成为听众。他们会听到科尔特斯向内陆远征的步伐，听到雨声、风声、诅咒和抱怨。他们会听到波波卡特佩特火山可怕的嘶嘶声，而西班牙人朝着它弥漫的烟雾行进，逐渐被浓雾吞噬——他们偏偏用光了造火药的硫黄。他们会听到乔卢拉大屠杀①的声音，那时西班牙人一怒之下干掉了三千名印第安人——或许是六千，或许更多，这儿我们又碰上证据不一的小问题，但无论是多少人，那嘈杂的声音大致相同。他们将听到阿兹特克的伊斯塔帕拉潘城的丛林之声，鸟儿在鸟舍叽叽

①　乔卢拉大屠杀，1519 年，科尔特斯率部在墨西哥南部城市乔卢拉进行的一次大屠杀。

喳喳，蜂鸟在低沉地咕噜，芬芳的灌木丛中采蜜为生的蜜蜂在嗡嗡，爬满花架的藤蔓植物的飒飒声，还有园丁扫帚掠过小径的沙沙响。[①] 他们也将听到蒙特祖玛对科尔特斯的欢迎，以及科尔特斯对友谊和尊重的感怀。他们将听到西班牙人堆积如山的金银财宝叮当作响的声音——有项圈、项链、手镯和其他饰品，有各种酒器和盛装食物的大浅盘。他们将听到西班牙人饶有兴致地谈论这些物品的工艺、重量和可能的价值。他们将听到科尔特斯书写报告时笔尖在羊皮纸上的沙沙声，也许甚至还能听到身在马德里的查尔斯五世的喃喃自问，他在疑惑自己是掌控了整个新世界，还是只是新世界的一部分，若是后者，那么他还嫌不够。最后，他们将听到整个人类一致的哀号——西班牙人、印第安人，男人、女人和孩童——他们死去，是因为他们不幸处在历史戏剧性的时刻。

当然，你也许会问，要不是我写了一部历史书，那个历史时刻和我克劳迪娅又有什么关系呢？只不过是在早有数百万字叙述的宏大历史中再添加一些文字罢了。你也许还会问，我是如何打破时间顺序，将其融入到我自己过去的那微不足道的七十六年之中的？

其实，和其他所有事一样：它扩大了我的视野，将我从自身经验的牢笼中解放出来，但又在那经验中发出回响。

---

① 阿兹特克人对植物特别有研究，帝国内建有四个著名的植物园，其中一个在伊斯塔帕拉潘。

皮革的味道。克劳迪娅和"科尔特斯"坐在私人轿车里，车内的坐垫散发着昂贵的气味。身材矮胖的"科尔特斯"。现在，他没有穿戴盔甲，而是身着便服，是那种 20 世纪中期有钱演员的穿着，不过还是不能掩盖他那矮胖的身材。詹姆斯·卡克斯顿已年近五十，但在必要的时候，在一位好摄影师的镜头下，他可以年轻十岁甚或十五岁。他其实不是真的胖，看上去皮肤紧致而有光泽。他的衬衫、裤子和海军蓝上装都剪裁巧妙，将他的身材衬托得比实际的要轻盈一些。他小心翼翼地保持自己的形象。他未上妆的脸有一种相当奇异的质感——它仍然像是有人在上面画了眼线和抹了脂膏；略微晒黑的肤色显得不是很自然，眉毛和睫毛过于清晰分明。他有一副深沉摄人的男低音嗓音，这嗓音能令其他所有人停止讲话，仿佛他所说的每一句话都意义非凡。事实上，正如克劳迪娅渐渐察觉到的那样，但他是个极其乏味的人。他很少说意义非凡的话语；仅仅是他的声音催人神志迷乱罢了。此时此刻，他正在谈论风景。

"我爱山峦。"

"哦。"克劳迪娅说。除此之外，还能说什么呢？

"感谢上帝，他们当时没有决定在墨西哥拍摄。那里的气候太可怕了。海滨倒还可以。我曾在阿卡普尔科度假。海滩棒极了。"

克劳迪娅考虑要不要仍以"哦"回应他。这时，司机一个急转弯，窗外的景色迅速掠过。于是她问詹姆斯·卡克斯顿是否游览过哪个阿兹特克遗址——金字塔呀，庙宇呀。

詹姆斯·卡克斯顿沉思片刻。他觉得没去过。但不是绝对肯定。有可能去过吧。毕竟他去过许多地方。

不过，人们几乎不可能没见过那些金字塔或庙宇吧，克劳迪娅想。算了。她暂时聊了一会儿哥伦布前的雕塑。这个可怜的男明星深感无聊，不过话说回来，尽管他拍过美国好莱坞、英国松林制片厂和意大利电影城电影制片厂的各种电影，他是个地地道道的英国绅士，知道在女士面前该如何举止得体，于是他在自己那张家喻户晓的脸上露出一副颇感兴趣的神情，听她慢慢讲完。然后，作为回击，他开始讲述自己那段在埃及拍摄拿破仑电影的冗长故事（克劳迪娅可以勾起一丝联想，尽管这个故事里实际上没有金字塔也没有庙宇）。他演过拿破仑，演过弗朗西斯·德雷克、马克·安东尼，还有拜伦。在他的脑海里，这些人物各不相干，却全都混在一起，变成一幅斑斓的马赛克拼图，除了一个个独立的戏剧性片段，与其他任何事无关。拿破仑和约瑟芬搞在了一起，在一场场战役中所向披靡。德雷克与伊丽莎白关系棘手复杂，并操着一口德文郡口音。事实上，他显然对于历史年代领悟极差。他会将拿破仑与 19 世纪挂钩，却不太清楚他是哪一年去世的。年代日期对他来说毫无意义，因为他根本无法将它们联系起来。克劳迪娅欣欣地意识到，坐在这里的是一个在时间中随波逐流的人——一个历史文盲。他是从何练就这份纯粹的无知呢？狡猾的克劳迪娅做了刺探（这其实并不难，因为她正在请他谈论他最感兴趣的话题——他自己）。原来，他曾接受私教，或者确切地说，几乎根本没受过教育，因为他纯粹得如同稚子。难怪导演们都觉得他是个圆通的演员，非常可塑。一个人，没受制约就不会有成见。

　　他瞥了一眼手表。"迈克要着急了。我们今天下午要拍宴会的戏。开快一点吧，查理。"司机点了点头；车窗外的景色更快速地掠过。他们刚才在一个小镇吃午饭，离外景拍摄地有些远，因为上午没有詹姆斯·卡克斯顿的戏份，而且他已经吃厌了剧组食堂的饭菜。克劳迪娅就成了他的同伴，因为他和"蒙特祖玛"合不来（这显然是顺理成章的），他的女一号偏头痛犯了，而剧组其他成员也需要过一遍戏。这顿饭既丰盛又冗长；两人的交谈颇觉费力。至少在克劳迪娅看来，那都不能算作是交谈。不过，她意识到，对于卡克斯顿来说，那也许已是差强人意。他是个毫无好奇心的人。三天来，她几乎没有听到他向任何人问过一个个人问题。看来，这种孤立褊狭与其说是自负，倒不如说是长年受到他人强烈关注自己的一言一行所带来的弊端。

　　他显然对克劳迪娅很有好感。自从克劳迪娅第一天抵达剧组起，他就对她和蔼可亲，彬彬有礼。他对克劳迪娅历史顾问的身份印象深刻；她颇具威望。但是，克劳迪娅也不是那种他习以为常的女人。吃午饭时，他几乎变得好奇起来。

　　"是什么促使你开始从事这件事——写你的书的?"

　　"无知。自负。狂妄。当然，还有命运。战争期间我曾是一名战地记者。那经历让我不再想做有关当下的报道。"

　　卡克斯顿点了点头。"我那时在远东。在英国国家娱乐服务协会。不完全在前线，但有那么一两次挺危险的。我们所在的护运船队在离新加坡不远的海面上被鱼雷击中。我很庆幸自己能回家。"

"都一样，我和你好像都没有遭什么大罪。"

这句话引起他的不悦。他生硬地说："好吧，有可能……不管怎样，我一直坚信要既能享乐也能吃苦。"刹那间，他那无与伦比的嗓音给他的话语大大地增光添彩。

"很高明。"克劳迪娅说。

"你不是这样吗?"

"嗯，不是。也许更多的是性情使然，而非信仰吧。"

"女人嘛，"卡克斯顿说，"对于人生的起伏跌宕总是不那么达观。我妻子就……"

"当然咯，女人也是操纵这些跌宕起伏的人。"

他盯着她。"什么?"

"命运之神①，"克劳迪娅说，"在古老的希腊神话里就是女人。有三个女神。她们是命运之线的纺织者。"

"正如我刚才所说，我妻子……"

"还有复仇女神②。那残忍无情的返祖性的母性惩罚。而且还有缪斯女神③。事实上，我们拥有全部最好的角色。抱歉——你

---

① 指希腊神话中的命运三女神，她们掌管大地上所有人的命运。克洛托纺织生命之线，拉克西斯决定生命之线的长度，阿特洛波斯切断生命之线。
② 复仇女神，希腊神话中追捕并惩罚罪行严重者的三位女神。
③ 缪斯女神，希腊神话中掌管诗歌、音乐、舞蹈、历史及其他文艺科目的女神，数目有三之说，也有九之说。

刚才说你妻子怎么了？"

"我忘了我刚要说她什么了。你是一个很奇特的人，克劳迪娅。你不介意我那么说吧？"

"之前也有人这么说过。"

"我的意思是，也许是……与众不同。"

"说奇特可以的。"

话题焦点已经转向了克劳迪娅。他们俩都觉得不应该这样。"希腊，"卡克斯顿习惯性地接过别人的暗示，"是个美妙的国家。是我最喜欢常去的地方之一。你知道伊兹拉岛吗？"

克劳迪娅不知道，于是卡克斯顿开始向她滔滔不绝地讲述这块乏味的海中岩石，他说他想在上面买幢别墅。她想到了命运女神，想到她们正在纺织机上噼里啪啦地纺织命运之线，或者，如果她们也与时俱进的话，也许现在是台自动纺织机——不论以何种方式，她们噼里啪啦地向世间纺织出战争、饥饿、灾难以及上百万种随意平凡的巧合，比如就像她自己和这个平庸但又有名的男人之间的偶遇。

就这样，最终他们用完餐，走出餐厅，走进炎热又尘土飞扬的下午，坐上豪华轿车，准备翻山越岭回到山谷中的拍摄地。克劳迪娅坐在后排，陷在舒软的坐垫里，她闻到皮革的气味和坐在一旁的卡克斯顿身上那股隐隐的须后水的味道。聊着。听着。时不时地观赏车外不断后移的怡人景色。车子一路上不时地转弯，景色也一会儿向这儿后退，一会儿向那儿后退。卡克斯顿意识到时间紧迫，就催促司机加速。司机遵命，于是在下一个转角，车胎因急转发出刺耳的声音，而再到后面那个拐弯处时，他们俩一下子挤在了一起。卡克斯顿大叫一声"小心！"却是伴着一阵笑声，于是司机继续快速驾驶，载着他们一圈一圈绕下山。

一开始，她并不知道到底发生了什么。过了一会儿，车子平稳地开过一个弯口，而卡克斯顿在一旁说着斗牛的事儿——顷刻间，窗外的景色已不再怡人，而是在他们周围令人作呕地飞速旋转，仿佛树木和山体在肆意地旋转摇晃；克劳迪娅被前前后后地甩来甩去，突然车子撞了一下，"砰"的一声。随之，一片死寂。

她的意识从一片嗡嗡作响的深海回到这辆车上。车子侧滑在路的一边。司机俯身向前，悬在方向盘上，挡风玻璃碎了一地，引擎还在运转。克劳迪娅脑子里只有一个想法，就是必须关掉引擎——不然有火还有汽油，太危险了。此时，她早已忘了卡克斯顿，也不知道自己现在身处何地以及为什么在这里。她用力起身，往前座前倾，伸手去摸索司机的手臂。她找到了点火钥匙。此刻四周一片静谧。她打开车门，摇摇晃晃地走到路边。坐下。一切都是那么平静。伴着微风，蝉声嘶嘶，灌木沙沙作响。她没有感觉，脑子一片空白。她身体一侧隐隐作痛，但这似乎不要紧。她现在整个人都处在混沌状态，就这样坐在山石平台上，呆呆地盯着一小株开着宝石一样小花的植物。她抬起头，看到在头顶，天空那深蓝的背景里清晰地浮现出一只小鸟滑翔的身影。小鸟就停在那里，她可以看见它的翅膀散发出的光泽。一会儿，天空突然灰暗下来，小鸟的轮廓变得模糊起来；就在她昏迷之前，她看见它侧身飞走了，飞进了幽深的山谷中。

司机，死了。詹姆斯·卡克斯顿，颅脑骨裂，还断了一根锁骨和一只手臂，保险公司赔偿了上百万美元误工费。我，脑震荡，两根肋骨骨折。命运女神并不眷顾我，只是和我开了个不温不火的玩笑。《伦敦标准晚报》头版头条刊出——**"詹姆斯·卡克斯顿与女伴同行，遭遇车祸"**。贾斯珀，那时还仍与我断断续续地住在一起，在电话里说了各种各样的话，但并不全都表达体谅之情。我在马德里的医院里躺了一周。第五天，当戈登走进我的病房时，我放声大哭。

　　"如果我知道会有这样的结果，"他说，"我就不会来了。"他掏出一块手帕，小心翼翼地擦拭着克劳迪娅的眼睛。"来，鼻子……"

　　"哦，闭嘴。"克劳迪娅说。她一把推开他的手，狠狠地将手伸向床头柜，叫道："天啊……"

　　"那就不要乱动了。保持安静。不管怎样，你看起来不算糟糕。"

　　"你为什么会在这里？你不是在澳大利亚嘛。"

　　"西尔维娅告诉我的。我改签了航班。看在上帝的分儿上，克劳迪娅，别哭了。自从你六岁起我就没见你这么哭过。你这到底是怎么了？"

　　"这叫延迟性休克。它常发生在大难不死的人身上。你仔细一想，就会觉得那非常合理。"

　　"别那样说。"戈登说道。他在床边坐下，突然伸手握住了她的手。紧紧地握在手心。看着她。她感到他手掌很温暖，看着他的双眼，看到了眼中的某种东西，直到无法再接受它，便把目光移开。他已多年没有碰触她了，除了无意间。他们见面时也不亲吻问候。

他站起身，走到窗口。"景色一般。不过大概也不会影响到你休息。"

克劳迪娅躺在床上，看着他。她觉得，他比世上任何一个人都难以接近；越熟悉，就越疏离。

她坐在病床上，额头有一块淤青，没有化妆。她看起来不像是那个勇敢的、好争论的、一往无前的克劳迪娅，而是某个苍白的、心神不定的、长着克劳迪娅样子的鬼。而当他看见她哭的样子，那许久不见的亲近感又回来了，那是好多年以前了，那时只有他们两个人，那时他们都还未注意到周围世界的存在。有那么一瞬间，他以当年的眼神注视着她，她迎着他的目光也看着他。他们都不想回到旧日。他们默默地庆祝那永远不会湮没的东西。戈登站了起来，走到窗口，看见一条林荫大道，路两边是夹竹桃，一群人一窝蜂地拥入一辆花哨的黄色公交车，车身贴着雪茄和洗衣粉的广告。他突然想到，与其他人相比，克劳迪娅与他若即若离，而这并非他所期望的。

moon tiger

第十四章

我的身体记载了某些事情：如果解剖尸体，就会发现我生过一个孩子，断了几根肋骨，切除了阑尾。而其他小病小痛却没留下任何痕迹：麻疹、腮腺炎、疟疾、化脓和感染、咳嗽感冒、消化系统的闹腾。我年轻的时候，膝盖上多年来有一小块不显眼的皱巴巴的粉红色皮肤，那是戈登在莱姆里吉斯①把我推下悬崖（或者，他不承认自己这么做过）时留下的。我现在再也找不着这块疤了——身体也消除了那印记。与研究远古化石的考古学家相比，病理学家的所得也相差无几。我曾经读过一份出土报告，它以精准而客观的语言，描述一具盎格鲁－撒克逊女人的骷髅，被发现的时候，她面朝下躺在一个浅浅的墓穴中，脊椎上压着一块重石；从那扭曲的体态和石头摆放的样子可以看出她是被活埋的。透过寥寥数笔的文字与无声的尸骨和石块，那久远的苦痛和暴行咆哮而来。退一步说，如果诉诸想象，我的病理学家也许会

①　莱姆里吉斯，英格兰西南部多赛特郡的一个小镇。

一时想到我分娩时发出的阵阵呻吟，或者对那几根肋骨悬想臆测。

我的身体也记载了一段比较不带个人色彩的历史；它铭记爪哇人、南方古猿和早期哺乳动物以及飞的、爬的、游的奇特生物。也许，我十岁时对爬树的热情，还有在温暖的海水中漂浮的嗜好，就源自祖先。它和我有共同的记忆，我却无法理解这些记忆。它把我和蚯蚓、龙虾、狗、马、狐猴、长臂猿和黑猩猩联系在一起；因着神的恩典，我才成为人。我是一个狂热的不可知论者，当然，我认为这与上帝无关。

某种程度上，我的身体造就了我的人生。一个漂亮女子的一生与平凡女子的一生是截然不同的。我的头发、我的眼睛、我嘴巴的形状、胸部和大腿的轮廓都功不可没。大脑可能是独立的，人格却不是；八岁的时候我就知道人们认为我很漂亮——从那一刻起，我的人生之路便确立了。聪颖使我成了某种人，而才貌兼备将我打造成另一种人。这是自我评价，而不是沾沾自喜。

我从马德里的那家医院回来时，身上带着淤伤，银行账户比以往任何时候都要可观，我的心神也非常集中。这个世界令我震惊。我望着英吉利海峡绿莹莹的水，望着渡船上方盘旋的海鸥，望着栏杆上的斑斑铁锈和甲板躺椅的曲线，这些东西在我眼里俨然成了伟大的艺术。然而，在1942年的开罗，我对奔腾延绵的宇宙愤愤不平；就在那骇人的日子，我漫步在尼罗河畔，那么美丽的地方却令我大为不快——那生机、那色彩、那气味和声音、那棕榈树、那三桅小帆船，还有在冷峻的蓝天中不停盘旋的风筝。

如今，只剩我一人活着了，我就宽恕宇宙的冷漠吧。我是多么宽宏大量啊。也许你会说，这是权宜之计。

回到伦敦后，我派人去找丽莎，她和奶奶住在索特利。身为不称职的母亲，我很想做些弥补；我也想见见她。

克劳迪娅、贾斯珀和丽莎沿着伦敦动物园的一条宽阔的林荫大道走着。今天是丽莎的八岁生日。去动物园是丽莎的选择；供她选择的范围是整座城市——塔桥、杜莎夫人蜡像馆、巴特西游乐场、格林尼治游船之旅——她选择了动物园，部分原因是她发现贾斯珀一听到这建议就哆嗦了一下。平常，丽莎很少有权利。就这样，他们来到了这里；成了在动物园里游玩的众多家庭中的一家。谁知道会这样呢？克劳迪娅想。她看着其他结伴而行的游客，那些乍看上去循规蹈矩的男人、女人和孩子；她很好奇在这表象之下到底隐藏着其他怎样的故事。

丽莎想看熊、狮子和猴子。他们在狮馆待了很久；里面满是尖叫的孩子，克劳迪娅看到他们全都沉浸在原始的恐惧中。大猫们走来走去，或懒散地躺卧着。这气味真难闻呀。"现在我知道身处罗马斗兽场是什么感受了。"克劳迪娅说。"亲爱的，请问，狮子看够了吗？"于是丽莎只好半推半就地向前走，来到了熊馆，克劳迪娅陷入沉默。

"难道你不喜欢北极熊？"

"喜欢，"克劳迪娅说，"不过不是特别喜欢。"

"呃，我喜欢北极熊。"丽莎说。她倚着栏杆，盯着熊看。它神经质地来回摆动脑袋，从水泥窗台的一端走到另一端，发出啪啪的走路声，就像一个穿着绒拖鞋的老头。

贾斯珀打着哈欠。"午饭吃什么，亲爱的?"

"我还不想吃午饭呢，"丽莎说。"我现在想去看猴子。"

于是他们去看了猴子，一群棕色的猴子，关在户外的一个围场里，过着自由自在的生活。

"那家伙在干什么?"丽莎问。她看着贾斯珀。

"呃……"贾斯珀说。"我不太确定。"

"真的吗!?"克劳迪娅厉声说道。她鄙视地看了他一眼。"那是一只公猴，正在让母猴怀上宝宝。"

"怎么能呢?"丽莎问。

"是呀，怎么能呢?"贾斯珀问，同样兴致盎然。

克劳迪娅瞪着他。"它把你看得见的那个下面突出来的东西放进母猴体内，然后送入一粒种子。种子就会长成猴宝宝。"

贾斯珀转过身去，显然被这回答呛噎住了。

丽莎凝望着这两只猴子。"猴子妈妈会介意他那样趴在她身上吗?"

"好像并不介意。"克劳迪娅说。她生气地踹了贾斯珀一脚，而他竭力保持镇静。

"有一次我看见雷克斯跟农场的那条狗做那样的事。布兰斯科姆奶奶对它很生气。"

"可怜的老雷克斯。"贾斯珀说。

克劳迪娅深吸了一口气。她说："人也是那样生小宝宝的，你知道吗？一样的方式。"

丽莎转身盯着她。"就像那样吗?"

"是的，"克劳迪娅斩钉截铁地说。"就像那样。"

丽莎一一看着那两只猴子。"实在太恶心了。"她说。

"闭嘴，"克劳迪娅说。"她会看到的。那可不是闹着玩的。"

贾斯珀擦了擦眼睛。丽莎现在就在几码远的地方，聚精会神地看着猴子小王国里的一场决斗。"她越来越逗了。我该多看看她。"

"就因为她很逗?"克劳迪娅说。

今天克劳迪娅看上去很不错。她的前额依稀可见一块淡淡的淤伤，但她容光焕发，头发晶亮，体态匀称；她一如既往地引人注目，人们都乐于与她一起亮相。可惜啊，贾斯珀心想，这孩子长得与她如此不同。也不像他自己，唉。

他挽住克劳迪娅的胳膊。"无论如何，感谢上帝，你平平安安的。"

"贾斯珀，我要告诉你一件事。"

"你又怀孕了?"

"少开玩笑。丽莎回到索特利后，我希望咱们分开。"

他叹了口气。他想让她窥一窥他的俄罗斯灵魂，看看那里面有什么。

"亲爱的……由于某种缘故你在跟我怄气。如果是因为那个意大利女孩，那我向你保证一切都了结了。彻底了结了。在我眼里，她啥都不是。"

"我才不管那个意大利女孩呢。我只想自个儿待着。"

"自个儿和谁待着？"他松开她的胳膊。

"就我自个儿呗，没有别人。"

贾斯珀觉得自己怒火中烧。他低头看着她；她已从婉约而逗人的克劳迪娅摇身一变为令人疯狂又难缠的克劳迪娅。对他来说，现在没有她那可不行；在其他时候，或许可以。他宁肯自己定这份时间表。他说："亲爱的，为了孩子，我想我们应该换个时间理智地来讨论这个问题。"他们都看着丽莎，她显然是被猴子吸引住了。

那些猴宝宝——小小的猴宝宝——长着三色堇一样的脸和明亮的黑眼睛。她多么想要有一只，几乎难以抑制地想要。她想要一只只属于她自己的猴宝宝，想一直把它带在身边，让它的小手紧紧抓住自己，就像抓住猴妈妈一样。猴宝宝是她见过的最好的东西，比鸡宝宝好，比小狗小猫好，比任何东西都好。但并没有用——他们永远不会让你拥有一只猴宝宝。克劳迪娅会说"别犯傻了"，布兰斯科姆奶奶会说不，赫尔嘉会说不。

一只成年猴子正在吃坚果。它用牙齿先咬开坚果，然后用手指把壳剥开，就像人一样。它的坚果掉了；一只大龄猴宝宝企图抢走这枚坚果，成年猴子就对它发出吱吱的声音，把它赶走。然后，大龄猴宝宝全都玩起了追逐游戏，它们一圈又一圈地你追我赶。之前正在对猴妈妈做那件事的猴爸爸停了下来，在身上找跳蚤，就像雷克斯那样，只不过他用手指而不是用鼻子。丽莎看了看猴妈妈，看她是不是又要生孩子了，但她似乎没有；她只是蹲在岩石上，什么也不做。

丽莎想起克劳迪娅刚才说的话，那番关于人的话。她转身看着他们，看着克劳迪娅和贾斯珀。他们就在那里，仿佛一直都在那里，克劳迪娅和贾斯珀，她不叫他们妈妈和爸爸，因为克劳迪娅觉得这些称呼傻里傻气的。从前，她从克劳迪娅的肚子里钻了出来；她之所以知道这一点，是因为布兰斯科姆奶奶告诉过她，当时她正在花园里采摘玫瑰来装点房子，奶奶说那是她不应该谈论的事。如果布兰斯科姆奶奶知道克劳迪娅刚才说的话肯定会非常非常震惊和受伤的。

丽莎注视着克劳迪娅和贾斯珀。她又想起了克劳迪娅的话；她盯着他们，就像之前盯着猴子，但少了一份同情。

这些天丽莎来看我时，总是讲一些平平常常的琐事；她小心翼翼地保持着冷静。她跟我讲天气，讲男孩们的成绩单，讲她去看过的一出戏。她假装发生在我身上的事并没有发生，不过她也在避免争吵，因为你不会和我这样重病缠身的人争吵的。我觉得这一切很煎熬，但我知道也别无选择。丽莎不愿坦露自己的心迹；她完全可以这样想。我爱丽莎。一直以来我都以自己的方式爱她；问题是，她根本没有意识到这一点。我并不怪她；她想要一个不一样的母亲。起码我能做的就是让她觉得我现在的所作所为挺得体的。而所谓得体就在于不说不该说的话，忽视无可避免

247

的事物，专注于无伤大雅的事情。当然，她说得蛮有道理。不过，她是从哪儿学来了这份慎重的呢？不是从我这里。也不是从贾斯珀那里。天性，培养。丽莎的情况属于后者。我妈妈和布兰斯科姆夫人尽其所能塑造了她。又是我的错。

昨天她给我读了几篇报头文章，尽力挑选娱乐性与信息性兼具的报道。不过她遗漏了最好的一条。后来我自己看到了，当时《观察家报》正搁在床头柜上。这句出自 1985 年世界小姐的名言是："我认为命运是自己开创的。"

她的确是这样做的。讨论。特别参照以下几位的职业生涯：一、埃尔南·科尔特斯；二、圣女贞德；三、1956 年布达佩斯的一个居民。你喜欢用多少版面就用多少版面。

1956 年，那一年丽莎八岁，也发生了其他更加重大的事件。运河年①；匈牙利年②。

我和贾斯珀分手了，就像我们以前分过手，就像我们以后还会再分手。丽莎回到索特利。我尽可能多地去看她。我那时正在

---

① 1956 年 7 月，埃及总统纳赛尔宣布把英国和法国掌握的苏伊士运河公司收回。英、法两国为了重新霸占苏伊士运河，联合以色列于 1956 年 10 月 29 日对埃及发动军事行动。11 月 6 日，在强大的国际压力下英法两国被迫接受停火决议，以色列也在 11 月 8 日同意撤出西奈半岛。这一事件被称为苏伊士运河危机、苏伊士运河战争或者第二次中东战争。

② 1956 年 10 月 23 日至 11 月 4 日，匈牙利发生了的由群众和平游行而引发的武装暴动。在苏联的两次军事干预下，事件被平息。事件共造成约两千多匈牙利人死亡。这个事件被称为匈牙利十月事件或者匈牙利革命。

为汉密尔顿一家报纸撰写专栏，这份漂泊不定的差事可以让我周游四方——这正是我人到中年、浴火重生之后的奇妙阶段所需要的。我随心所欲地写自己喜欢的东西，写能激发我热情的东西。那个时候，可写的东西太多了。随着岁月的推进，我和与我有同样想法的人听着艾登①的声明，从最初的满腹疑惑转为无比愤懑。在那非同寻常的几个星期里，政府的花言巧语猛地一转，变成了明显的利令智昏，我们第一次感受到生活在更为严苛的政治气候中是怎样的滋味。人们相互争吵，朋友间不再说话，家庭分崩离析。我可以挥笔疾书，但忧心忡忡、义愤填膺的我也加入到穿着粗呢大衣、学生模样的年轻人的游行队伍中，在熙熙攘攘的教堂和公共休息室②疾呼呐喊。然后，就在那一周发生的一连串事件中，匈牙利那残酷的犬儒主义粉墨登场；当全世界都在争论石油和海上航道时，一辆辆坦克轰隆隆地开进了布达佩斯。我撕碎了为翌日报纸所写的那篇文章，又重写了一篇。现在我已忘了自己在那篇文章中说了什么，我只记得当时那种眼睁睁地看着谋杀却又无助冷漠的感觉。匈牙利仿佛不是另一个地方，而是另一个时代，恍惚不可及啊。

当然事实并非如此。

---

① 罗伯特·安东尼·艾登（1897—1977），英国政治家，"二战"时担任外相，后来出任英国首相。大众普遍认为，他要对1956年的苏伊士运河危机负上绝大部分责任。

② 公共休息室，常见于大学、医院、疗养院、军事基地等场所的宿舍区。

"我在给您打电话呢。"一个微弱的声音穿过重重的大气干扰说道。

"我知道你在给我打电话。"克劳迪娅说。

"是报社给了我您的电话号码。"

克劳迪娅长叹一声。报社无权这样做，它知道的。肯定是某个傻姑娘。某个无聊难缠的家伙。"呃。"她开始……

"我在布达佩斯给您打电话。"

克劳迪娅深深地吸了口气。哦。哦……怪不得有吱吱声。此刻，电话沿线的某个地方有篝火燃烧的声音。"喂?"她说。"喂?你能讲大声点儿吗?"

"我给您打电话是为了我的儿子，他在温布尔登。我的儿子拉兹罗。"

"温布尔登?"克劳迪娅大声说道。"你是说伦敦的温布尔登吗?"

"我儿子在伦敦的温布尔登求学。"

"你是谁?"克劳迪娅问。"请告知大名。请讲得慢一点儿、响一点儿。"

穿过篝火穿过燃放的烟花穿过海上的狂风，传来了这个声音——来自另外一个地方，但不是，噢，的确不是，来自另一个时代。"……我是一名大学教授……我十八岁的儿子拉兹罗……艺术生，在您文中所写的这些事件发生之前到贵国访学，您知道我在说什么吗?"（"我知道，我知道。"克劳迪娅大声说。"你是怎么……?算了，没关系，请继续，请继续讲，我可以听得很清楚。")"……我要跟我儿子说他绝不能回国……我要他待在贵国……我想我不能跟您说太久，您知道的，很抱歉这么请求您，但我在贵国没有朋友，我觉得您会对我们这里发生的事情感兴趣……身无分文……十八岁……绝不能回国……或许有人能帮帮我儿子？"

"会的，"克劳迪娅说。"会有人帮你儿子的。"篝火般的吱吱声已变成咆哮。海风在呼啸。"我几乎听不见你了。请告诉我地址，温布尔登的地址。请告诉我地址……你家的地址。不——不，不必了。你还会再打电话给我吗？"

"我想基本上不可能了。我想也许很快我就没地址了。您明白吗？"

"是的，"克劳迪娅说。"恐怕明白了。"

于是，拉兹罗，他那个时代的一个孩子，在某个十月的下午，坐在了克劳迪娅位于富勒姆的公寓里。公寓外是伦敦街头寻常的脚步声，出租车嗒嗒的震动声和高空飞机的轰鸣声。拉兹罗坐在沙发边上，脚边放着一个小工具包。他长着一头平直的黑发，脸上有一颗颗青春痘，还患着重感冒。除了身上穿的衣服、一套换洗的衬衫和几双袜子、一张伦敦地图、一本袖珍《牛津英语词典》和几张泰特美术馆的明信片之外，他一无所有。当然，他还有一本确认他身份和国籍的护照。

"这真是一个糟糕的做决定。"他说。

"决定，"克劳迪娅说。"不是做决定。对不起……"她又补充说："……好像这很重要似的。该死的措辞。"

"措辞并不该死，"拉兹罗说。"英语我必须说好。说一口好英语。"

他坐在那里，穿着他那松松垮垮的裤子和紧身毛衣。克劳迪娅被一阵无比汹涌的情感所吞噬：怜悯。你这可怜的小家伙，她心中暗想。可怜的人儿，你是历史为之全力以赴的人啊。你确确实实无法主宰自己的人生。此时此刻，"自由意志"这四个字听上去是多么空洞！

"如果你决定留下来，我会尽我所能帮你。你不妨先住在这里。你上学的事嘛，我会在艺术学院帮你找找看。"

一阵沉默。"我肯定再也见不到我父亲了。"拉兹罗说。他的母亲好像在他年幼时就去世了。

"肯定不会或许言过其实了吧……"克劳迪娅轻声说道。

"肯定再也见不到了。我还有姑姑、奶奶和表兄弟。"

克劳迪娅点了点头。那你又得到什么呢？她想。是自由吗？这个称为自由的虚无概念，此刻看来肯定不可能是。我所了解的十八岁的年轻人都在担心性和考试：那才是自由。

"我想我得回布达佩斯去。"他说。他用羞惭的目光看着她，恳求她指点迷津。

克劳迪娅站起身。"我要做晚饭去了。你去泡个舒舒服服的热水澡。躺在浴缸里什么也别想。无论如何，明早前你不必做任何决定。或者后天，大后天。"

拉兹罗苦苦思索了好几天。他要么满腹忧愁地坐在公寓里，要么在街上徘徊。他的感冒加剧了。当我发现自己对他的擤鼻涕声很恼火时，就知道我们的关系会维系很久。显然，他有良好的家教；在那段痛苦不堪的日子里，他还记得说"请"和"谢谢"，并坚持洗衣洗碗。当他收到父亲的来信，在那个电话之前邮寄过来的写得满满当当的六页信纸时，他终于屈服了。他拿着那封信在我闲置的卧室里独自待了三个小时，然后走了出来，说："我决定留在这里。"

"好嘞，"克劳迪娅轻快地说。"接下来我们得看看该做些什么。你想在伦敦上艺术学院还是去其他地方？我会带你去看几所学校。有个委员会专门招募像你这样的人。我们最好跟他们接上头。显然，有不少你这样的人。天气要冷起来了，你最好去买件外套和厚点儿的毛衣。你可不能以中欧夏天那样的穿着打扮到处走来走去。"

天哪，她想，谁在这样说呀？

拉兹罗就这样来了，被克里姆林宫裹挟进了我的生活。我记得自己有一种奇异的满足感，仿佛一个人可以挫败命运似的。真是狂妄啊，当然，我也是拉兹罗的命中安排啊。我——忙得不可开交的四十六岁的克劳迪娅——想从一个忐忑不安、有艺术天赋、讲一口蹩脚英语的少年身上得到什么呢？

"我应该去死，"拉兹罗说。"我应该像匈牙利人一样死了才好。"

他站在那儿，穿着用克劳迪娅给的钱买的外套（他在伍尔沃斯牌笔记本上一本正经地称这笔钱为贷款）。这件外套尺码偏大，直垂到他瘦瘦的小腿处。他脸上的青春痘也变本加厉了。他站在公寓的前厅，皱着眉。

"您对我很好。一直以来都对我很好。我无比感激。"

"别客气，"克劳迪娅说。"想恨我就恨吧。你完全有权恨某个人，而我又刚好是个就近的对象。恨吧。"

"就近的对象是什么意思？"拉兹罗嚷道。

拉兹罗喝醉了。他学会了泡酒吧，有天晚上去了国王路酒吧，遇到了一群翩翩少年，半夜回到公寓后倒在浴室地板上吐了一地。第二天早上，他拿着工具包来到克劳迪娅面前，说自己想离开。克劳迪娅说那倒没必要。

拉兹罗画画。他在从公寓拐弯处的杂货店里弄来的粗糙木纹纸上画巨大狂野的枪炮、坦克、破烂建筑、拥挤人群的木炭画，一张摞着一张。克劳迪娅把其中几张钉在墙上。"这些画画得很好。"她说。

"不，它们画得并不好，"拉兹罗说。"它们画得很糟糕，糟透了，难看死了。"她一出去，他就将那些画从墙上取了下来，放在厨房垃圾桶里烧掉了。公寓里散发着纸张烧焦的味道。克劳迪娅说："你自己的画想怎么处置都可以，但你他妈的无权烧我的房子呀。"

丽莎来到公寓时对拉兹罗很冷淡。拉兹罗提议带她去巴特西①玩，但丽莎并不想去。"为什么不去呢？"克劳迪娅问。"我还以为你想去坐过山车呢。""我不喜欢他那张坑坑洼洼的脸。"丽莎低声说。克劳迪娅咬牙切齿地说，那样的话她以后就永远也别坐过山车了。

拉兹罗收到一封他姑姑从奥地利寄来的信。他父亲锒铛入狱了。他父亲再也没地址了。拉兹罗把这告诉了克劳迪娅，并把信给了她，因为他当时忘了她并不懂匈牙利语。克劳迪娅看见他一直在哭。她让拉兹罗把信的内容翻译给她听，因为这样可以让他有事可做。在他翻译的时候，她不禁在想那个女人，那个对拉兹罗来说可谓是整个生命，对她而言不过是个声音而已的女人，以及那个素未谋面、过着另一种无法想象的生活的男人。

拉兹罗又喝了个烂醉。这次是一个人在公寓里独饮。克劳迪娅闯进他的房间，发现一个空威士忌酒瓶，就将它狠狠地放在客厅的桌上。"下次你还想那样子喝的话，"她说，"你告诉我，我

---

① 巴特西，伦敦市中心一个集办公空间、住宅区、公园、休闲娱乐、商业文化街于一体的国际化都市新区。

跟你一起喝个尽兴。虽说我不是特别喜欢威士忌，但我们国家有个传统，那就是没人会自个儿买醉。知道吗？"

克劳迪娅给拉兹罗布置了一项任务：熟悉伦敦。她让他乘坐一路路公交车，从起点站一路坐到终点站，而且要求他每天走几英里路。拉兹罗自有抱怨。"照我说的做，"她命令道。"这是让你重新开始的唯一办法。"

克劳迪娅生日的那天，拉兹罗送给她一大束水仙花。原来，这些花是他在辛肯顿公园里偷采的。令人惊讶的是，当时没人发现。

在我的引导下，拉兹罗去看了伦敦的几所艺术学院，最终选择了坎伯韦尔①。他可以去任何他想要去的学校；整个西方世界都想为苏联坦克开进布达佩斯做点补偿。老师和同学们都对拉兹罗关爱有加。几个星期后，他就戴上了贝雷帽，在衬衫领子里系上一条带有佩斯利旋涡花纹的丝绸围巾。他开始抽法国高卢香烟，去可胜影院看电影。现在他搞到了一笔补助金，还有一些匈牙利学生管理委员会发的钱。春天的某一天，他搬出了我的公寓，和朋友一起住到了泰晤士河南岸。有时他会和朋友争吵，或者他们因未付房租而被统统赶出去，这时他就会搬回来跟我一起

_____

① 坎伯韦尔，英国一流的艺术和设计学院之一。

住，直到有了新的安排。我习惯了深夜接到电话亭打来的电话，习惯了在家门口看到他瘦长的身影。我那间空闲的小卧室——正对着丽莎时常占用的那间——成了他的小房间。他会连续消失好几个星期，既不写信来也不打电话，然后有一天突然就蹦了回来。

这样的情况持续了大约十年。

我目睹了拉兹罗的突变。我看着他从迷惘的男孩变成性情无常的成年男人。说实话，一直以来，我都吃不准拉兹罗的阴晴不定在多大程度上归咎于他的经历，又在多大程度上归因于他的脾性。或许，不管怎样，他都会那样子的。说句公道话，他从来没有怨天尤人。他切切实实地融入到这个收留他的国家。两年不到的时间，拉兹罗就能比同龄人说一口更为地道的英语；他变得咄咄逼人的狭隘。他使用双姓名字，结交他所能认识的非常典型的英国朋友——来自两种不同阶层的奇异混合：操刺耳伦敦口音的工人阶级男孩和说话简明的上层阶级边缘人物。他很少谈论匈牙利，而只要有人一谈匈牙利，他就很恼怒。不管发生什么事，他都藏在心里想想而已。他躲避侨民的主动示好——那温和而神秘的东欧亚文化其时潜藏在南肯辛顿①和厄尔斯考特②地区。他一度与英国天主教教会眉来眼去，随后弃它而去，加盟了工党。后来又喜欢上观鸟、素食、柔道、滑翔和每一种昙花一现的艺术时

① 南肯辛顿，位于伦敦市中心偏西部，伦敦著名的富人区。
② 厄尔斯考特，伦敦市中心范围最大的都市更新区。

257

尚。他对我的态度前后不一，时而屈尊俯就，时而款款深情。

拉兹罗微微醉醺。他躺在沙发上，双脚搁在靠手上。

克劳迪娅说："你把鞋脱了吧。"

"这么说就未免太迂了。"拉兹罗说。他脱下鞋子。"你就是我的妈妈，克劳迪娅。"

"不，我不是，幸好不是。你不应该那样说话。"

"你不是，"过了一会儿拉兹罗说。"你说得对。但我想说点事。不跟你说，我还能跟谁说呢？我想说的是，我喜欢男的。不喜欢女孩。"

"那又怎样？"克劳迪娅说。"如果你真是那样子，那就依你自己的本心呗。"

丽莎从未接受拉兹罗。小时候，她就疑神疑鬼地看着他。她在嫉妒吗？她是不是觉得拉兹罗是我的代理儿子？难道他确实是我的代理儿子？我想不是。但我该说什么呢——我所能做的只是记录我对拉兹罗的点滴感受。而我的感受就是歉疚，是责任，归根结底，是慈爱。感受颇深啊。可是丽莎完全没必要嫉妒。她长大一些后——到了十七八岁时——她就对拉兹罗既彬彬有礼，又矜持疏远。现在呢，偶尔遇到他的时候，她表现得好像自己面对的是一个穷困潦倒、准备开口借钱的远房表兄。

拉兹罗三十出头的时候，已变得性情平和。他和一个比他年长的男人一道住在卡姆登镇上——那人是个高档古董经销商，但

258

他的店里除了三件昂贵的家具和几个中国陶罐外别无他物。我从不关心那个家伙，但他很照顾拉兹罗，忍受他的各种小脾气，并给他提供工作场所。拉兹罗并不是一个功成名就的艺术家。我挺能理解为什么很少有人想买他的画作；这些画让人很不舒服，受不了。它们发出阵阵萎靡的嚎啸；它们十分刺眼；它们毫不谐调，令人不安。画中，可怕的怪物怒气冲冲地在超现实的景致中穿行；世界分崩瓦解；痛苦的人们在破败的城市里疾行。它们挂在我的墙上，但我别无选择：如果我都不器重这些画，谁会呢？不管怎样，我已经对它们习以为常了。

第十五章

"看在上帝的分儿上……"克劳迪娅说。"你应该让我高兴高兴,而不是干坐在那儿搓手。"这是糟糕的一天。她声音低沉,像在喃喃细语。

"他们没告诉我,"拉兹罗哀声说道。"我们之前一直在法国,随后我一人去了纽约;回来后我打电话给你,可是没人接听,后来我又打了一次,还是没人接;于是我就打电话给丽莎。他们为什么不告诉我?"

"他们是想告诉你的,"克劳迪娅说。"丽莎给你打过电话。但就像你所说,你并不在家。"

拉兹罗往前倾了倾身子,目不转睛地看着她。"那你现在好吗?"

"还活着呗。"

拉兹罗踱到窗前。他身形瘦削,两肘从毛衣的袖口中伸出来,他的黑发夹杂着几缕银丝。克劳迪娅看着他。

"我能做些什么?你需要什么?我带些什么东西给你?书?

报纸？我每天都会来的。"

"不用，"克劳迪娅脱口而出，"偶尔来来就行了。给我讲讲法国的事吧。"

拉兹罗做了一个很不屑的手势。"法国……法国适合亨利。一个个壁炉。现在全都是老旧的壁炉，供那些个肯花大钱的傻富婆享用。"

"那纽约呢？"

"我在那边办了个展览。"

"啊哈。卖得好吗？"

这时，房门打开。"有人来看您了！"护士喊道。

克劳迪娅转过头。"嘿，西尔维娅。"她轻声说道。

不，不，不，她想，现在我终于可以从这不合宜的照面中抽身而退了。她闭上眼睛，撂下西尔维娅和拉兹罗。在某种意义上说，他们两人根本不是居住在同一个世界。她听见西尔维娅说其实她从来没有狂热地喜欢过纽约；她听见拉兹罗低声说不，说他并没有经常去那家剧院，又听见他说是，那儿可真冷。

我们都扮演着铰链的角色——与他人偶然地联系起来。我把西尔维娅与拉兹罗、丽莎与拉兹罗一一连接了起来；戈登将我与西尔维娅相连接。西尔维娅总是有意远离拉兹罗，说他是个很难相处的男孩，而克劳迪娅却跟他好得不得了。二十多岁的拉兹罗，正值狂热的年纪，经常模仿西尔维娅，模仿得惟妙惟肖。戈登则觉得他很有趣，就是有一点让人恼火；一直以来，拉兹罗任凭自己的灵魂像他的衬衫下摆一样飘悠，戈登觉得这点与他格格不入。他并不反对人张扬自我，但更喜欢将灵魂妥妥地藏匿起来，不使它们显山露水，而是各居其所。但他以自己的方式接纳了拉兹罗。还给他留下了一笔小小的遗产。

克劳迪娅睁开眼睛。看见丽莎正在脱下外套，将它齐整地搭在椅背上。

克劳迪娅凝视着她。"今天可真是巧了。拉兹罗来了。西尔维娅来了。现在你也来了。"

"不，不，"丽莎说。"他们是两天前来的。你有点儿糊涂了。这段时间你的状态不是很好。"

"这两天我的情况怎么样，呃?"克劳迪娅说。"这日子好像从我身边溜走了。或者呢，带着我一起走了。"

"你看上去好多了。"丽莎说。

克劳迪娅举起一只手，细细看着手背。"我可不这么认为。这手背上长满了褐斑，我无论如何也习惯不了。老实说，它们看起来就像是别人的。"

丽莎不喜欢情况出现这样的转折，便问起了拉兹罗的事。

"拉兹罗还是老样子。你必须承认，他始终如一。"

丽莎歪着头，一副语焉不详的样子。

"对不起，你知道的。"克劳迪娅说。

"对不起什么?"丽莎小心翼翼地问。

"对不起，我不是个称职的母亲。"

"噢，"丽莎在搜肠刮肚。"呃……我不认为……你是……呃，你就是你。"

"我们都一样，"克劳迪娅说。"这是我们必须克服的难关。按传统标准衡量，我身为母亲却没有成为好母亲。所以我得道歉。不过现在道歉也没什么用。我只想把它记录在案。"

"谢谢。"最后，丽莎吐出了这两个字。她意识到，自己也不知道说谢谢是什么意思。她多么希望克劳迪娅没有说过刚才那番话。可既然说了，它就永远在那儿了，把事情复杂化了。

我从未期盼能看到丽莎长大成人。这么些年来，在她孩提时代，我就等着那原子弹下落。从韩国到老挝到古巴到越南，世界颠簸前行，而我静观世事风云变幻；丽莎的出生加剧了恐惧。望着丽莎的小手小脚和无知的明眸，看着她对未来快乐无忧的向往，我在想全人类会遭遇什么呢？也许，我并非一位称职的母亲，但我依旧是一位母亲；透过丽莎，我既怒又怕。我绝不让灵魂度过悠悠黑夜。在公开场合，我表现得理性又负责——我纵论单边主义的利弊，我写专栏，在我觉得合宜的时候就去游行示威。在古巴的那九天里，我独自忍受阵阵胃痛；在过去的那些年中，我也有十多次这样的经历。有几天，我都无法打开收音机或拿起报纸，好似无知会将我与世隔绝。

现在丽莎长大了。她的儿子们也在慢慢成长。时不时地，我的胃依旧会疼，但已不像以前那样疼得厉害。我也不再规避报纸。现在为什么得这样呢？这世界并不比二十年前安全。但我们都还活着；如今，那头怪物已被制服——一年年过去，人们也愈发希望它能一如既往地被制服。人们每日生怕灾祸降临，这实在太令人疲倦，简直无以为继。当林迪斯芳的修道士们工作时不再远眺大海，他们就会吹起口哨；人们在围城中过着风花雪月的生活。

我们期待着世界末日；《圣经》已让我们一个个训练有素。我们猜想，我们要么被消灭，要么被拯救，兴许两者皆然。我们对千禧年的信仰如时间一般古老；一直以来，大灾变亦近在咫尺。人们躺在床上瑟瑟发抖，等待这千年一遇；在彗星划过天际时蜷缩不前；祈祷自己安然度过日食、月食。从事物表面来看，我们的种种焦虑显得更为理性，然而它们有着无可避免的历史渊源。直到最近才有人认为事物是永恒发展的，但显然这一说法太新了，无法令众人信服。世界一如从前，让人不由自主地觉得迟早可以对它有所作为。1941年，我去了趟耶路撒冷，住在一栋由美国基督复临安息日会的教徒经营的小旅馆里，这些老人在20世纪20年代时变卖了爱荷华或内布拉斯加州的全部家当，带着他们的所有积蓄，来到了圣地，以目睹1933年的基督再临。可基督根本没有再临；而他们的积蓄花光了，于是他们就滞留在了那里，因地制宜，经营起一家旅馆。那是个令人心旷神怡的地方，有个绿荫遮蔽的院落，一只只乌龟在迷迭香丛和天竺葵盆中漫步缓行。

这么些年来，我和戈登时有争辩，争论最多的莫过于裁军问题。当时我是核裁军运动的成员，他不是；他的实用主义一直是我悲观主义的一剂解药；当我肆意发泄着情感、摆出架势的时候，他总能拿出数字，据理力争。现在我可以透露了。我们最后一次在一起的时候，是在伦敦的一辆出租车里，那是他去世前两天，他低头看着放在膝盖上的晚报头条，说："除了别的事儿，我就对自己在报道中被删去愤愤不平。我倒很想知道这结果。"

当然，戈登是几个能从结果中分一杯羹的人之一。他时不时地推动事情的发生。这恰好给了经济学家们略施小计干预报道的机会。赞比亚的农民、波哥大①的小店主、哈德斯菲尔德的工人，在某个时间都受到了戈登专业报道的影响。

在他死前一周，戈登去皇家广播委员会做证，他知道自己永远不会看到该委员会的报告。我和西尔维娅乘出租车送他去了那里，西尔维娅一路上呜呜咽咽的，眼圈都哭红了，衣服上到处是湿湿的纸巾碎屑；戈登脾气很差，毫无耐心，用各种各样的药吊着命，身上缠满了塑料管子。医生说："要是他想去的话，就由着他吧。"我同意了。他做了证，颤颤悠悠地坐进一辆出租车，谈论起即将到来的大选；他开始挑衅我，而我上了钩，他知道我别无选择；我俩吵了起来。西尔维娅放声痛哭。

她坐在戈登身旁，克劳迪娅坐在对面的折叠式座椅上。他不应该来的，那些该死的医生绝不应该让他来，谁都不应该乘坐出租车颠颠簸簸地穿过十二月讨厌的伦敦跑到这地方来。戈登喘着

---

① 波哥大，哥伦比亚的首都。

粗气，她不忍心去看他那条缠满管子的腿，那些导管让她头晕目眩。他讲啊讲，一个劲地讲，这对他没有任何好处，一讲起这场愚蠢的选举他就激动不已，可在这种情况下又有谁关心这场选举呢？戈登将不……等到选举的时候，戈登就已经……

西尔维娅咬紧双唇，凝望窗外。

她一定要勇敢面对。绝不能崩溃。这事发生时。她一定要无比勇敢和明智，处理好一切需要处理的事情，保持冷静，保持尊严。

就在她这样想着的时候，一些别的念头涌入她的脑海，她知道这时候不该有这样的想法，但她无法将它们从脑海中赶走……她想到了后事，她想卖掉房子，反正她从来没有真的喜欢过北牛津，她可以搬到某个田园气息较浓的地方，这个地方并非真正的乡下，乡下挺不方便的，而是搬到一个不错的小集镇，在那里，你可以跟人们友好相处，再也不用到美国去了，甚至可以找份小工打打，也许在诸如乐施会商店这样的地方当个志愿者，不为别的，只为兴趣……

"屁话！"克劳迪娅说。"十足的屁话！"西尔维娅跳了起来，止住思绪的流动，回到当下。此时此刻戈登和克劳迪娅正在吵架。他们你来我往，一如往昔：但是听着，你并不是真的想告诉我……你这么说，只是因为你一无所知……让我把话说完……你完全错了，克劳迪娅。

克劳迪娅怎么能这样！他都病入膏肓了，她却这样子回到他身边。强行插嘴。提高嗓门。典型的克劳迪娅做派；让人毛骨悚然。他现在……他现在可是快死了呀。

眼水夺眶而出，她不得不再次面向窗户，翻找自己的手绢；她望见映在玻璃窗上的自己的脸，与商店的门面和人行横道重叠在一起，那是一张苍老的、泛红的圆脸，眼睛浮肿，脸颊雀斑点点。

"屁话!"克劳迪娅说。听上去克劳迪娅真的生气了；好像她就是这么个意思。她与戈登四目相对，发觉他并未被自己愚弄，可他还是一个劲地讲呀讲，而她也说呀说，边说边打断他，可是他们所说的完全是风马牛不相及的事。

我爱你，她心想。一直一直爱着你。胜过爱其他任何人。"爱"这个词已被滥用；不可能有那么多东西都用爱来形容——对孩子们的爱，对朋友的爱，对上帝的爱，肉欲，贪婪以及圣洁。我不需要告诉你，你也不需要告诉我；我甚至都没怎么想过。你是我的知己，我也是你的知己；而很快，就会只剩下我一个人，我会茫然不知所措。

她看见西尔维娅又在抹眼泪。还发出些许声响。如果你再不停止哭泣，克劳迪娅想，我就一把把你推出出租车。

那是个灰蒙蒙的冬日午后，车灯、街灯闪闪发光，金色、红色、翡翠色的灯光令人眼花缭乱，被雨水打湿的黑漆漆的人行道粼光闪烁，店铺橱窗宛如瓦格纳音乐中的洞穴发着微光。戈登说呀说，他看着这一切，记在脑子里。他谈起还未曾发生的事情，看着路边的流光溢彩、蔬菜店外那五彩缤纷的水果、小女孩脸颊上的雨雾。报刊亭是流行歌手和皇室成员的肖像画廊；车流滚滚，恰如一群群闪亮的鱼在游动。这一切的一切都该继续，他想。一直，一直继续下去。我有何感想？我在意什么？

他与克劳迪娅四目相对。"屁话！"她说。"我历来觉得理论很重要。只不过我更喜欢写些有关实践的文章。""疯狂的投机分子。"戈登说。"铁托。拿破仑。那可不是真实的历史。历史是灰色的。产品呀。政府体制呀。舆论气候呀。历史是缓缓推进的。难怪你很不耐烦。你是在寻找大场面。""的确有大场面嘛，"克劳迪娅说。"实在太多了。""的确如此，"戈登说，在座位上挪了挪，皱了皱眉。"当然有大场面，但大场面也许会误导人。真正的大场面可能发生在别的地方。""噢，得了吧，"克劳迪娅大声说道。"难道你会对断头台上的囚犯说，真正的行刑是在什么别的地方吗？"听着她说话的时候，他仿佛看见另外一百个克劳迪娅，一个个回溯她们：作为女人的克劳迪娅，作为姑娘的克劳迪娅，作为少女的克劳迪娅。你，他心想。你。一直都是你。但很快就不再是了。

他感觉到身旁的西尔维娅转过头来，双肩在微微颤抖。他伸出一只手来握住她的手。这是他起码能做的。也是他竭尽所能去做的。

戈登在五年前去世了。现在我已与他生死相隔。我没有一天不想起他，然而想起他时，我可以淡然超脱。他是圆满的；他有始有终。我们一起度过的时光也是圆圆满满的。他的离世带给我的哀痛没有一丝一毫的减轻，我却不得不离开：别无选择呀。我们青梅竹马，我们做了自恋的爱，我们共同成长、互相依赖。有时，我们痛恨彼此，但即使在憎恨中，我们也团结一心，视彼此为唯一，是个合而为一的整体。我对戈登了如指掌，正如我对自己了然于胸，这份了解既严酷又宽容。由于找不到更好的词来形容我对戈登的情感，不妨将它归结为爱：他给了我身份的认同感，他是我的镜子，我的批评家、法官和盟友。没有他，我将无比渺小。

一开始，只有我自己；我的身体设下了疆界，肉体和精神的疆界。那里只有我和非我；婴儿时期，自我肆意膨胀。我成为孩子后就有了克劳迪娅，她是一切事物的中心，就有了与她相关的事物，我注视着外面的世界，别人的世界，但只有观察却没有领会，那是贝克莱式的景象，只存在于我的幻想中——当我对它不再感兴趣时，它就不复存在。最终，或者正如我所言，我在成长过程中看到自己身处可怕的时空中：一切的一切，虚无的虚无。

她的思绪从喧嚣的阴间游荡了回来。她看见拉兹罗坐在床边，棕色的眼睛定格在她身上。"啊，"她说。"又是你。西尔维娅刚走，有事吗？"

"那是三天前的事了，"拉兹罗说。"你糊涂了吧，亲爱的。"

克劳迪娅叹了口气。"好，我就信你吧。别叫我亲爱的——听上去很别扭。你之前从未这样叫过我。"

"抱歉，"拉兹罗谦逊地说。"你想要点什么?"

"想要好多东西呢，"克劳迪娅说。"但现在已经太晚了。"

"别这么说。"

"为什么呢?"

"因为……因为这不像你的性格。"

克劳迪娅看着他:"呃，我快死了。"

"别胡说!"拉兹罗吼道。

"是这样的。别假装了。你和丽莎一模一样。如果我能应对，你也能。我不想静悄悄地走了。"

"你这话是什么意思?"拉兹罗小心翼翼地问。

"没什么。全装在脑子里。我不想伤害那些善良的医生。"她闭上眼睛，周围一片寂静。拉兹罗站了起来，在房间里走来走去。他端详着摆在桌子上的花朵——猩红色的一品红、花头蓬乱的菊花、不自然的无刺长茎红玫瑰。"多漂亮的玫瑰花。"

"贾斯珀送的。"

拉兹罗转身对着玫瑰嗅了嗅。"他来过?"

"来过。"

拉兹罗又一屁股坐在椅子上。"我一直不明白为什么是贾斯珀。那时候你明明可以拥有……任何男人。"他仰头望着天花板，摊开双手，卸下了他英式的装模作样。

"你已经说过了。"

"任何人。当初你是那么迷人……现在也是。"他急忙补充道。

"我也不太喜欢亨利。"克劳迪娅说。"这就是生活，不是吗？总之，贾斯珀是很早以前的事了。"

"有多少男人向你求过婚？"

"没多少。很多人的自我保护欲都太强了。"

拉兹罗扮了个鬼脸。"你总是把自己搞得那么……不近人情。对我来说，你并不可畏。你简直太了不起了。"

"谢谢。"克劳迪娅说，随后她又闭上了眼睛。拉兹罗坐在那里注视着她：她鼻子高挺，午后的阳光透过窗户倾洒在她的脸庞上，此刻这张脸几乎呈半透明，阳光下桌上的花朵开得正欢，一片红艳艳、黄灿灿。她突然转向他："如果你之后还会来的话，我想拜托你一件事。"

"当然可以。"

"在我的公寓，"她一字一顿地说，"书桌最上面的抽屉里，有一个用绳子系着的棕色信封。是寄给我的。挺厚的。如果你能把它带来的话，我想再看它一遍。"

我不能确切地说拉兹罗在我的晚年生活中给我带来了莫大的慰藉：他时而是我的责任，时而又是兴趣的来源。我们也喜欢彼此：我资助过他，帮他渡过难关，并且劝慰他；他也给予我爱和快乐。我发现他的脾性让很多人退避三舍，但与其说使人不安，不如说是令人费解。拉兹罗的做作会让丽莎或西尔维娅噘起嘴或

274

陷入沉默，却让我嗅到了异域的气息；它们让人想起激荡不羁的东欧社会——那儿有我不会说的语言、我不熟悉的城市、圣人和暴君、森林和吸血鬼，一个更像神话而非历史的过去，因此更好。拉兹罗在二十多岁时，意气风发的他会在富勒姆公寓的起居室里上蹿下跳，为自己最近的恋情、争吵、背叛、奋斗、批评家和画廊老板的诡辩而恸哭，那时我就常常搁起两只脚，颇为赞赏地在一旁观看。他总是要么扬扬得意，要么垂头丧气：他总是带着一瓶香槟来，或者告诉我他要自杀。我不禁对这些反应心生敬意：它们似乎是对生活恰如其分的承诺。

然而，丽莎却发现他的个性太过张扬，令人困窘；尽管（或者，也许正是由于）她自己的祖先也这样。小时候她不得不时常与他交往的时候，因为我依然能管束着她，她就很倔强清高，一心想摆脱他。婚后，她坚定地与他保持距离，只有在生日、婚礼和葬礼这些不可避免的家庭聚会上才见到他。拉兹罗爱她，也喜欢被她爱，他总是像一只讨好的小狗一样扑向她，总是会以困惑和受伤收场；而他从不吸取教训。

"祝你开开心心。"丽莎说。她把包裹放在桌上，与克劳迪娅简单地进行了贴面礼。

克劳迪娅打开包裹。"正是我需要的。谢谢。"

"我希望你喜欢这个颜色。"

"颜色正好。毕竟，黑色是百搭色。"她们俩细细地看着那只很实用的主妇手提包。

丽莎坐了下来。"我还以为拉兹罗会来呢。"

"他会来的。他随时都会来。对了，我在希腊饭店预定了一桌。"

丽莎环顾房间四周，这里已经很熟悉，但她从未有过家的感觉。这是克劳迪娅的房间，里面装满了克劳迪娅的东西，充溢着克劳迪娅的气息：当她还是个孩子的时候，她时常觉得自己也许会憋死在里面。

"大厅里那些大箱子里装的是什么？"

"酒。"克劳迪娅说。

"酒？"

那是拉兹罗送的生日礼物。七十瓶。一年一瓶。

丽莎怒火满腔。"但你永远不会……"

"我永远也熬不过去了？我敢说不是。"

丽莎的脸刷地红了。"这是拉兹罗的典型做派。"

"说得没错。不过你必须承认，这很入流。而且这酒也不错。也许你该给哈利带瓶回去。"

"他是葡萄酒协会的常客。"

"哦，"克劳迪娅说。"那么最好就由他去吧。"

门铃响了。丽莎神情紧张地坐在那儿，静候着拉兹罗的到来，听着他对克劳迪娅的寒暄，听着他们的笑声。他走进屋子大喊："亲爱的丽莎，我们好久不见了。你穿着这条裙子真……真好看。"他跨步上前想拥抱她，但她已经退到一张又长又矮的咖啡桌子后面，而他只能隔空给她一个飞吻。丽莎说："哦，你好，拉兹罗。最近怎么样？"

"我很好。但今天别管我——今天我们到这儿来，是来参加生日聚会的，庆祝克劳迪娅七十岁生日！她是不是很棒呀！"他猛地展开双臂抱向克劳迪娅，就像一位经理人突然有了新发现。

"是的。"丽莎低头看着地板答道。

"这温馨的派对就我们三个人。"拉兹罗说。"太棒了。还有周日报纸上刊登的这篇大作，是亨利带给我的——你看过吗，丽莎？你母亲对战争、对埃及的描写太精彩了。关于这一切，你很少提及，克劳迪娅。你几乎从未提过那个时代嘛。你看看这篇文章。还有这张照片。年轻的克劳迪娅，坐在沙漠中的卡车上，多么漂亮呀。太棒了！"

丽莎，之前也已细致地读过那篇文章，看着母亲。"我从没见过那张照片。"

"我是在抽屉里面找到的。"克劳迪娅说，"我以为他们会用得着它。"

拉兹罗小心地把那张皱巴巴的报纸折叠起来。"我把这文章给每个人都看了。我可自豪了。你已经很久没有写这类文章了。"

"你为什么写呢？"丽莎问。

"哦，有个编辑一直缠着我让我写，"克劳迪娅说。"而我也有这样的念头。我那一代人似乎一个个都在忙着把自己的过去变成美好的回忆，那么我干吗不呢？"

"那你现在要告诉我们更多的事咯，"拉兹罗兴高采烈地说。"等下边吃边说吧。跟我们讲讲那些你没有为报刊撰写过的趣闻吧，比如所有追求过你的军官和你所有的男朋友。答应我！"

丽莎清了清嗓子。"我们是不是该出发去餐厅了？"她站起身，收拾好自己的东西。"妈，你还收到过其他漂亮的礼物吗？"

妈。就这样，人到中年，丽莎赢得了一场小小的胜利。克劳迪娅气恼得浑身刺痛，但又觉得好笑。丽莎在毅然决然地颁授遗孀的身份。好吧，如果这能给她带来快乐……

但是不，在他们走向餐厅的时候，她想，我绝不会告诉你我另一件礼物是什么，那件我未曾梦想过的礼物，现在或将来我都不会告诉你或任何人。"好"这个词肯定不足以形容这礼物，尽管我不知道哪个词会恰如其分，因为我还沉浸其中，脑子一塌糊涂，还不能连贯地思考。

她大声地聊起其他事情，与服务员打得火热，拿过一份份菜单说什么谁谁谁要点什么菜、菜里面有些什么原料，就是为了不让拉兹罗取笑和不让他提问；她想，要是让我装成一个女族长的话，我也许会干得挺不错。而且，或许在远处或此处的某个地方，这时候另外一个克劳迪娅正兴致盎然地在一旁观看。心中既懊悔又怀疑。这一切是真的吗？这个粗暴专横的老妇人；这双青筋毕露的手正展开餐巾纸；还有这些同伴——他们到底是谁？

刹那间，她成了另外一个人，然后她回过神来，看到拉兹罗隔着桌子看着她，在问她问题。

"那么是谁拍了那张照片？"他问。"是哪位英俊的军官？你当时对谁笑得那么迷人？"

此刻她就在嫣然微笑，看上去就像照片中的年轻女孩，现在照片躺在餐厅里昏暗却温暖的灯光下，可是，当他说话时，她立马收起了笑容，变成了另一个克劳迪娅——哦，一个他了如指掌的克劳迪娅——尖酸刻薄、目中无人的克劳迪娅。"不记得了。"她说道，然后转身面向丽莎，询问起她外孙们的近况，谢天谢地，那几个磨人的小子因为上学去了所以今天无法到场，还有那个无聊的哈利也因为克劳迪娅没有邀请他而没有来。于是这里只有可怜的、面色苍白的丽莎穿着她那条拘谨的裙子，心里忐忑不安，她和母亲在一起的时候总是很紧张。拉兹罗想，要是这儿只有自己和克劳迪娅就好了，不过丽莎在也没关系。丽莎毕竟是她的女儿，虽然天知道呢，反正你是绝不会去深究的。她鬼鬼祟祟的，就像克劳迪娅身边的影子，可是当然了，那是件麻烦事。他还记得十五岁的丽莎那善良、宽容、易怒的样子，还有当了母亲的丽莎带着她那啼哭的孩子走神的样子。你不能想象克劳迪娅和一个哇哇叫的婴儿在一起，而且也许这也是件麻烦事。他明智地想，也许还有一个问题，那就是丽莎当然是由奶奶和外婆带大的。

他想，自己一直有点爱着克劳迪娅。克劳迪娅好像一向都比别人活泼、聪明、有趣，我一直可以与克劳迪娅无话不谈，你离开克劳迪娅的时候总会心情失落。亨利不喜欢克劳迪娅，他嫉妒，他也怕她——很多人都怕克劳迪娅。但我不怕。我不像克劳迪娅那样聪明，但她从来没有像有时她呵斥其他人那样呵斥我，即使她也笑话我，她也总是听从我。我和她是争吵过，但吵完后马上就又成了朋友。

丽莎现在正平静地谈论着贾斯珀；她已带儿子们去看望过他了，他给他们钱买自行车。贾斯珀有钱，也乐善好施。一想到贾斯珀，拉兹罗就恨得不得了；克劳迪娅绝不该跟贾斯珀这样的人搅和在一起。他是个伪君子，一个商人，根本不值得她在他身上耗费时间。恋爱就恋爱吧，但也不至于暧昧那么久，断断续续，年复一年，为什么人会犯这种错误？克劳迪娅是个如此聪明豪爽的女人，看男人的眼光却不怎么样，这倒着实出人意料。拉兹罗在心中默默地审察了各式人等，他的不满一定写在他的脸上，因为克劳迪娅问他为何一副凶巴巴的样子。"才不呢，"他说。"我一点儿也不凶。刚才我只是在想某些人。"

唯独与克劳迪娅亲密无间的哥哥除外。拉兹罗想起戈登时，脸上的表情又变了。克劳迪娅和戈登之间有点怪怪的——他们不太像是兄妹，他们在一起的时候显得很生疏，让你觉得好像对方不存在似的。我有点怕戈登，拉兹罗暗自思忖；坦白地说，我一直都有点怕他，我得十分小心翼翼，得尽力讨好他。

"哈，你脸上的表情羞怯怯的了，"克劳迪娅说。"我们可是在庆祝我虚度了的七十岁的年华呢！来，说点什么让我高兴高兴吧！"

moon tiger

第十六章

"有人捎来了这个，"护士说。"您那时候睡着了，所以他叫我转告您是拉兹罗留下的。"

护士离开后，克劳迪娅解开绳子，打开信封，拿出一本污渍斑斑、边角卷起的旧练习簿。她动作缓慢，双手摸索着。她盯着它看了一会儿，然后伸手去旁边的桌子上拿眼镜，这耗费了她更多的时间和精力。她戴上眼镜，随后打开练习簿。

我一看到它——认出字迹的一刹那——感觉就像被雷电击中一般。我浑身僵住了。随后火辣辣的。继而冷飕飕的。我将它放下，阅读来信，他妹妹的来信，内容简洁却直击要点："亲爱的汉普顿小姐，看了你的那篇关于在西部沙漠做战地记者的文章后，我就意识到你必定是我兄弟汤姆·萨瑟恩在他的日记中提到的C。他在给我们的一封封信中谈到了你，但从未提及你的全名。我想你应当拥有这本日记，所以我寄来了。谨启，詹妮弗·萨瑟恩。"

随后，我读了那本日记，就像现在这样，我又读了一遍。

这是本浅绿色的练习簿，封面上有黑色大写的"笔记本"字样。打着横格的页面，粗糙而有颗粒感。他用铅笔写的。每篇日记都未注明日期，只是中间用一条波浪线隔开。

我笔下的上帝知道在哪儿，在1942年的某一天。通知下达，要在一小时内启程。时间紧迫，只够吸口气，泡杯茶。修配工在新坦克上咒骂，昨天晚上已交付了两辆坦克，津贴，我们却没有，一半的设备也不翼而飞，枪炮还泡在油里呢。不过不是我的烦心事——我们部队昨天毫发无损。无法放下昨天发生的一切，我们的所作所为，我们遇到了谁，谁又对谁做了什么——所以就让我试着记录当时的情形吧。关于C，也许——第一次见面时我就想告诉她，但我觉得自己没能遂愿。

赶在黎明前撤离营地时的黑暗。充斥着喧嚣和气味，在漫天沙尘中咆哮着的黑暗——小分队的剩余人员都呼啸而去，永无止境的哨声和耳机的爆裂声，机油的臭味。接着，灰色的光变成粉色、橙色。当你看到其他所有人的时候，心情为之一振，长长的十字军军队在山脊上行进——以十五到二十里的时速——让人感觉整片土地都在移动，好像我们的队伍比实际更庞大似的。指挥官的最后一道号令传来，接着，在整个行进途中，便

284

是数小时无线电的静默。几小时？还是几分钟？时间已经不再是严格意义上的时间了。时间纯粹变成了手表上的指针，指挥官的声音——"五分钟后向我报告——我们凌晨5点出发——三分钟后开火。"半小时以前的事你就记不得了。你没有任何期盼，除了肚子饿的时候。

恐惧。总是在战前而不是战时最恐惧。对恐惧的恐惧。害怕战斗一打响被吓破了胆，吓得动弹不得，干出他妈的傻事。而战事一开，就是另一回事了。让你亢奋啊。昨天，我看着自己的手瑟瑟颤抖，就那一次，低头看着，好像它们是别人的，在炮塔边缘颤动；但我的头脑很清醒，发出的声音也很正常，告诉司机这个，告诉操作员那个，报告我们的位置，报告前方七千码处发现数辆坦克，记录评估预测一切的一切，好像是另一个我在做着这些事情。只有双手泄露了马脚。我将双手狠狠地击在挡板上，想控制它们，结果被滚烫的金属烫伤。这让我之后一整天都很抓狂。

现在太阳落山了。我们就地休整，睡会儿觉，向上帝祈祷，我们昨晚咒骂了一夜，每个人都在全力维修，像条流水线忙个不停，每隔几分钟敌军的弹药库就在附近的干涸河谷发生爆炸。躺着遥望星星和思考。不，不思考。你不思考，你只需从记忆中攫取几幅图像看上一眼。他时，他地。他人。C。总是C。

已经过了一个星期。我想。这期间，没有一刻消停——要么干脆出去，要么累得要命，待在营地睡觉，直到下一次行动。即使这只是权宜的，我也说不出之前有过什么事，我们何时在何地，这事那事又是怎么发生的，在脑海中它并不是一个序列，严格意义上只是无始无终的单一事件，纯粹是个连续体，这一连续体由依旧在脑海中回荡的紧张时刻镶钉而成。我低头一看，发现装弹手被击中了，鲜血从他的脖子喷涌而出，但他似乎没有意识到自己受伤，反而继续一边装弹一边吼叫着什么，我只好伸手碰了他一下以引起他的注意。炮塔上的尘土太厚了，我们都无法看清彼此的脸，我也无法看清地图，除非把它放到距我鼻子仅几英寸的地方。当我方的一辆坦克中弹燃烧时，我的胃上下翻腾，泛起阵阵恶心，那令人讨厌的打嗝喷出橙色呕吐物，与黑色浓烟掺混在一起，我细细观察是否有人爬出坦克，没有人，一个也没有。当一个我觉得是落单的敌人苏醒过来，开始射击的时候，我的心中会涌起一股异样的很恶心的感觉。当通报敌人撤退时，我们无比兴奋，乘胜追击——坐在炮塔上眯着眼透过望远镜探寻远方敌军坦克扬起的尘土，这时，除了原始的追逐猎物的渴望，我没有任何别的感觉，没有恐惧，那碎骨裂筋的疲惫感也荡然无存，只剩下猎犬一般的追击本能。不过后来，我为自己深感羞愧和惊讶。

埋葬 C 中队十字军坦克士兵。在一次进攻中，由于坦克发动机出现故障而掉队，后来我们发现，他们的坦克被击中烧毁，人都死光了，司机和指挥官还在里面，场面血腥，一片狼藉，苍蝇飞舞，我们在浓烟中扒开残骸，寻找一具具遗体，炮手和操作员倒在附近的沙地中，他们是在出逃时被击中的，身上几乎没有任何擦伤，只是僵硬地躺在沙地上，周围一片死寂。

隆隆的枪炮声在战斗结束后仍在脑海中久久回荡——对这样的隆隆之声，人已形成机器般的条件反射，听到后并不会识别它而是持续被它萦绕着，向前跳跃，脑海中浮现着野战枪和步枪，盘算高速开火，估计范围和距离。各种声音总在耳畔环绕，脑海中无声的分队在来来去去，仿佛我们就像饱受折磨的灵魂在沙地上漫游，用疯狂又私密的言语互相喊话——"喂，鱼一，海盗呼叫……好的，发给你……所有基站，鱼……前进十度……现在就行动……你能确认……"——而有时音调改变，节奏癫狂，声音尖锐，在脑海中的密封盒里互相哀号——"鱼三，你他妈在哪里……我说的时候他妈的听好了……鱼三，该死的家伙，你在哪里？……喂，海盗，我被击中了，重复一遍，我被击中了，正在撤退。"仿佛一个人身处不同的层面：视觉层面——沙漠，无垠的沙漠混乱而诡异，烟尘和燃烧的火光，摇曳的信号弹和极光，像蚂蚁一样爬行的车辆；声音层面——来自各处，上下左右，里里外外——飞机的轰鸣声、爆炸声、嗒嗒声、尖叫声，以及各种各样似乎是无源头的声音，超然的声音，是一则实况报道，是幽灵的合唱。

我刚看到一只小羚羊。通常，我们一有机会就会射杀它们——它们可以改善一下伙食，我们老是吃牛肉罐头和培根罐头——但这次我下不了手。它倒没看到我，只是站在那里轻摇尾巴，竖着耳朵，沙子般土黄，但置身在岩石和灌木丛之中，在这里的一片死寂之中，在生锈的汽油罐和铁丝网以及附近烧毁的卡车之中，在这一切之中，这一小点生命显得有些鲜亮耀眼。然后它嗅闻到了我就跳走了。

战斗结束之后就睡觉了。要么坠入黑漆漆的灭绝的深渊，要么在潜意识中滑行，人都要做疯狂躁动的梦，超现实的梦，在梦中，疯狂的事情接连发生而你从不质疑。缜密地反思我们置身其中的世界，好好想想它吧——满是沙尘和爆炸的荒谬世界，已经成为你所知的唯一世界，因此它平淡无奇，世俗，正常。

人一停下来，某些瞬间就会袭来，一幅幅画面始终在脑海里萦绕。在行动间歇，我的枪手蹲在沙地上吃煎蛋火腿，他急切而专注，远处的天际线外爆炸连连，硝烟弥漫。"长官，来，尝点这个吧。"一位瘦小而结实的小伙子这样说，他说话带着英格兰中西部口音，战前从事建筑业。我们凝视着灼热的微光，无法看清山脊上的一辆辆车子，它们是什么呢？是坦克还是卡车？是敌人还是友军？他们在那儿战栗，遥不可及。我蜷缩在炮塔上，双手紧抓双筒望远镜，都握出了一道道印痕。一溜意大利佬从一个炮位中爬了出来，一名嘴上叼着香烟的澳大利亚步兵把他们赶拢在一起，偶尔冲他们大吼大叫。蓝绿色的意大利军装在卡其色军服的映衬下突然显得很陌生，异样，格外扎眼——现在我再次看见他们，便从权宜、简单的方式思考战争条件下的我们与他们、我们的与他们的、好与坏、黑与白。一切都是那么分明，毫无混乱、不适、模糊的区域。

当然，沙漠除外，它是中立的。既不属于我们这边，也不属于他们那边，而是独立存在。沙漠自行其是，冷与热，光与风，一日日、一月月、一年年，永永远远地循环。沙漠与我们不同。

更多瞬间。随军牧师在一辆十吨大卡车尾部设立祭坛，供大家做周日礼拜。放下卡车尾板，大伙围成半圆站立，饱含歉疚地、稀里哗啦地低声祷告，吟唱圣诗，一列列装甲车从后面驶过。当然，据说上帝站在我们这边。

猛然低头，看见一个武器坑，坑底好像是一大堆破衣服，但其实不是衣服，而是一具尸体，尸体一下子分解成了扭曲的四肢，头颅甩在后面，仍不瞑目的眼睛上覆满了尘土，然后死一般的寂静再次袭来，近乎于一种崇高感，仿佛死者知道某些你所不知的事情。走到石堆上去大便，发现自己与一条小蛇四目相对，它盘着身子，像块石头般一动不动，只在轻吐舌头，黑黑的眼睛晶亮如珠，明亮的之字形花纹在它背上蜿蜒。也许，这两种景象中间相隔了好几天，但此刻它们重叠在一起，仿佛相互补充，诉说着生命的潜能、生命的内涵，以及死亡完全缺席的方式。

对位于一个浅谷半山腰的敌人反坦克炮掩体的空袭，阻挡了我们好几个小时。指挥官的声音从耳机中传来："感谢上帝，空中友军终于来了。"话音刚落，漫天的炸弹倾盆而下。在此之前——也许之后——我不知道——一段可怕的时间，我原本以为的岩石变成了一辆辆马克3型坦克，车身下隐，停在仅几百码的距离内，而我只有几秒钟的时间决定是他妈的快速转身撤退还是校准射程迎战它们，它们看见我了吗？我是否能拖住它们，争取足够的时间等待援兵？就在这时，它们开火了，帮我解了围。第一组炮弹从身旁呼啸而过，感谢上帝，我向指挥官报告了位置，大声命令我的炮手开火还击，这一切仿佛同时发生，我结结巴巴地使出浑身解数不让自己的声音慌里慌张。

有人踩到了十几码远的一枚 S 型地雷，顿时，风沙在我四周骤起。他丧命了。我的耳朵被震聋了半个小时，一条腿也受了点皮肉伤。每个人都有自己神奇的逃生故事——我想那就是我的逃生故事，只不过这故事里并没有神奇，只是空有侥幸罢了。可是，没人喜欢"侥幸"这个说法，所以就玩文字游戏，转而谈论奇迹。

一个个夜晚。喧闹的黑夜，火光闪闪。轰鸣的战机，隆隆的高射炮，橙色的闪光，飞射的银弹，熊熊燃烧的炉火——星星掌管的神界上，是夜复一夜的冰冷的闪光，猎户座，天狼星，北斗星，小熊座。休战期间，我们休整（这术语真奇怪，令人想起别的战场、别的景观）——轻型战车在装甲车的环绕保护下，歇口气，清点下武器，领受命令，以及偶尔睡会儿觉。

两周之后。最近这几天没什么战事——从起初的狂热变成无聊、冷漠——这一仗就这么反复无常。谣言四起，有说我们要开拔的，也有说我们要撤退的，有说我们可以休假的，也有说我们得在原地待命数月。而我们现在就在原地待命——分别待在这个脏乱城市的装甲车、帐篷和防空洞里。汽油罐棚屋区突然涌现。人们还架了个板球场。供给也到位了。我们修复工具和设备，还有我们自身。传阅破烂不堪的杂志。写信。我写这则日记。

致敬启阅者。我希望致 C。也许，致未来某个时候的自己，不过，坦率地说，目前看来不大可能。我们总是说"战后"要怎样怎样，但这几乎是一种咒语——一种防护装置：用手碰木头①。大家都在想"战后"的事，在做白日梦，在谋划未来——就像童年时充满了不切实际的梦想：等我长大了就如何如何。于是我对自己说：等我在这个神话般的世界长大，这个世界不再有坦克、枪支、地雷、炸弹，沙子只在沙滩上有，而阳光是赏心悦目的——我在这片游乐场无拘无束的时候，要去……要去干吗呢？然后就开始天马行空地遐想，因为能想到的是个完美无瑕的地方，有绿茵，有快乐的孩童，有过去和未来都不存在的包容与正义。也有人不会想到这些，想到的是一些比较健康的东西，比如热腾腾的饭菜、干净的床单、啤酒和性。这些仅仅在三年前还被认为是理所当然的事物，如今却具有了神圣的意义。似乎成了我们正为之奋斗的目标。

在卢克索的时候，C曾跟我说："给我讲个故事吧。"但我从来没有讲过另一个故事，在这个故事中，她是明星，是女主角——一个充斥着老套情节的浪漫故事，很多再没有时间跟她讲的事情，我在这个故事里都跟她讲了，很多再没有机会与她一起做的事情，在这个故事里我也和她一起做了，在这个故事里，这该死的战

---

① 迷信说法，用手碰木头可以辟邪或在儿童游戏中避免被捉住。

争已经结束，从此我们幸福地生活在一起，这世界没有尽头啊，阿门。我就沉溺在如此这般的想象中无法自拔。好吧，也许我此刻就在跟她讲呢，如果的确是在讲的话，但愿她能宽容和理解，但愿她明白饱受战争之苦的人有如此遐想是多么奢侈，但愿她懂得普通的常识已无存在的必要，只需知道如何行当下之事，只需知道如何发号施令，只需知道如何让重金属满天满地乱窜并且用之杀死别人之后自己还可以活着。

但愿我们，最终，能一起静静地思索这一切。

此刻，我真想忘记昨天，不过我依然记得那糟糕透顶的感觉。

又接到命令，须在黎明前出发——报告称，二十英里以东处有大量敌军坦克。午夜，听了指挥官总部的简报，我慷慨激昂，甚至很欣喜，毕竟原地待命数天后终于有了盼头。我走回自己的坦克——璀璨的星夜，一片静谧，地上隆起一辆辆黑漆漆的坦克，士兵们在苍白的沙地上走来走去。我安顿下来，睡了几个小时，忽然被一种陌生的东西攫住了——突然一阵使人麻木的感觉袭来：我在哪？发生了什么？我可能会没命了。这感觉非常强烈，我僵直地躺着，似乎十分惊恐，但我的思绪还在尖叫，在咆哮。是的，我害怕极了。但不仅仅是害怕——是那种原始的天生的想要奔跑的本能。我告诉自己要尽快摆脱恐惧，稳住自己。我试着深呼吸，从一数到一百，再次默背当天的暗号。没用！我脑海中想的只是黎明在全速追赶我，我被摁倒在地，无处可逃，吓得屁滚尿流，这是史无前例的，我不知道为什么会这样。于是，我尝试别的办法。我暗暗告诉自己：我其实并不在这儿，而是在穿越此时此地，我必须这样做，无可逃避，但很快我就能平安度过，进入另一段故事。我想到了见过的瞪羚，在锈迹斑斑的金属堆中悠悠地摇着尾巴，当时我还很羡慕它呢；但是瞪羚没有故事，这就是我和它之间的区别。我曾被摁倒在地，吓得屁滚尿流，这是我的故事，正是这一点让我成为一条汉子，让我与众不同。

我就这样躺在寒冷的沙地上，蜷缩在睡袋里辗转反侧，思前想后——回想其他地方，回想童年，回想在威尔士爬山的时光，回想漫步纽约街道的时光，开心的时光，不开心的时光，回想很久以前去过的康沃尔郡海滨，回想上个月在卢克索和C躺在床上。展望未来，一片晦涩不明，尽管暧昧，却被一个个梦所点亮。梦，就是希望的代名词。慢慢地我进入了梦乡。夜晚、沙漠和黑漆漆的廊影被我弃之一旁；晨曦、明日、下周被我抛至一边。就这样一直做着梦，梦到了绿野，梦到了城市，梦到了C。于是，那原始的令人麻木的恐惧终于松了手，而我甚至睡着了，最后是被司机摇醒的。凌晨5

点。虽然紧张，但我神志清醒。

随后的事情是这样的。整个上午，部队在前进，巡逻队报告敌军方位，之后就失联了，花了很大工夫去搜寻，但他们好像已隐没沙中，或好像从未出现过。再之后，耳筒里传来令人激动的消息，说终于找到他们了，就在七千码远的地方。发现自己头脑还清醒，身体机能正常，还算冷静，我长舒了一口气。转而与队员联线。我们来了位新炮兵，叫詹宁斯，刚从三角洲过来——前一天晚上我才知道这是他第一次参战。这位小伙子身材矮胖，来自艾尔斯伯里①，我估计他还不到二十岁。之前没有很多时间去了解他，但在我看来他挺能干的，只是有点沉默寡言，不过我觉得那是因为我们都在做最后的例行检查，没时间关照他。现在我意识到了有些不对劲——首先，他不能正常回答我的问题，其次，他语无伦次，总是嘀咕些我听不懂的话。我问："詹宁斯，你还好吗？"——可偏偏这时指挥官的声音从另一副耳机传来，我不得不关掉和詹宁斯的联线，随后的大概十五分钟一片混乱——不断传来命令和反命令。我方 B 中队与一支德国马克 3 型坦克部队交火，上峰命令我们前去支援，于是我们只得掉头去迎战原先尚未发现的敌军坦克。我叫詹宁斯计算射程并准备开火，但我只听到他发

---

① 艾尔斯伯里，英国中南部白金汉郡的郡府。

出一阵呜咽声，太可怕了，听着像一只饱受虐待的动物发出的声音。随后才传来他的话——一遍又一遍地重复着："求你救我出去。求你救我出去。求你救我出去。"我尽量心平气和地跟他讲，没有对他吼叫，我告诉他要镇定，要从容，按之前的训练方法去做就行。可是，当时已经可以看到敌军坦克正快速向我们袭来，朝我方开了几炮，中士的坦克当即就被击中，燃烧了起来。我们绝不能继续这样坐以待毙，于是我把其余两辆坦克撤到后方的低洼处，试图再次说服詹宁斯把控自己，但徒劳无功。他一直在呻吟呜咽——显然已经精神恍惚，可怜的小家伙。

　　天知道为什么我们的坦克没被击中。德军的马克3型坦克在持续开火。唉，除了把詹宁斯撵出坦克，自己坐在炮手的位置之外，我别无他法。可就在这时指挥官说又有一支德军坦克部队在向我们奔袭而来，我们得暂时撤退，直到他从东边调遣友军前来支援我们。我们撤出阵地，德国佬追了一阵子后就罢休了。于是我向指挥官报告，炮兵身负重伤，请求医治，指挥官一听火冒三丈，说："你他妈的怎么回事——没被击中嫌命大是吧？"

　　我把詹宁斯撵出了坦克。其余战友紧张不安地来回走动着，不想多谈什么，默默地点燃香烟。詹宁斯坐在那里，双手捂住自己耷拉的脑袋——他是生病了，战斗服上全都是黄色呕吐物。我试着跟他交流，告诉他别担心，他马上就会好起来的，诸如此类的话，但我觉得他并没有听进去。他曾抬头看了我一眼，眼神像个受到莫名惊吓的孩子，瞳孔放大，就像苍白脸上的两个黑色的坑。于是我放弃了劝说，我们来回走动，坐立不安，过了一会儿，医疗救护车匆忙赶到，医生跳下车看了一眼詹宁斯，说："好吧，伙计，那就上车吧。"詹宁斯一走，其他人立刻开起玩笑，做出夸张的动作，煞是热闹，仿佛是死里逃生后的雀跃，我之前见过的。那一瞬间，我感觉自己好像摆脱了什么倒霉的或是肮脏不堪的东西——我不想再去想詹宁斯的事：他的脸，他的声音。

那一天我们中队损失了三辆坦克。士兵们逃了出来，炮兵转到我的这辆上。第二天无比惨烈——从黎明到黄昏，展开了一场场的拉锯战。战斗结束时，我已经累得和机器没什么区别了，完全麻木不仁，可是回到营地时，我们得知敌军损失惨重，被我方击回阵地，听到这一消息我们欣喜若狂。大家围坐在一起庆贺胜利，信心满满，欢呼雀跃。没人再提到詹宁斯，只有指挥官说了句"听说你那个炮兵精神崩溃了——表现太差劲了"，听了只觉得很尴尬。我突然记起有士兵因怯懦而被枪决在索姆河上。詹宁斯这次还只是"表现差劲"，听上去比那个好点吧。

我记下了这点——詹宁斯，我自己的灵与肉的决斗——因为将来有一天我还会细细思量这件事。这就是

事情的原委，没有任何添油加醋。将来某个时候我一定
会领会的——如果有必要领会的话。C有一次问我——
就在我们第一次见面的时候——战场是什么样子的。我
觉得解释不清楚。呃，某种意义上说就是这样的吧。也
许记下这一切也是给她看的。也许，将来有一天，她会
帮我解释清楚的。毕竟，她打算写历史书，所以这就是
她的本行嘛。

　　那是上周的事情了。故事在继续；我还在这故事
里。又是停滞不前，还是原地待命，等待补给和增
援——谣传敌军随时会大举进犯。这给了我重新思考的
时间——两大层面的思考，一方面，思考此刻此地，坦
克、人员、设备、指挥官，周围人的所言所为，兄弟长
官张嘴吃东西的模样（天知道，在战火纷飞的时候一个
人居然会为另一个人的餐桌礼仪所恼怒）。而另一方
面——另一层面的思考——相隔如此遥远，一个人仿佛
幻化为两人；我想到我曾何等粗率地以为自己可以主宰
生活，却没想到生活对我露出凶恶的獠牙。我想到所有
我还没有做以及我仍打算做的事情。我想到C，她在其
中大多扮演了重要角色。我曾蜷缩在坦克阴凉处爬满苍
蝇的露营地翻阅一本破烂的《董贝父子》①，我迷失其

①　《董贝父子》，英国作家狄更斯的作品。

298

中，连续读了好几个小时，完全陶醉了——啊，文字太神奇了，叙述太有魔力了。我像个小孩子似的信手提笔，聊以自娱：希腊众神，英格兰野花，美国总统，法国小说家。

附记——同一天。我的坦克油封坏了。有人告诉我可以拿回去到战地修械所换一个。难得的一次休息。①

至此日记戛然而止。在最后一则的下面，詹妮弗·萨瑟恩写道（如今笔迹已经褪色）："在执行此次任务时，我兄弟在一次敌军空袭中遇难。"

---

① 此句原文为 A welcome break，也含有"还好这次装备坏得没那么麻烦"之意。

moon tiger

第十七章

就这样，最终，我们独自思索，可这一思索间隔了多年。我们不再在同一个故事中。当我在读你写的东西的时候，想到的都是你不知道的事情。你被抛弃在另一个时空里，而我也不是你想的、你记忆中的那个 C 了，我变成了可能会使你畏缩的、一个无法想象的克劳迪娅。一个陌生人，一个居住在你认不出的世界中的陌生人。一想到这些，我就很难受。

　　我现在的年龄已经是你离开时的两倍。你仍然年轻，但我已经老了。你被关在时间的玻璃幕后，可望却不可即。对于这四十年的历史，对于这四十年来我的生活，你一无所知。你是如此无知，就像生活在另一个世纪一样。但是，现在，你已经成为了我的一部分，就像组成我的一个个自我、一个个克劳迪娅一样亲近。我冲着你说话就像对自己倾诉一样。

　　你说过，死亡就是完完全全的逝去。也对也不对。只要你在我的脑海里，你就没有逝去。当然，那不是你所要表达的意思。你指的是肉体的消失。不过这样也对；我维持了你的存在，就像别人将会维持我的一样。哪怕只有一会儿。

你让我领会你的意思。我办不到。现在，你的声音比我所知的故事——或者说我认为我所知的故事——要洪亮。我知道后来发生了什么。隆美尔司令被赶出了非洲，我们赢得了这场战争。我知道随后发生的一切。这一系列平淡无奇的事件说明——或旨在说明——这场战争的起因、演变以及影响。你的经历——未经添油加醋——似乎与上述几点没有任何关系。它处于不同的层面。我无法分析解剖，得出结论，组织论证。你给我讲羚羊、死人，讲枪炮、星星，讲胆怯的士兵。对我来说，所有这一切比任何历史事件都要清楚，但我就是不能领会，也许根本就没有什么需要领会的吧。也许，假如我信仰上帝，这就简单多了，可是我不信上帝。当我听到你的声音时，我唯一能想到的就是，过去是真实的，这既让我惊讶又欢欣。我需要它；我需要你、戈登、贾斯珀、丽莎，他们每个人。我只能恣肆地解释这一需要：我的个人史和世界史。因为，假如我不是这一切的一部分，我就一无是处。

已经是傍晚了。克劳迪娅闭着眼睛躺在床上。她呼吸急促，毫无规律的刺耳声音让床成了房间的焦点，尽管除了克劳迪娅没有人意识到。但是她感觉到漂荡在波涛汹涌的海里，到处都是她人生的喧嚣。她浮上水面，睁开双眼，看到天空下起了雨。天空一片晦暗，房间也暗淡下来。一滴滴小水珠击打着窗户，一道道雨水顺流滑下，树枝、屋顶、远处的树木——透过窗户，屋外的景致统统被扭曲了。随后，雨止了。渐渐地，房间又充满了光亮。光秃秃的纵横交错的树枝上悬挂着水滴，太阳出来后，阳光照在上面，水滴折射出斑斓的色彩——蓝的、黄的、绿的、粉的。深黑色的树枝映衬着金黄色的天空，气象万千。克劳迪娅凝视着这一切，好像这幅景象就是为了让她高兴而准备的。她心情振奋，喜不自禁，安详、好奇涌上心头。

太阳落山了，树木的光辉也消失殆尽。房间再次暗淡下来。此时此刻，屋里相当昏暗，窗户呈现紫色，透过窗户可以依稀看到树枝深色的花纹和一片灯光中的一排房子。房内也发生了变化。空空，荡荡。一片寂静，这地方静得像是只有金属、木头、玻璃、塑料这些无生命物体。毫无生机。某个东西膨胀或收缩发出不由自主的嘎吱之声。窗外，一辆汽车发动了，一架飞机掠过头顶。地球依旧转动。床边的收音机报时后开始播报 6 点钟新闻。

图书在版编目（CIP）数据

月亮虎／（英）佩内洛普·莱夫利著；郭国良译.—北京：
北京燕山出版社，2019.11
书名原文：Moon Tiger
ISBN 978－7－5402－5455－1

Ⅰ.①月…　Ⅱ.①佩…②郭…　Ⅲ.①长篇小说－英国－现代　Ⅳ.①I561.45

中国版本图书馆 CIP 数据核字（2019）第 230861 号

著作权合同登记号　图字：01－2019－6162

月亮虎

[英] 佩内洛普·莱夫利 著

郭国良 译

丛书策划／赵东明

责任编辑／尚燕彬　李瑞芳

装帧设计／小　贾　张　佳

北京燕山出版社出版发行

北京市丰台区东铁营苇子坑路 138 号嘉城商务中心 C 座　邮编100079

全国新华书店经销

三河市北燕印装有限公司印刷

开本 889×1194　1/32　印张 10　字数 202,000

2019 年 11 月第 1 版　2019 年 11 月第 1 次印刷

定价:48.00 元